U0018152

鬥
4
芳華

目次

壹之章　御前作態求親

安清悠思考的時候，所有的嬪妃們正一起繃著臉，對於這些深宮女人們來說，在皇上面前亂了規矩幾乎是不可能的事情。

君前失儀意味著沒檔次沒身分，外加打開了一條失寵通向冷宮的路。

安清悠是進宮以後才明白的，電視上那些宮鬥劇絕對都是瞎編的，嬪妃們誰敢在眾人前對著皇上巧笑倩兮地拋媚眼，那絕對是找死。

其實皇帝在後宮裡每天對著一群沒表情的女人……也挺苦的！估計野史裡那些微服私訪逛青樓之類的事情還真不是假的……

安清悠腦子裡忽然蹦出來這麼一個莫名其妙的念頭，連她自己想完都不由得嚇一跳。

什麼時候她也變得這麼八卦了？還是在選秀這種時候……

嬪妃們寧可面無表情，也不敢君前失儀，所以眼下就只有壽光帝一個人在笑，眼瞅著對於秀女們的問話已經結束，他笑著問向文妃道：「愛妃，此次選秀倒是還算不錯，尤其是你們李家選來的那個秀女，真是不錯，朕要是年輕個幾十歲啊，說不定就動心收了！如今朕老了，不耽誤人家了，就看年輕一代裡哪個孩子有福氣……呵呵！選秀名次，愛妃倒是可以舉賢不避親，最後怎麼排啊？」

蕭皇后那一派的嬪妃們聽了皇上這麼一開口，簡直是連想死的心都有了。

且不說這又是一次把該由皇后把持的話語權放到了文妃手裡，皇上當著這麼多人面前誇李家的秀女，那傾向性之明顯，哪裡還有什麼懸念？還自承老了，說什麼不耽誤人家？聖眷之隆也沒隆到這個分上的啊！

又說名次怎麼排？那還不是文妃發話！前面那句舉賢不避親放在這裡，有誰還敢亂說什麼？

而投靠了文妃那一派的嬪妃，則是一個個振奮不已。

雖然說選秀未開之時，李家的秀女李寧秀就已經是熱門人選，可如此完勝的場面誰不喜歡？

「這選秀之事本是皇后姊姊做主，臣妾不敢妄言……」文妃何等人物，這時候居然還沒忘了很懂流程地謙虛著退了一把。

「唉，朕這是問妳，妳直言了便是！」壽光帝有點不悅，可這種不悅比誇獎還有支持力度。

「既是皇上有命，臣妾就大膽妄言了。」

文妃做出了一副奉皇命行事的樣子，所提的意見也沒出各人的意料之外，夏青櫻第三，劉明珠第二，李寧秀則因皇上那句「舉賢不避親」，登上了榜首的位置。

三塊玉牌各自有了主，文妃卻沒放過機會，天字號單子九人，被她一鼓作氣都選了出來，皆是走李家和文妃路線的秀女，出手之明快，竟是連半點機會都不準備給蕭皇后那邊留了。

「嗯……愛妃眼光著實不錯，這麼辦甚好。皇后，妳說呢？」壽光帝點了點頭，偏向之意，溢於言表。不過，他好像總算是想起來了皇后的存在，走流程般的問了一句。

皇上都說好了，蕭皇后還能有什麼其他想法？

除了點頭稱善之外，沒第二個選擇。

安清悠這時候可是真心佩服蕭皇后了，天知道這時候她的壓力有多大，可是這位皇后娘娘所表現出來的淡然，真算得上是一種氣度了。

「左都御史安翰池安老大人家的秀女表現尚可，雖然皇后有了懿旨，說是此女不入九重……可是臣妾以為此女亦是佳選，作為地字號單子上的榜首，倒也算是實至名歸。」

文妃在天榜上大獲全勝還不算完，居然又說起了地字號。

只是這話一說，無數條目光齊刷刷朝安清悠瞧來。有天榜的例子在前，大家心裡清楚得很，此刻文妃的話基本上就等於最後的結果。這個安家的秀女，就是地榜的第一名嗎？

安清悠自己都有些吃驚，天榜不入，地榜第一，這幾乎可以算是她所能拿到的最好結果了。

文妃會這麼大方？

文妃自然有她自己的盤算。

在文妃眼中，安沈兩家的聯姻顯然是已成定局之事，對於沈家這種新投入李家陣營的外地督撫，利用和拉攏二者缺一不可。

那麼既要指婚，何不指得更加風光一些？

而安家的安老太爺雖然到現在還油鹽不進地保持中立，但是這樣的選擇同樣讓安家臉上有光，將來真逼著安家站隊的時候，這也算是先前便有了一份人情在，反而多了份緩衝。

更何況，能拿初選第一、複選第六，安清悠做個地榜頭名，別人還真是說不出來什麼，也能顯得自己處事公允不是？文妃對於自己定下的這個策略頗為滿意。

只是這說話之時，卻是顯得惋惜，尤其是在那句「皇后娘娘下懿旨」上，還特地加重了語氣，倒像是安清悠在蕭皇后那邊受了多大的不公平待遇一般。

壽光帝鼻子裡重重哼了一聲，眼睛又斜睨了蕭皇后一眼，卻是沒什麼表示。

倒是文妃記性本好，口才又佳，說完了安清悠的事情，又撿著自家這邊一黨的秀女一路說了下去，不多時，竟把地榜的名次亦是安排好了。

皇上雖沒什麼表示，但是他老人家之前的表現，早已清楚表達了聖意。

此刻文妃氣勢如虹，誰還能攔得住？這地榜自然又是依著文妃的意思辦了。

終試的名次都是當場宣布的，安清悠身為地榜之首，當然要帶著地字號眾女上前拜謝。跪謝天恩，壽光帝卻似對她多了那麼點留意，特意掃了一眼安清悠的相貌，搖頭道：「果然是個不錯的孩子，可惜不能嫁進天家，被人耽誤了啊……」

安清悠對於壽光帝為什麼會關注自己有些不明所以，周圍的嬪妃們卻自認為明白得很，這不就是藉機又表達了一下對蕭皇后的不滿嗎？

如果說之前只是文妃和李家判斷對了風向，展開了積極進攻，那麼這次可是皇上親自表明了態度，誰再不跟著，那就是傻子了。

接下來的人字號單子、玄字號單子……一層層下去，文妃一場場獲勝。

天榜、地榜上打了蕭皇后那邊一個全軍覆沒，後面更是勢如破竹，凡是和文妃那邊搭上了關係的，青雲直上，而蕭皇后那邊幾乎連點反擊的能力都沒有，到後來，文妃這邊當評審的嬪妃都已點到了手軟，有人都開始琢磨著是不是扔幾個名額出去？

都是咱們這一系的……贏得都有點不好意思了。

不多時，塵埃落定，這一場的選秀，幾乎成了自大梁自開國以來，初次一面倒的選秀。

而按照慣例，排定了名次之後便是要指婚，壽光帝好像這才想起了太子想選個側妃這麼一檔事來，便問道：「太子側妃，人選何如？」

皇上忽然蹦出這麼一句話來，誰都不知道他是什麼用意。

最後還是文妃說了個絕對不會犯錯的意見：「太子選妃，當然得選最好的秀女，臣妾的孫侄女李氏是本次天字號第一名，若是能有伺候太子的機會，那也是她的福分……」

太子是儲君，是未來的皇上，他開口要選妃，除了皇上，哪個能和他搶？哪個敢和他搶？唯有把得了第一的李寧秀放過去，這才是合了規矩。

不過，文妃這話說得倒也並非只是走過場，太子的東宮裡原本在蕭家的幫助下，早就經營得猶如鐵板一塊。而在選秀之前，李家就曾經做過這樣的謀劃，把李寧秀嫁到東宮，可以在太子邊上埋顆雷，安上個釘子。

很多時候聯姻不一定是利益聯合，也可以是打擊對手的方法。

只是，可惜了那些被嫁來嫁去的女子，她們成了家族的犧牲品，有誰在意她們的心裡究竟是怎麼想？她們的命運究竟是富貴一生，還是悲苦淒涼？

這就是選秀奪魁的下場啊！李寧秀若真到了太子的東宮，能落得什麼好？還不得讓人收拾著，想要除之而後快。若是太子真倒了台，那她又該如何自處……

一想到李寧秀的遭遇，安清悠心裡暗暗發寒，憑心而論，她自己對這個來往不多的李寧秀並沒有什麼惡感，只是再怎麼死道友不死貧道，也有點兔死狐悲的同情。

「如此秀女，太子哪有這等福分？要依著朕說，老九那邊還缺個正妃，排第一的就指了老九吧，排第二的再給太子！」

不知道是不是安清悠的同情在冥冥中發生了某種共鳴，總之，壽光帝忽然發了話，一言而決，李寧秀的老公瞬間換了人選。

九皇子睿親王是文妃所生，論關係應該算是李寧秀的表親，可是在這個除了親生兄妹之外，都可以結婚的年代，這麼芝麻大點兒的問題，在皇帝的大手一揮處又算得了什麼？

整個宮殿陡然靜了下來。

這種安靜並非是一種沉默，更多的應該算是一種大驚之後的震撼。

秀女再怎麼拿了第一也不過就是個秀女，太子都配不上，普天下的男子還有誰配得上？有！這個人不但出現了，而且還是皇上親自點名的，這個人就是九皇子睿親王！

太子哪有那麼大的福分？排第一的指給老九，排第二的再給太子……這些話語居然出自萬歲爺的口中？

當今皇上執掌大梁江山數十載，以他老人家的精明睿智，自然知道在這等公開場合下，當著無數人的面做這等舉動意味著什麼。

如果說剛才皇上表達出對於皇后的不滿是給文妃一黨打了一針興奮劑，那麼，現在壽光帝的表現則是要讓人直接樂瘋了。

這麼赤裸裸的舉動若是再不明白，就白在宮裡活了這麼久了。

不少嬪妃的眼睛都已經紅了，許多人心裡已經暗自下定了決心，選秀結束後的第一件事就是立刻派人通知母家。彈劾太子、舉薦九皇子已經刻不容緩，什麼穩中求勝，什麼槍打出頭鳥，這一刻都被富貴險中求的念頭所壓倒。

文妃只覺得一陣一陣的發暈，身為九皇子的生母，她當然是最大的受益者之一，這幸福來得太快太刺激了。

皇上終於公開向外界露出他的意圖了！

文妃知道彈劾太子的奏章很快就會像雪片一樣飛向內廷，之前自己和哥哥李閣老多方盤算，還覺得掌管都察院的安家沒拿下來，行事尚無把握，可是如今……

從京城到外省，大小官員們一人一口唾沫，也能把太子給淹死了！

從小受知書達理的文妃，此刻居然有了暴發戶一般的感覺。

什麼都察院，什麼安家，那全都是浮雲，皇上親自出手了，還有什麼人能夠阻擋？

雖然按照她和李家原本的構想，九皇子是要和六省經略總督劉大人那邊聯姻的，可是皇上都給了這般強大的助力，再固執己見就不識好歹了。

於是，指婚的事情就這樣定了下來，榜首的李寧秀成為九皇子睿親王的正妃，排名第二的劉明珠卻嫁給了太子，第三的夏青櫻亦是嫁給了睿親王作為側妃。

原本就緊密無比的李夏兩家，經過這次結親，變得更加緊密。

如果說夏尚書真的會接任朝中首輔大學士的位置，那睿親王的妻室裡，可就有了前後兩位首輔的姻親關係——這可是皇上親自點頭了的。

壽光帝悠然地坐在那裡，彷彿眼前發生的一切對於他來說，只是手指輕輕一撥的不經意而已。

太子依舊還是那副應變能力遲緩的樣子，雖然不至於嚇得面如土色，可除了苦笑，也著實做不出什麼影響局面的事情來。

最慘的是蕭皇后，從前到後，這個本該是選秀主角的六宮之主，如今就好像一個陪襯，現在她只能沉默不語，天曉得心裡該是怎樣一種煎熬。

文妃意氣風發，隨手又把天榜中其他幾個秀女指了婚。對於沈家的承諾，她倒是沒忘，不過事情已經到了這個分上，給一個地榜的女子指個婚什麼的，能算得上是多大的事？

你安家不是死硬地保持中立？那又如何？那個叫做安清悠的小秀女，居然還想在宮裡進出之間落個全身而退？

小女兒家就是小女兒家，就是不明白妳後半輩子的命運，都在我們這些貴人手裡捏著！

什麼叫做現實？現實就是本宮可以把妳強指給一個妳不想嫁的人，這種感覺真好！

文妃精明犀利，既看出安清悠沒有情郎，也判斷出了她並不想嫁入沈家。

雖說如今因為壽光帝的出手，安家的重要性已經遠遠不似之前，但是揉捏這個一身倔骨頭的安家秀女，就好似大餐後的甜點，吃下去以後渾身舒服。

文妃帶著一種扭曲的快感，拿著地榜單子正要開口，冷不防壽光帝似是隨意地開了口：「蕭洛辰，太子過來是要選側妃，你跟著來見朕是為了什麼？」

這對師徒，怕是今天場中唯一從頭到尾心裡通透的人。

蕭洛辰昨夜私闖禁宮，壽光帝卻一眼便將他看穿了個底，連他心裡原本沒有意識到的感情問題都給瞧出來了，此刻再問，卻是作戲了。

壽光帝這一開口，固然是打斷了文妃的節奏，卻也讓待在秀女大部隊中的安清悠微微一凜。

雖然安清悠並不知道自己的婚事剛剛在幾方的角力之中不經意地轉了一圈，可是看著蕭洛辰那眼中冒賊光的樣子，心中忽然有些隱隱的不安。

只可惜，這秀女大典一刻未完，自己就得和其他人一樣板著臉站著，莫說去問個清楚，就連看人也只能用斜眼餘光。

無知也是一種幸福……這女人這句話說得倒是好，只是不知妳是真聰明呢？還是假糊塗呢？

女人要那麼聰明做什麼？一個個都學文妃這般，豈不是麻煩大了？有點小迷糊也不是什麼壞事，還是讓那女人繼續保持呆樣兒，挺好！

安清悠站得規矩，在蕭洛辰眼中卻成了呆模樣。

蕭洛辰一動念間，跪了下來，低聲含糊著道：「回皇上的話，臣想娶媳婦兒……」

「什麼？」壽光帝一看蕭洛辰的嘴形，就知道這小子說的準又是昨晚要娶媳婦那一套。只是，這時候壽光帝也沒轍，心中暗罵了一句，卻還得配合著這小子演戲，裝作年紀大了聽不清似的問道：「你說什麼？站起來大聲說，讓朕能聽個清楚！」

聞言，蕭洛辰連忙彈簧般的蹦起，中氣十足地大聲吼道：「臣遵旨！臣站起來大聲說──我想娶媳婦兒！」

宮殿中的一干帝后嬪妃、宮女太監，個個屏聲靜氣。

蕭洛辰這一吼，回聲四起，滿殿裡盡是迴盪著「我想娶媳婦兒我想娶媳婦兒我想娶媳婦兒我想娶媳婦兒……」的聲音。

大梁開國數百年，能夠在君前奏對時把「我想娶媳婦兒」這話說得如此氣吞萬里的，也只有蕭洛辰了。

壽光帝頓時黑著一張臉，琢磨著待會兒一定要讓身邊最信任的古太監到隨錄司那裡走一遭。這段隨行記錄的檔案絕對要銷毀，誰要是敢把這段事情記載下來，朕一定誅他十族。

不過，心裡罵歸罵，既然和蕭洛辰有了約定，便是無可反悔。壽光帝伸手揉了揉被震得嗡嗡響的耳朵，拉下臉來道：「哼！枉費朕教了你這麼多年，如今還是一樣沒規沒矩！想娶媳婦兒，犯得著這麼大聲嚷嚷嗎？這可是在宮裡，不是鄉野荒坡，如此怒吼，成何體統？」

壽光帝黑著臉訓人，蕭洛辰一聲不吭地跪著聽訓。

旁邊的文妃一個勁兒地竊笑，今時不同往日了，還想搞這些裝瘋賣傻、撒潑打滾的事情？難道你沒看到剛剛太子吃了大虧嗎？

你蕭洛辰不過是個弄臣而已，又能有多少斤兩？

她要不要趁機下個絆子，讓皇上一怒之下，把這個蕭洛辰辦了？

想歸想，文妃也知道這種可能性不大。

瞅瞅萬歲爺罵歸罵，臉上的神色卻是漸漸平緩，對這個蕭洛辰，皇上還是有師徒情分的……不過，這也不是什麼大事，只要把爭儲的事情拿下，莫說一個蕭洛辰，蕭家的傾覆還不是時間早晚的問題？

文妃慢慢冷靜下來，對於蕭洛辰也就不是那麼太過放在心上，更是幫著說了兩句好話，以顯示自己的溫柔賢淑。

「皇上息怒，他這般直白，或許是真的動了心了，如今正是個好時機，不妨就聽一聽他如何說辭可好？」

壽光帝借坡下驢，發完了脾氣之後，便看著蕭洛辰道：「那你就說說吧，你到底是想娶個什麼樣的媳婦兒？」

蕭洛辰一聽皇上這麼說，登時來了精神，視線在秀女們之間賊兮兮地掃來掃去，口中喃喃自語地念叨著：「媳婦兒啊媳婦兒，這裡有好多媳婦兒……」

蕭洛辰這一念叨不打緊，下面的秀女們可是一個個把心提到了嗓子眼。

雖說這些秀女們裡面也不是沒有仰慕蕭洛辰的，可是此一時彼一時，看到了皇上剛才的表態，眾人此時對蕭家的前途完全不看好，更何況，仰慕歸仰慕，做老婆又是另一回事。

更有人看到蕭洛辰在秀女群中看來看去，心裡想著：這傢伙不會求皇上把秀女們都賜給他吧？聽說這蕭洛辰就是個瘋子，這種荒唐事倒是很有可能幹得出來……

蕭洛辰當然不是瘋子，雖然他經常做點荒唐事，卻從來不做沒目的的荒唐事，甚至可以說，他比這個世界上絕大多數人都清醒得多。

嘴裡翻來覆去念叨了幾遍「好多媳婦兒」之後，蕭洛辰忽然面容一肅，正色高聲道：「皇上明鑒，臣心中所念僅有一人，便是左都御史安翰池安老大人家的嫡長孫女，地榜第一名的安氏，閨名清悠！求陛下恩典，將這女子指婚於臣！」

寂靜。

死一般的寂靜。

沒有人敢在這個時候發出半點聲響。

什麼男女大防，什麼禮教規矩，蕭洛辰這次是真的做到了天下禮法都是狗屁，就這麼直呼著人家姑娘的閨名，還在大殿之上，在皇上、皇后，在滿屋子嬪妃面前求媳婦兒討老婆。

眾人已經傻了，翻爛了古書，也沒見過這樣找媳婦兒的。

這傢伙瘋了吧？太子也好，皇后也罷，都是一副搖搖欲墜的樣子，這時候還搞這麼荒唐的事情，這不是把話柄往政敵的手裡送嗎？你這傢伙，難道還嫌蕭家垮得不夠快？

甚至有人想著，是不是要叫外面的侍衛進來把蕭洛辰拿下，可是皇上沒發話，誰敢亂動？

別人怎麼想，蕭洛辰可不管，這傢伙好像還一副意猶未盡的樣子，居然還對著安清悠直勾勾地瞪了半天，然後挑釁似的揚了揚下巴，用一種極不搭調的溫柔口吻問道：「女人，這個就是妳說的求婚嗎？我來求婚啦！」

很多時候，男人，尤其是放浪不羈的男人，會認為自己很懂女人，可是偏偏那個最令他們在意的女人，他們通常都是不懂的。

蕭洛辰在一個北風呼嘯的寒冷天氣下，終於明白了自己為什麼那麼在意安清悠。

原來他既不是為了什麼消除氣味的方子，也不是什麼安家在朝中的舉足輕重，而是僅僅在於安清悠這個人。

這是一個奇女子，她好像是那麼簡單，簡單到了就是那麼安靜地站在那裡，任誰一眼都能看得通透，可她卻又是那麼奇特，奇特到了即便是蕭洛辰這樣見多識廣之人，也覺得自己看不透這個女子。

這樣的女子，在京中……不！在整個大梁，在全天下，恐怕也找不出第二個來！

蕭洛辰忽然發現，這個全天下獨一無二的奇女子，不知何時，已在自己心裡扎了根。

他很在意她對自己的看法，很看重自己對她的承諾，好比那一夜莫名其妙摻和進了安沈兩家的聯姻，究竟是為了保太子，還是因為自己不願意這個絕無僅有的女子就這樣嫁給了別人？

蕭洛辰就這樣望著安清悠，淡淡地微笑著，笑容裡，依舊是帶著幾分招牌的邪氣。

對非常人行非常事，這是蕭洛辰所能想到的對於安清悠而言最好的表達方式。

不管旁邊的人是皇帝這樣的最高權力者，還是像文妃這類地位高貴的女人，他就是覺得，他應該這麼告訴安清悠，他想娶她。

安清悠懵了。

這並不是在突如其來的強勢表白下，許多女人不自覺的不知所措，而是一種窘迫，真的很囧。

兩世都沒談過戀愛的安清悠，雖然也和一般少女同樣都有憧憬，但此情此景，她只有一個念頭：蕭洛辰，你這個二貨，你有病啊？

安清悠想罵，卻不敢罵，這個時候她才忽然發現，比起眼前的這些強勢者，自己手中的籌碼竟然少得可憐。

如今只能一動不如一靜，蕭洛辰愛怎麼耍讓他耍去！她就扮淑女，扮被調戲的受害者！呸呸呸！什麼叫扮？她可是正經八百的安家大小姐，如假包換的淑女！

敵不動，我不動，敵動了……我還是不動！

扮柔弱是女人天生的優勢，她眼下擺了這麼個姿態，反倒是占了十足的理。

聲名狼藉的混世魔王蕭洛辰，上竄下跳地想娶家風嚴謹的安家大小姐，十個人裡，只怕有十個會覺得蕭洛辰在胡鬧，沒人會說安大小姐不好。

周圍的秀女們，再怎麼只用餘光看，安清悠也能感覺到很多眼神集中在自己身上。

這眼神裡，某種扭曲了的同情居多，那潛臺詞好像在說：安家的秀女好可憐啊，怎麼就讓蕭洛辰這麼個混世魔王給盯上了？不過，這樣一來，蕭洛辰盯上她，就不會盯著我們了……

「你真想娶安家的秀女？」

總算有人開口說話了，而這個開口說話的人，居然還是壽光帝他老人家。

「回皇上的話，臣行事雖孟浪，卻不敢在此時妄言……」蕭洛辰說到這裡，故意頓了一頓，肅然道：「世間女子萬千，臣只愛安氏一人，若能求之為妻，自當視若珍寶，守護一生。」

眾秀女看得一愣一愣的，難道像蕭洛辰這樣的男人也會動了真情？

於是，秀女們再看安清悠的目光，立刻就從同情變成了羨慕嫉妒恨……

安清悠就這麼不尷不尬地站著，不能說話，也不能動彈。

最初還覺得窘迫，到最後都覺得麻木了，索性脖子一挺，誰愛怎麼著誰怎麼著吧！

蕭洛辰慎重其事地表白，盯著安清悠的眼神裡卻是帶著點異樣之色。

怎麼樣，妳脾氣再大，這時候也只能在爺的對面老實站著吧？

安清悠雖在他心裡扎下了根，但怎麼個娶法，卻要由他自己來定。

「哦？難得你竟能說出這般話來！」壽光帝露出了微笑，對於蕭洛辰的這番表白不是表白，奏對不是奏對的話，頗感興趣，掃了一眼下面的眾人，逕自對著面前的秀女們道：「那個安家的秀女，抬起頭來說話，朕恕妳無罪！」

「謝主隆恩！」安清悠抬起頭來，卻見壽光帝樂呵呵地瞧著自己，那目光裡的意思倒是清清楚楚——究竟是個什麼樣的女人，能夠讓蕭洛辰這小子如此惦記？朕可是好奇得很啊！

不過，這等事雖然是旁人都看得出來，壽光帝卻也不能在人庭廣眾之下把話就這麼直白地說出來，逕自笑道：「朕且問妳，朕這個不爭氣的學生蕭洛辰，妳可願嫁？」

安清悠此刻心裡已經快氣炸了，蕭洛辰這傢伙會真心實意地想娶自己？要她相信，不如相信自己會再穿越回另一個時空更簡單。

看看目前壽光帝當眾打擊蕭皇后與太子的明顯形勢，再一聯想到蕭洛辰的諸多前科，安清悠心裡堅決地認定，這絕對是蕭洛辰又在搞那套當眾撒潑打滾的老把戲！

你想胡鬧一番，讓太子和皇后沒有那麼難堪是不是？可你拉著我幹麼啊？眼前的秀女那麼多，隨便選誰不行？那得了第一的李寧秀本就是李家的人，你拉她下水不是更好？或者你選夏青櫻也行，那個囂張跋扈的心氣，隨便怎麼擠兌擠兌不就炸了？更利於你亂中求變啊！蕭洛辰，你這個白癡、笨蛋、瘋子，你……你真的有病啊！

或許這就是狼來了的效應，不管蕭洛辰之前是怎麼精心設計的，反正現在安清悠已經毫不猶豫地把蕭洛辰的作陰謀化，更是毫不客氣地在心裡把他罵了個狗血淋頭。

安清悠恭恭敬敬地答道：「回皇上的話，秀女雖是駑鈍，卻也知大梁素來講究禮法倫常，閨中女子不該妄言此等大事，婚嫁與否，自應有秀女的父親大人、祖父大人做主，焉能胡亂應答此事？還望皇上明鑒！」

安清悠這番話說得滴水不漏，不說答應，也不說不答應，只往家中長輩身上推。

她心裡可是明白得很，就安老太爺那個脾氣，只怕是選誰當孫女婿都不會選蕭洛辰，更何況，她雖然沒有明確拒絕，可是那口氣故意說得艱澀，那不情不願的樣子，當真是沒有人看不出來。

壽光帝哪裡能看不出安清悠是什麼意思，斜眼瞅了一下蕭洛辰，暗笑道：你這小子也有今天啊？人家不願意嫁呢！去和安翰池那個鐵面老御史死磕吧，有你受的了！

壽光帝故意端著架子，四平八穩地說道：「嗯，妳這小女娃年紀雖然不大，倒是個明事理的，家教不錯……安老大人國之重臣，朕當護之！想要娶他家的女兒，朕不願胡亂做這個主！這樣吧，蕭洛辰，朕給你半年的時間，若是人家安家願意嫁女兒，你就算是得著了這姻緣，若是半年之內安家不願嫁……不管安老大人想把孫女嫁誰，朕都親自為安家主這個婚！」

這半年之期，壽光帝自然是和蕭洛辰早有約定的，此刻不過是又說了一遍而已。

不過，這話裡話外，壽光帝卻是把安家誇了一通，更當眾許下了親自替安家主婚之語，眾人悚然而驚，心道：這安家難怪敢油鹽不進，敢情是皇上待安家的聖眷如此之厚？

國之重臣，朕當護之！

有這麼一句話在，誰還敢去找安家的麻煩？

◉　◉　◉

充滿爭議的選秀，終於落下了帷幕。

相比起過去歷屆的選秀，這一屆的選秀後，大家談論最多的不是秀女們各自的名次與指婚誰家，而是皇上在這場選秀中的諸多動作。

皇上年邁，對於女色早已沒什麼興趣，可就是在這一次和他自己選妃無關的選秀中，他的干涉比歷年來的選秀都多。

這就是身為皇帝的不便之處。

一舉一動都會有人探究，猜測是不是在暗示著什麼，是不是在向朝野臣子散發著什麼信號，即便是在早朝上打哈欠，都會有人猜想是批奏摺過於疲憊，還是年邁身子虛弱了。

朝堂之上的諸位大人們該進該退，該保誰或是該咬誰，這都是最大的風向球，所以皇帝所作所為不能出格，若是沒事老做些和別人不一樣的事，叫臣子們還活不活了？

不過，這次選秀中壽光帝的舉動，朝野上下一致認為沒有什麼拿不準的。

皇后和太子那邊一而再，再而三地受到了打壓，皇上甚至明著說出「太子沒那個福分」的話，還當眾把本該指給太子的榜首秀女指給了九皇子睿親王。

文官們拍手叫好之餘，也不免恍然大悟：我說文妃娘娘怎麼接二連三地敢在宮裡這麼高調，鬧了半天，她身後的站著的就是皇上啊！

「你才想到啊，皇上要易儲，自然不可能靠那些粗鄙武夫，肯定是要靠咱們這些讀書人了！難道你沒聽說嗎？早在終選之前，李閣老就在府上的茶會上露了面，親口說了不再攔著彈劾太子的事情，這說明什麼？這說明李閣老肯定是早和皇上通了聲息，說不定皇上在終選上所做的那些舉動，就是和李閣老的默契呢……」

「撥雲見日，撥雲見日啊！皇上如此聖明，定能將那妖后奸黨一掃而空，還我大梁朝一個朗朗乾坤！得復開國之時君王與士大夫共治天下之盛景，行以文御武之道，則我大梁中興之盛，必可超越古往今來歷朝之大成矣！」

文官們議論紛紛中，李家自然成了最大的贏家。

雖然太子一天沒被廢，大家就一天不能指著名數落太子不好，卻不妨礙有人試探著把蕭皇后當成了「妖后」，將武將的領頭蕭家視為了奸黨。

結果，「妖后奸黨」的稱謂居然不脛而走，在某種刻意的縱容之下，大家都已經說順了嘴。

大梁國雖然是馬上得天下，但是立國之初，太祖就定下了以文御武，帝王與士大夫共治天下的調子。一堆打江山的開國武將被殺的被殺，投置閒散的投置閒散，能夠被架空做個不問朝政的空殼子大臣已經是個最好的結局。

在那個以文御武的美好歲月裡，武人就算級別再高，見了文臣都得執下禮問好。如此情景，怎不叫文官們每每讀起前人筆記之時都熱血沸騰，悠然神往？

只可惜，這一代出了一個背靠軍方系統登基上位的壽光帝。

這場從開國延續至今的文武之爭，在這一朝的格局被徹底顛覆，單看作為武將之首的蕭家威風凜凜了幾十年，連一個張嘴便罵聖人的蕭洛辰都可過得如此得意，便可知這麼多年來文臣們過得如何鬱悶。

不過，事易時遷，如今皇上的心思大變，文官們一個個摩拳擦掌，無不自認為建功之日就在眼前了。

山雨欲來風滿樓，那都是男人們的事情。

安清悠不過一個小小女子，對這等事既不能摻和，也不想摻和，她也自認為摻和不明白。

昨夜，京城裡又下了一場雪，房頂上的積雪還有些鬆軟，在陽光的照耀下，一閃一閃發著亮光，把宮殿打扮得漂亮又冰冷。

天字號單子的秀女是要留在宮裡的，這些被指婚給皇子皇孫們的秀女，從這個時候起就不能出宮了，要留在宮裡「教養隨規」。直到出嫁的前一天晚上才會被送回母家，沐浴熏香，上妝打扮，等著某位皇親前來迎娶。

長長的車隊駛出了北宮門，馬車的木輪壓在積雪上面，偶爾發出一陣「咯吱咯吱」的亂響。

自地字號單子以下，這些不嫁皇室的秀女們都要被遣送出宮，哪怕是已經在宮裡被指婚了，也可以先回娘家，過上一段做姑娘的日子。

安清悠坐在馬車裡，抱著暖手爐，心情卻像是外面雪後初晴的陽光一樣舒暢。

這該死的選秀總算是過去了，這讓人噁心的皇宮她是絕對不想再來了。

在全身而退之後，命運似乎又一次回到了安清悠自己的手中。

不管怎麼說，只要回到了安家，這周旋餘地可比宮裡面大得多了，至少不用擔心會不知道從哪裡冒出來的一個什麼人什麼事，甚至是捅到那些皇室貴人們面前的一句話，就把自己的終身命運給定了。

如今安清悠在宮裡走了一遭，眼界視野自然是完全不同。

如果不是某個倒楣男子好死不死地摻和了一腳，那這次入宮選秀尚能稱得上是圓滿結束。

對於文妃想要把她指給沈家之事，安清悠到現在仍然不知情，所以她現在還可以很幸福地發著脾氣。

「如果沒有那個該死的蕭洛辰就好了，還半年……行啊，反正本小姐今年才十七，跟你這個混世魔王磕得起！」

蕭洛辰這傢伙就是運氣不佳，在天不時、地不利、人不和的情況下，於選秀那等場面上霸道表白，既容易被人當作有政治目的，又趕在了安清悠心裡不平的時候，她不反感才奇怪。

而此時此刻，就在北宮門城樓上的某處，正被安清悠唾棄的傢伙正一臉得意，優哉游哉地看著秀女們的車隊出宮。

「臭女人，妳現在應該是滿肚子怒氣地咬牙切齒吧？我能感覺得到……嘿嘿！罵，使勁兒地罵！罵出些天上地下絕無僅有的花樣，那才稱得上是我蕭洛辰的女人！且看妳家爺的手段，定叫妳哭著喊著求著嫁給爺！」

蕭洛辰再次露出邪氣萬分的笑容，他對自己很有自信，以他的本領，還能搞不定一個女人？卻不知，安清悠的思維和古人截然不同，他再怎麼思量，也拿捏不準她的心思。

安清悠正在畫圈圈詛咒……

「蕭洛辰啊蕭洛辰，你想拿本姑娘的婚姻大事做文章，我呸！本姑娘才不讓你稱心如意，詛咒你啊詛咒你……詛咒你娶不成本姑娘……不，詛咒你一輩子娶不上媳婦兒！你既然那麼喜歡在宮裡混，索性直接進宮做太監好了……」

安清悠連沈家走文妃的路指婚都不知道，更不用說蕭洛辰和壽光帝某個可能會造就太監的強悍約定了。

忽聽得馬車外一陣喧譁，有人高聲叫著：「哇，快看，那是秀女的車隊啊……」

最先出宮的安清悠，作為秀女車隊的領頭車，率先走出了禁軍封鎖的宮門地帶。

選秀不像是科舉，前面幾名不但沒有打馬御街的風光，還要被留在宮中過上一段孤獨日子。秀女們出宮也沒有一群人跑前跑後地喊著報喜，只有一面大鑼敲啊敲，以示天家恩重，也讓你們這些送了女兒的大戶小戶們榮耀一把。

這倒是不妨礙草根階層們興高采烈，群眾都愛看熱鬧，尤其是京城老百姓對於這種事情更加興趣高漲。每一屆秀女從宮中出來的時候，總有那麼些喜歡湊熱鬧的人，跑到宮門外等著。

雖然秀女們都坐在車裡捂得嚴嚴實實的，可光是這一輛接一輛的寶馬香車，就足夠調動起老百姓們的圍觀熱情了。更何況，這越是隱著藏著，反而越能引起人們的猜測，比如裡面一個個如花似玉的大姑娘究竟是什麼樣子。

「……所以說這就是天恩，留在宮裡是恩典，讓孩子回家來也是恩典。孩子從宮裡出來拜見父親長輩是皇上賜的恩典，我這個做祖父的出來迎接孩子，不光是為了示德，更是為了謝皇上所賜的恩典……懂了沒有？」

安老太爺此時正慢慢地走出安家正門，對著旁邊的安德佑、安子良父子倆悠悠地說道。

今天是長房大小姐安清悠選秀歸來的日子，眾人的臉上都帶著喜色，就連老太爺隨口提點了兒子孫子幾句，都顯得喜氣。

「聖上所賜，雷霆雨露皆是恩澤。無論何事，我皆以承恩之心示之，此方為堂堂正正之道，其他機巧自然也需要，但是只可做補充，不可做常態，不知兒子說得對否？」安德佑認認真真地回答著老太爺的話。

安老太爺點了點頭，對這般應答頗為滿意，這大半年來，安德佑進境頗多，言行越來越有老太爺的影子，便又再轉頭看向安子良，顯然是等著他也回答上幾句。

「既然裡外都是皇家的恩典，那自然要把皇上的恩典用好啊！」安子良端著一張胖臉，笑嘻嘻地道：「好比以前孫兒若是得了什麼好東西，遇到什麼好事，就只知道興高采烈地得意，如今既有了皇上的恩典，我倒可以低調了，誰愛得意誰得意去！得意完了我跟他好好講講皇上給我們安家的恩典，看他們誰還敢再跟我得意？祖父，您說孫兒這樣對不對？」

安子良在那裡說得搖頭晃腦，安德佑卻是瞪大了眼睛，臉上的肌肉一跳一跳的。

安清悠進宮一個月，安子良也在老太爺府裡被老太爺提點調教了一個月，就學會了這個？

「嗯……十幾歲的時候就應該琢磨十幾歲的事情，四十幾歲的時候就應該琢磨四十幾歲的事情，年歲不同，行之不同，老夫甚是欣慰啊！」

老太爺對於安子良的回答還甚是欣慰？

安德佑嘴角抽搐，卻也得勉強點了點頭，不敢說老太爺說的不對。

這時，安老太爺正色囑咐道：「德佑，子良這孩子才智甚佳，若是教養得當，未始不能成大器。依為父看，我安家下一代的希望，十有八九要著落在他身上，你心中當有此事，好好地用心栽培他。」

安德佑唯唯諾諾，卻是有點哭笑不得。

雖說安子良如今會背書了，也曾經在老太爺壽宴之類的場合上小露過臉，可是看著兒子猶自掛著不著調的笑容，怎麼看也不像是擔得起安家第三代中領軍人物的樣子。

倒是悠兒頗有這方面的天賦，可惜是個女子，早晚要嫁出去……

一想到安清悠的出嫁問題，安德佑心裡一聲長嘆，這麼好的女兒早晚得嫁人，實在是讓人不痛快啊！

然後，安德佑非常堅決地做了個決定，等安清悠回來，便把安子良丟給她這當大姊的管教，自己撒手不管了。唉……不知道哪一天嫁出去就成別人家的人了，讓她們姊弟多相處一段時間也好。

安德佑這叫舐犢情深，他自己訓了安子良十幾年都沒訓出個樣兒來，在這時候自然是不會念叨的，更何況老太爺這般誇獎安子良，他臉上也甚有光彩。

安德佑笑呵呵地抬頭望著街角，卻不知道安清悠下一刻會不會就在自己眼前出現？

「老爺！老爺，大小姐要到了！」安家的下人從秀女的車隊出了北宮門，就一直跟著盯著，此刻早已有人跑著前來報信。

「來了！」安德佑有點激動，脖子伸得長些……

話音未落，聽見遠處幾聲大響，街口迎接秀女的下人對天點起了沖天炮。

緊接著一陣人流率先湧進了街中，一群小孩子叫道：「秀女啊！快來看秀女啊……」

街角間緩緩轉過了一支車隊。

前面兩隊御林軍開道，中間四名太監手持拂塵，輪流高叫「天家恩德，秀女回親」。迎頭第一輛車行了過來，緩緩停在了安家大門口。一時間，門口的上下人等忍不住一陣激動，不是當初安清悠入宮之時安家派去的那輛馬車，又是哪個？

「這是誰家？哎呀呀……原來這一屆的秀女，第一名的竟是安老大人家的啊！」

「沒見識吧？早聽說安老大人家有個漂亮的孫女，會調香的！前些日子滿京城都流行那種很濃很濃的香物，就是這位大小姐所製！我可是安老大人家的鄰居，時時見得到這位大小姐的！」

「我呸！安家是什麼人家，那大家閨秀都大門不出二門不邁的，那大小姐也是你能見的？再說安家的大小姐可是住在長房安大人家裡，和安老大人的御史府有什麼關係？到底是誰沒見識，牛皮吹破了吧……」

這秀女的歸家和科舉剛好相反，車隊須得先奔排名靠前的秀女家中落下了秀女，再以此類推至後面的名次。

安清悠這馬車一停，滿街哄然，臨近不少鄰居得意洋洋，顯得一副與有榮焉的樣子。更不知多少人瞧著安家時，臉上都帶著豔羨之色。

「早知如此，倒是不應該在我這府裡操持，反而是應該去你的府裡接清悠這孩子，也讓你這當爹的風光一把！」安老太爺哈哈大笑，抬腳間腰桿挺得筆直。

不嫁皇室、不入天榜，這廂卻先拿了個初試第一，又拿了個出宮秀女的第一，清悠這孩子當真了得，裡子面子什麼都有了。

安德佑知道父親這般說法，是在給自己這房長臉，當下連稱不敢，安穩地跟著走在了後面。在哪接女兒也繞不過他這個當爹的，步子邁得極有底氣。

二老爺安德經、三老爺安德成、四老爺安德峰，幾房老爺跟在了後面。老太爺都親自出馬了，又把接安清悠的地點放在了自己府上，他們幾位又哪裡敢不到？

於是，各自攜了夫人排在後面，只是各人神色不同，安德經一家言行拘謹守禮，安德成兩口子喜上眉梢，安德峰面無表情，四夫人藍氏卻是一臉抑鬱。

這次不管怎麼搞法，都是給長房長了臉，可這銀子卻是四房出的，她又在心裡打起官司了。

安清悠款款地下了馬車，周圍哇的一陣譁然。

甭管看清楚、沒看清楚，這當兒大家是一起叫好喝彩。

早有兩個丫鬟搶了過去攙扶，左手是青兒，右手是茶香，兩個大丫鬟是安子良特意從長房那邊帶過來的。

安清悠福身行禮，「給祖父請安，給父親請安，給各位叔父、嬸娘請安！」

安老太爺哈哈大笑，斜眼一瞥旁邊的安德佑，見他臉上亦有得意之色。

送秀女的車隊不等旁人，見著安清悠和安家眾人搭上了手，便不再停留，揚長而去。周圍湊熱鬧的民眾，也跟著送秀女的車隊跑了開去。

看著喜氣洋洋的安老太爺、驕傲自得的父親、一如往常笑得沒心沒肺的弟弟，還有為自己高興的三叔、三嬸，就連那個精打細算，見不得長房半點好的藍氏，此刻看著居然也讓人懷念。

安清悠臉上笑意不止，心裡暗道：我回來了！

◉ ◉ ◉

「這一次清悠這孩子算是大大地露臉了！這些天嬸娘常在求神拜佛，保佑咱們清悠平平安安回來便好，沒想到妳居然做得這般好，不光是初選拿了第一，終選也拿了地字號頭名，要我說啊，那天榜單子上嫁給皇室的秀女們，現在可不是被關在了宮裡，卻未必有咱們大侄女來得實惠呢！」安老太爺府上宴席已擺開，三夫人趙氏感嘆地說道。

一番話說出來，眾人齊齊笑了起來。

「三嬸這是哪裡來的話？秀女中能手甚多，侄女也只是運氣好而已，又蒙宮中貴人照顧，陛下也是衝著咱們安家的面子多給了些恩典，這才有了現在回來這樣子……」安清悠微微一笑。

她雖是晚輩，卻是這次家宴的主要人物，首桌上自然有她一個位置。

她此刻多提了兩句貴人、皇上如何，趙氏登時醒悟，知道自己只說得高興，言語有些當，心裡卻越是欣慰，大侄女在宮裡走了一遭，越發成熟有度了。

「聽說那終選的時候，皇上還說了咱們老太爺是國之重臣，朕當護之，可是真有此事？」二夫人劉氏好奇地問道。

二老爺本是個書呆子，對於這等事情倒是二夫人更上心。

安清悠知道這位二嬸是看現在外面局勢亂了，有些穩不住心神，才跑到這裡來求證。

安清悠笑著回道：「皇上的確說了這話……」

從宮裡走了一遭出來，大家少不了問東問西，很多人看她的眼神也都不一樣了，像鍍了一層金似的。不過，安清悠自己倒是清醒，這時候不但不能忘形，還要更謹慎應對才是。

「這還能有假？皇上的事情誰敢亂傳，那不是找死嗎？」

安清悠話還沒說完，旁邊有人逕自接過了話頭。

說這話的便是四夫人藍氏，似乎是不說兩句給長房添堵，她心裡就不過癮似的。

藍氏滔滔不絕地笑道：「聽說在終試的時候，那個蕭洛辰求皇上，說是要娶大侄女呢！只是這蕭家如今沒落，長房莫名其妙沾上了，不知對咱們安家是好是壞？聽說皇上還給了那蕭洛辰半年之期，可惜啊，好不容易拿了個地榜第一，這半年裡卻是難嫁人了。若是等了半年後再嫁，只怕那選秀的名聲都是涼了，嫁的人家可是不比現在……」

「唉，大侄女，妳說這事可怎麼辦？難道我們安家還能和蕭洛辰這等人糾纏不清不成？」

藍氏絮絮叨叨說了一堆，看似替安清悠發愁擔心，實則是抹黑，更指出蕭家現在形勢不好，長房和蕭家這麼一牽扯，怕是對安家不妥。

飯桌上本是熱鬧，藍氏這番話一說，驀然靜了下去，氣氛竟是一時有些沉悶起來。

安德峰自從當初壽宴上被老太爺罵了一頓之後，一直在反省，此刻見藍氏般，便使勁地打眼色給她。藍氏卻是裝瞎，打壓長房的機會一閃即逝，不能讓長房過得如此舒坦，把風頭全領了過去。

安清悠卻是認真地點頭道：「那蕭洛辰的確可恨！不過，那蕭家是趨好也罷，趨壞也罷，侄女既是不想嫁去，那便與我們安家無甚關係！想來皇上都發了話，只要我安家各房團結，應該沒人敢藉機難為安家。至於嫁人之事……四嬸教訓得極是，侄女也為此事發愁，不如四嬸提點一二？」

藍氏一愣，這段時間安清悠進宮，她閒來無事把之前與安清悠的諸多次交手研究了一遍，發現自己居然從來沒占上過什麼便宜。

原想著按照安清悠的風格，定然是要說些犀利的話來反駁自己，到時候自己面上不說，私下裡說些安清悠剛從宮裡出來便趾高氣揚瞧不起長輩的話，便能給長房抹上些黑，誰料想這位大侄女居然不照自己的意接話，還要自己提點，這話讓她怎麼接？

總不能當著眾人的面說大侄女就是嫁不出去吧？

可若是幫安清悠出主意，莫說藍氏不肯，就算要出主意，這事卻又涉及近日裡最讓人棘手的蕭家，藍氏一時半會兒哪敢亂說話。

結果，躊躇了半天，饒是藍氏素來伶牙俐齒，也說不出話來，囁嚅了半天，卻是默默伸手夾了一筷子菜，細細咀嚼，這才抬頭笑道：「今日這酒席上的菜做得倒是不錯……」

趙氏噗哧笑了出來，「這話說得可真叫一個對了！四弟妹張羅的家宴，又能差到哪兒去？我今兒剛一上桌啊，就覺得這些菜真是好吃呢！來來來，大侄女，妳可也得多吃幾筷子，今兒這席面可是妳四嬸親自操持的，為了迎妳啊，她可是花了不少銀子呢！」

這話看似說是席面好，話裡話外那指著菜肴擠兌藍氏的意思又有誰聽不出來？

安清悠順著趙氏之意，附和道：「好吃多吃……大家都吃……四嬸，您也多吃點兒？」

藍氏臉上是青一陣白一陣，表情豐富多彩，心中更是不忿。

所有酒桌上的一切，安老太爺自然是看在眼裡。

對於藍氏，他的眼睛微微一瞇，最近老四被自己教訓了一番後似有收斂，至於這四媳婦……唉，不提也罷！

安老太爺看了看安清悠，又看了看藍氏，忽地停箸傲然道：「老夫在此，誰敢動我的孫女兒？說那什麼選秀之事冷了涼了……嘖，我安家嫁女兒，難道還能學那商賈之人賣東西，要趁著貨物熱火之時把女兒待價而沽，賣個好價錢不成？夫婿好不好，不是看婆家權勢，而是看這男子有沒有才學、人品如何，肯不肯真心實意地對清悠這孩子！至於我們安家……單憑皇上當著那麼多人親口許下的他親自為悠兒主婚，難道還不夠風光嗎？」

老爺子自有老爺子的消息管道，對於選秀中發生的事情，比其他人知道的多。

這話一說，相當於將這事釘死。

藍氏的面色登時從一臉青白轉向了面若死灰，這大侄女嫁人的話題無論如何不敢再提了，低著腦袋不敢抬頭，卻又怕別人笑自己失態，索性賣力對付起那桌酒菜來，一筷子糖醋魚，吃得認真無比。

安清悠卻是聞言大喜，心知那壽光帝主婚的話語，前提便是蕭洛辰的半年之約未成。

老太爺提起這個話頭，自然是沒把蕭洛辰的求親放在眼裡，心下喜悅之餘，不知怎麼的，想起蕭洛辰那張不羈的臉來，咬牙切齒地想道：蕭洛辰啊蕭洛辰，看你還能耍什麼花槍！本姑娘就在家中等著看，看你怎麼碰得頭破血流！哈哈……我還要嫁個好郎君，比你好百倍的！氣死你！氣死你！氣得你肝疼！

趙氏對安清悠頗是憐惜，一個勁兒地邊說好話邊夾菜給安清悠，讓安清悠倍感溫暖。

門外忽有下人來報，說是鴻臚寺協理劉大人攜夫人前來賀喜，恭祝安家小姐取得地榜頭名。

眾人不禁一愣，那鴻臚寺協理雖然也是個五品官，但算不上什麼大員，平素和安家也沒什麼來往，趕在這時候來賀喜，所為何來？

安老太爺心裡有譜，拈鬚微笑，問向藍氏道：「四媳婦，之前我曾說這府裡要開側廳擺側席，妳吩咐了沒有？莫不是又為了省銀子沒安排吧？」

藍氏臉色微紅，連忙擠出笑臉說道：「老太爺這是哪裡來的話？媳婦雖說經常琢磨銀錢，卻也是行勤儉持家之道，您老人家親自囑咐的事情，媳婦哪敢怠慢？側廳早已布置好，如今既有客人來，可是要開席了？」

安德峰管著戶部鹽運司，每年光批鹽引就不知道落袋了多少銀子，四房花銀子的本事也是出了名的，炫耀奢侈誰不知道？

藍氏居然能說出勤儉持家這等話來，真是稀罕得很了。

眾人略感詫異，不過一個小小的鴻臚寺協辦，倒要老太爺帶著安家費上如此大的陣仗不成？

安老太爺也不說破，逕自轉向了安清悠問道：「人家可是專門給妳賀喜來的，妳既在宮裡轉了一遭，看到聽到參與到的事情只怕是不比妳叔父嬸娘們少，眼下卻又怎麼看？」

安老太爺這般發問，自然便是考校之意了。

安清悠側頭想了一想，忽然笑道：「這賀客說是為了孫女來，卻只怕是奔著祖父的念頭多了些，正所謂大樹底下好乘涼，祖父提早開了側廳備了席面，早就一切盡在掌握中，孫女佩服得緊呢！」

眾人見安清悠與老太爺對話都是半遮半掩，像是在打啞謎，心中越發奇怪。

安老太爺哈哈大笑，卻又深深地看了安清悠一眼，輕輕地嘆了口氣，「可惜了，妳這孩子是個女兒身，做不得官……」

眾人微驚，安家四房莫不想走老太爺的路，謀個官位，只是老太爺總是不置可否，弄得大家只能變著法子討他歡心，可這長房的大侄女究竟有什麼魔力？竟然能夠讓老太爺如此看重，恨不得她是個能做官的男兒身？

便在此時，又有下人來報：「刑部稽核司司官蘇易虎蘇大人來訪，賀大小姐選秀功成！」

有了剛才老太爺和安清悠的一番對答，眾人對於這賀客之事可就重視了起來。

更何況，那刑部稽核司乃是個握有實權的官，司官蘇大人亦是頗為有名的能吏，這等人平日裡與安家無甚來往，如今登門，大家自是都想交好一二，卻不知一會兒老太爺又是怎生安排？

幾房之中，唯有安德佑坐得最穩，安清悠是他閨女，賀客們既是打著祝賀女兒的名義而來，左右繞不過他要帶著自家女兒過去寒暄一番，想見誰就見誰。

「稟老太爺，戶部經儲司司官孫元豐孫大人來拜，祝賀大小姐選秀功成！」

這邊刑部一個實權司官來訪的話音未落，那邊戶部又是一個司官來訪的消息報了上來。

別人還只是越來越奇，安德峰可是坐不住了。

那經儲司的孫大人可是他一直想結交之人，鹽運司和經儲司一個管運售，一個管倉儲，若能互相照應，那可就橫著連成一線，無論是奔仕途還是撈銀子，都是大有裨益。

可那經儲司的孫大人一直以來對安德峰不鹹不淡的，如今卻奔到安家府上，打著祝賀安家大小姐的名義，安德峰心裡這叫一個癢啊，卻知這事繞不過長房，轉頭看向夫人藍氏，眼神無比幽怨，妳沒事又去招長房做什麼？

藍氏鬱悶至極，心說大侄女不就是去宮裡一遭，既不是指了個王爺做皇家的妃子，也不是點了什麼朝中重臣做嫡子的兒媳之類，還惹上了蕭家那麼個皇上明顯要整治的大麻煩，怎麼反倒有這些實權的官吏一個個奔著來了？

可是被自家老爺這麼一瞪，藍氏只能回頭笑著跟安清悠套近乎：「大侄女啊，最近四嬸那裡來了一批新進的南海珍珠，四嬸琢磨著我反正也一把年紀了，穿戴這些勞什子物事有什麼意思？不如侄女什麼時候去我那裡，先可著妳把那好的都挑上，做出條珍珠鏈子來，那才叫配妳這人呢……」

「多謝嬸娘了！侄女在宮裡和那東南六省經略總督家的大小姐劉明珠結拜了，一直羨慕她有條很漂亮的珍珠鏈子呢！」安清悠老實不客氣地應下藍氏，順著她的話頭往下道：「那個劉大小姐啊，她的那條珠鏈每一顆珍珠都有這麼大，個個飽滿圓潤，串在一起足有這麼長！侄女就想著，什麼時候我能有條比她還大還長的珍珠鏈子……四嬸，您那邊的珍珠能有這麼好嗎？」

東南六省經略總督劉家，那可是富甲天下的大梁首戶，給自家孩子所用所戴自然都是上品。

安清悠故意誇張了幾分，每比劃一下，藍氏就微微變色一分，嘴裡頭直發苦，可是發苦歸發苦，一瞅著旁邊老爺那副想和經儲司搭線的神情……

罷了，這後面指不定還會來什麼樣的官，今兒既是怎麼也繞不過長房，就當是跑門路了。

藍氏一咬後槽牙，笑道：「那又能當得什麼？咱們雖比不得劉總督家富可敵國，可是總不能讓侄女失望不是？不就是一條珍珠鏈子嗎？我這邊兒給妳包了！妳四嬸……有錢！」

藍氏咬牙切齒地說著自己有錢的時候，下面那來訪的賓客卻如流水般的報了上了來。

「九城巡提衙門王奉春王大人來訪，祝賀大小姐選秀功成！」

「吏部司舉都事魏無易魏大人來訪……」

「翰林院副講武秀嵐武大人來訪……」

一桌子的人都呆了，一個兩個的已經讓人心中震動又不明所以，這一轉眼間，怎麼賓客們竟如流水般的報了上來，大侄女這選秀究竟是選出了個什麼來？竟然有偌大的威力……

安老太爺笑著打趣道：「小清悠，人家可都是來向妳賀喜的，人家一個接一個地上門，倒是怎生安排啊？」

便連安清悠自己，看著這等場面，也是有些迷糊。

在宮裡被關了一個月，雖說見了皇后、文妃甚至皇上這類頂尖的貴人，消息卻反倒不如在宮外之時靈通。

此刻甫一回家，便有這許多人上門，安清悠一時倒沒了主意。

正躊躇間，心裡一動，猜到了老太爺的用意，便答道：「孫女一個小小的女子，什麼主意也沒有，不過，孫女想，祖父既然早有預判，事先備下酒席，想來已有定計。來的賓客雖多，我安家卻只須不卑不亢，以酒宴款待便是，至於孫女能做的，不外乎隨著祖父和父親到外廳致謝，不妄言亂語，也就盡了本分了。」

安清悠這話答得中規中矩，不少人頗為意外。

地字號單子的榜首，是極大的光彩，更是安家多年來少有的露臉之事，怎麼反倒謹慎起來？

一想起面子，眾人把目光投向了安德佑，若論愛面子，這位安大老爺倒算是安家人之中的頭一號，且看他怎麼說？

安德佑卻是一副老神在在的樣子，端起一杯水酒朝幾個弟弟虛敬，慢吞吞地說道：「我覺得悠兒這主意挺好……」

幾位老爺不約而同愣住，這還是自己認識的那個大哥嗎？

安老太爺大笑道：「不錯不錯，長房如今真是越來越長進了！」

有那腦子轉得快的，已經反應過來老太爺這是在考校什麼，而一些沒想到的卻兀自渾渾噩噩，安德經感嘆道：「古人云：寵辱不驚，方為真名士！大哥父女如此情形下猶能謙虛避讓，實在是大有古人之風！傳了出去，實為我安家一段佳話……」

安德經這邊大掉書袋地感嘆，安清悠卻是心中雪亮。

什麼古人云不古人云的，她才沒想什麼謙虛避讓？

她之所以說要謹言慎行，是因老太爺在考察自己進宮一趟，有沒有沾上那些宮中貴人喜歡插手娘家事情的習氣，是否在宮中妄自站了隊。

安清悠心裡輕輕一嘆，自家這位老太爺啊，表面看著樂呵，其實什麼都明白，什麼都算計得周全著呢！

眾人繼續談笑用宴，來訪的官員們卻是一個接著一個，裡面大半是和安家平素沒什麼往來的，眼看著側廳越來越多人，安家的幾位老爺都坐不住了。

不光是安德峰惦記著他的運鹽儲鹽一條龍，安德成雖然方正卻不迂腐，聽得吏部、刑部等和自己公務相關之人來了，也是起了結交之意。到得後來，便連安德經也在琢磨：那翰林院的誰誰誰，平日裡端的是又臭又硬，和我在學術之道上頗不對盤，如今怎麼也蹬上我安家門來了？若是此次藉機踩他一踩，看他以後在我面前還敢趾高氣揚否？

「瞧你們一個個這點出息！」安老太爺鄙夷地看了幾個兒子一眼，訓斥道：「為父的教你們多少次了？來了這麼幾個官，你們就這麼百爪撓心地想要去走關係了？看看你們大哥，坐得踏實，這才是咱們安家人該有的樣子！」

其他三位老爺一聽，都是搖頭苦笑，今天長房算是得了老太爺的喜了，怎麼這說什麼都能說到誇長房去？

尤其是素來和長房不睦的安德峰，早就連比劃的心思都沒了。

心裡道了一句得了，今兒個可得多長點眼力價兒，順著長房來著！

安德峰瞥了一眼安清悠，心裡又多加了一句，更是別惹著這位大侄女。眼睛也不往別的地方看了，淨瞅著自家夫人，生怕她再搞出什麼花槍來。

藍氏瞅瞅四老爺那眼光，哪還不明白是什麼意思，可是心裡直生氣。

心說我有那麼不堪嗎？怎麼說也是多少應酬裡打滾過來的，難到這時候還看不明白風向？你還當我會惹那長房的父女做什麼？

越想越不舒服，別的不敢發作，卻是對著自家老爺翻了一個白眼回去。

安德峰登時就不爽了，正怕妳生亂呢，還給我白眼，便也直接一個大白眼翻了過去。

安德佑見到這般場景卻是心裡一樂，以前四房愛看長房笑話，如今難得看一把四房的笑話，當下拿出了身為兄長的做派，故作關切地問道：「四弟、四弟妹，你們可是不舒服？」

四老爺兩口子原本就是為了不惹長房而置的氣，這時候又有誰肯先鬆口？居然不約而同，齊聲應了一句：「大哥所言甚是。」

安德佑心裡更樂，用力咳嗽一聲，準備再說點別的，門外又有人來報，說是禮部右侍郎衛于其衛大人也來了。

「啊？衛大人也來了？」安德佑脫口而出，雖說老太爺發話要提攜自己，可那衛侍郎衛大人卻是自己的頂頭上司，就算要轉出禮部，也得要這位放人不是？

一時之間，安德佑的神情全無剛才老太爺誇獎的風範，三位老爺這才臉色好看了些，心道這才叫實實在在的大哥別說二哥，我們哥兒幾個屁股坐得不夠穩當，大哥你連話都脫口而出了，不愧是我們的好大哥！

幾位老爺再偷眼看老太爺，卻見老爺子直勾勾地盯著天花板，好像什麼都沒看見一樣。

可能是感覺到兒子們的眼光，安老太爺顧左右而言他：「小清悠，祖父這脖頸子最近有些難受，剛剛又犯疼，沒妳給祖父按兩下，還真是難受！來來來，好不容易妳回來了，趕緊幫祖父捏捏！」

安清悠抿嘴一樂，自己孝敬老太爺的香囊不少，可什麼時候給他老人家捏過脖子了？

安老太爺也是就坡下驢，直呼自己年紀大了吃不了太多東西，逕自端起一杯茶來慢慢品著，輕輕巧巧轉換了話題。

便在此時，又聽得下人來報：「稟老太爺，稟各位老爺，雲松閣陳老學士也來了，說是祝賀咱們家大小姐……」

安老太爺登時一口茶水嗆了出來，慌得安清悠又是幫著擦前襟，又是忙著拍後背。

好不容易安老太爺一口氣緩了過來，卻是叫道：「你可看清了？當真是那老匹夫親自來了？」

四位老爺一起繃著，費了好大的勁兒才控制著沒笑了出來。

大梁國有學士頭銜的不下百人，那陳老學士雖然也是學士，卻比當朝首輔李大學士差遠了。陳老學士學問極佳，和安老太爺齊名，兩位學術大家在立論上本就不是一派，各自著書立言，半輩子的筆墨官司沒有少打。

如今這位老爺子上得門來，怎能不叫安老太爺激動？

四位老爺偷笑，那來報信的下人惶惶然磕了頭，一再重複是真的，真是老太爺您經常咬牙切齒的那位陳老學士來了。

安老太爺興高采烈，大叫道：「一定要給那個老匹夫在外廳的末席排個座位……不不不，不放在末席，放在首席，老夫要讓所有賓客看看他那上趕著來我安家的樣子……」

嚷嚷了幾句，安老太爺一轉頭，卻見眾人皆是一副憋得難受的樣子，不禁如小孩子一樣撓了撓頭，嘿嘿笑道：「漏了漏了，全漏了！連老夫也是心裡高興，一下子沒忍住……嘿嘿，左右都是家裡人，要不咱們老的中的小的，誰都別再繃著了？」

這話一說，安清悠頭一個噗哧笑了出來。

笑聲就像是會傳染一樣，廳裡嘻嘻哈哈，笑成了一片。

「走走走，該應酬的應酬，該串門路的串門路，這人在世上活著，誰又能不做點兒這等事來？反正飯也吃得差不多了，咱們闔家老少一起到外廳會賓客去！」

安老太爺領頭，安家上下齊聲應諾。

◉　◉　◉

「安老大人，大喜啊！」

「賢孫女此次得了臉面，瞧得我等羨慕不已！安老大人教導有方，如此家風，怎能不叫人心生嚮往？」

「哎呀呀，這位可是安德佑安兄？自去年詩會一別，許久未見，愚弟實在是想念得緊！此次令嬡光耀門楣，我等可是專程來賀。別的不說，這次定是要多喝兩杯，愚弟可是打定了主意，不醉不歸啊！」

「安賢弟，早想與你們鹽運司好生親近，咱們兩個同在戶部，又是你運我儲，早些有此一晤，不是什麼事情都解決了？」

「子曰：三人行必有我師，安兄當初那篇《先學禮制考》，在下可是拜讀了數遍了……」

外廳裡熱熱鬧鬧，安家的男子們一個個如魚得水，從老的到小的，每個人都有人圍在旁邊。就連安子良的旁邊，也圍上了幾個少年，拉著手，你說一句人中瑰寶，我說一句一見如故，就差斬雞頭燒黃紙了。

安家眾人雖然覺得痛快，卻也不敢太過，只因安老太爺在來的路上，反覆叮嚀過：「你們當這些平時裡又冷又硬的傢伙為什麼會到咱們安家來？還不是因為皇上在小清悠選秀之時說了一句『國之重臣，朕當護之』。如今這外面李黨、蕭黨們鬥得厲害，這些傢伙不想選邊站隊，怕被人逼著捲了進去，又瞧著咱們安家誰也不幫，便想著和咱們擰成一股。你們尋好處也就罷了，可千萬別真搞什麼結黨的事，外廳裡誰說了什麼，皇上可都知道得清清楚楚。」

於是，眾人奉承照受，好處照收，條件照談，只是這話裡話外，卻是個個把持得極好。

不過，今日來的人卻也不是善碴，這些人平日裡雖然都是些不愛交際的主兒，但也都有各自不愛交際的本錢。

同樣沒一個傻子，平常雖然和安家少有來往，為什麼非得趕著今天來拜訪？

當然是因為安家今天要接安清悠回府，稱不在也稱不得，裝病也裝不得，誰不知道你安家一家老小都得在場？

這時登門賀喜，自然是想見的都能見得。

因此，大家各顯其能，各出其謀，不亦樂乎。

就連那位和安老太爺較勁了一輩子的陳老學士，也是擺出一副惺惺相惜的樣子說道：「早在選秀開始之前，便聽聞安兄你不欲讓孫女嫁入皇宮之事，如此視富貴如糞土，便是愚弟也深感欽佩。正所謂道雖易言，能真為之者又有幾人？愚弟家中亦有一孫女，原本也想等她再長兩歲便送進宮中，如今倒是想仿效安兄之舉，不入皇室。聽聞安兄有一孫名曰子良，倒不如嫁與他？你我君子之爭數十載，如今一笑間結成親家，豈不也是一樁美談？」

安老太爺心中大罵了幾句老匹夫，心說眼瞅著朝中情勢十年來未有變，你這時候倒是真能拉得下臉來！某居然和這等人爭學問爭了數十年，當真是羞與之為伍！

不過，心裡罵歸心裡罵，安老太爺面上不說答應，也不說不答應，只是敷衍道聯姻甚好，但孩子們還小，我家子良更是發過夙願，不得功名不娶親。將來若是我家那不成器的孫子有了功名，到時候上門提親才風光。你放心，一定優先考慮你家孫女，誰讓咱兩家門當戶對呢？

可憐安子良那邊一口氣收了一大堆送上門來的小弟，卻不知道自己什麼時候有不得功名不娶親的夙願了。

還好安老太爺留了個心眼，沒說他立下毒誓，不然若是真考不上功名，還不得天打五雷轟了？

總而言之，大家是你有來言我有去語，主旨都是一個，我這邊送上門來要和你安家綁在一起，你想要裡子面子都行，可也得拿出點真東西來穩住我們的心吧？

安清悠作為宴席的主角，承受的壓力在許多人之上。

跟著祖父和父親在席間轉了一圈又一圈，見禮請安，哪一項能少得了她？

一個謊言重複千遍未必能變成事實，一個動作重複百遍就足夠累死人了，不過，安清悠到底還是安清悠，宮裡選秀的大陣仗都走過來了，這時候還能掉鏈子？

舉止談吐之間滴水不漏，連最愛給長房添堵的藍氏也不禁在心裡豎起了大拇指。

上門賀喜的都是有眼色的人，早就備了貴重的見面禮，安清悠又是收東西收到手軟，青兒和芋草往來奔忙，時不時把安清悠袖袋裡的東西轉移到後堂屋子裡去。

收見面禮雖然痛快，但女眷圈子裡的事情可就有點麻煩了。

「大小姐如今可有了如意郎君？聽說在宮裡的時候皇上可說了，要親自為大小姐主婚，我家那孩子……」

「妳家那孩子不過是個舉人，也好拿出來說道？小兒今年可是中了進士，二榜第十三名，我看咱們兩家極是門當戶對，要不，哪天領來府上……」

「我呸！我家孩子不行，妳家孩子就合適了？大小姐年方十七，妳家那位公子呢？今年已經快三十歲了吧？難道讓大小姐嫁個老男人不成？我家孩子雖然只是個舉人，但是年僅十六便已中舉，日後必然也能中進士，前途無量，又和大小姐年貌相當，這才真是門當戶對！」

「少有才名，老來無成的人多了，等妳家公子真中了進士再說吧！年紀大怎麼了？年紀大懂得疼人呢！」

「年近三十尚未娶妻，誰知道妳家兒子是不是有什麼難言之隱……」

「妳說誰家孩子有難言之隱？」

安清悠還是頭一次看到官太太們放下身段，賣力推銷起自家兒子、侄子、外甥等等。

倒是大家都有共識，就是安清悠絕不可能嫁蕭洛辰那個浪蕩子。半年之約？且不說蕭家如今正被皇上打壓，便說這安大小姐若是真肯嫁，只要當初選秀之時在皇上面前點頭就成，如何會有今日？

更何況，安老大人那邊……

呵呵，若是安老大人這等講了一輩子禮法的學界泰斗，肯將這麼好的孫女嫁給蕭洛辰那種人，那才真叫太陽從西邊出來了呢！

安清悠自然也沒想過要嫁蕭洛辰，只是這些官太太們你一言我一語地推銷自家人，她偏偏還得擺出大家閨秀的笑模樣，實在是讓人心煩意亂。

最後，安清悠只得把這事往父祖輩身上推，笑著道：「說親之事，但憑父母之命，媒妁之言，清悠須得聽從祖父和父親的主意。」

可惜這些官太太都是從做姑娘過來的，誰還不知道雖是要聽從長輩的意見，但女兒家自己的意見也極為重要。有時候嫁誰不嫁誰，便在這閨女的一念之間。

於是，更加賣足力氣推銷起來，至不濟的，還能給競爭對手拆個台不是？

安清悠心下苦笑，便在此時，有下人跑來對著安老太爺言道：「老太爺，杭州知府沈從元沈大人，帶著新科榜眼沈雲衣沈老爺前來賀喜。」

安老太爺那邊正應酬得不可開交，聞言先是微微一怔，轉瞬又泛上些喜色。

沈家與安家本是世交，哪裡需要尋路子鑽營？此刻前來賀喜，卻不同於這些平時無甚交往，尋機會前來臨時抱佛腳之人，當下樂呵呵地道：「沈家父子也來了？快請快請！」

話音未落，外廳門口有人高叫道：「安家伯父，小侄給您賀喜來啦！如此大喜，怎能少得了我父子二人？身為晚輩，卻是不請自到，當罰，當罰啊！」

眾人抬眼望去，只見杭州知府沈從元居然連正服也沒穿，就穿了一身白色錦袍，帶著兒子沈雲衣施施然走了進來。

這沈家父子來得卻是蹊蹺，尤其是那沈小男人的老爹沈從元，怎麼看怎麼不像好人，此刻他們父子二人登門……

安清悠秀眉微皺，再看那沈雲衣，卻見他自從進了廳門，一雙目光就沒離開過自己，登時心裡咯蹬一下，一股不祥的預感油然而生。

沈小男人……這一次不會是提親來的吧？

貳之章　沈父登門逼婚

沈氏父子對於安家自然是熟得不能再熟了，世交之誼暫且不論，沈雲衣早先未中榜眼之時，便在安家長房借住了許久。無論是在安老太爺府上，還是安家長房府上，早就有安家長輩們發過話，沈雲衣可以不經通報直入內堂。

此刻，沈從元倒是沾了兒子的光，不過他也是真有心機，知道自己穿著越是隨意，和安家顯得越是親近。

果然不出沈從元所想，他一露面，便見安德佑一個箭步親自上前，抱拳作揖道：「沈兄哪裡來的話？貴我兩家本是世交，沈賢侄在我眼中，更是如同親侄子一般。小女回家這區區小事，竟然勞動沈兄大駕，如此這般的再說什麼當罰的話，豈不是見外了嗎？」

說話間，兩人齊聲大笑，來到安老太爺面前，沈從元帶著兒子請安。

安老太爺樂呵呵地道：「當罰當罰！誰說不當罰？老夫的孫女可是從來都視若掌上明珠的，如今小清悠這孩子有了點光彩，你這做世伯的居然敢姍姍來遲，這不是當罰又是什麼？德佑他這個當爹的雖言無妨，我這做祖父的卻是不肯依，你這沈家的世侄，還有你這個小雲衣，每人先給老夫罰酒三杯，咱們再說自家話兒！」

眾人又是一陣笑鬧，沈從元也不含糊客氣，逕自從酒桌上提起一把酒壺來，斟得滿滿的，一飲而盡，又轉頭對著沈雲衣笑道：「看見沒有，老太爺這是怪咱們來得晚呢，我這當爹的罰了三杯，你這做兒子最少要罰六杯，這才有點晚輩請罪的樣子不是？」

沈雲衣心有所念，連聲稱是，認認真真連飲了六杯。

只是心急，這酒喝得也有些急，原本白皙的面孔上，登時呈現微紅之態。

放下酒杯後，沈雲衣斜眼偷瞧坐在不遠處的安清悠，見她顯然察覺到了自己在偷看，還皺了皺鼻子，擰了擰眉毛，做了個發脾氣時凶惡的神色。

這可當真是情人眼裡出西施，相思病折騰了這麼久，沈雲衣只覺得眼前這女子便是發脾氣也很是可愛，眼睛更是移不開，臉竟是越發紅了。

沈小男人這副癡呆樣……我還沒臉紅呢，你倒比我更像女人不成？拜託，男人最起碼有點陽剛之氣……爺們兒一點，別這麼犯二啊！

安清悠沒好氣地腹誹，其實說起來這沈小男人倒還真沒什麼惡行，他對自己也頗有情意，只是真黏糊糊的脾氣，實在是太不對她的胃口了。

喜歡一個女孩子，卻是連話都不敢說，這種男子初想還行，多想就有些膩歪了，再往深裡一想，連追求老婆這種事情都得老爹帶著領著，太沒氣魄了。

安清悠卻是沒想到，古代不同於現代，由父母出面才是正途。

當然，沈雲衣雖然性格上有些黏糊，但更多的卻是書讀得太多，過於墨守成規了。

安清悠念叨了一陣子，又皺著眉，暗自想道：沈小男人除了娘一點兒，也不算是壞人，偏偏他那個老爹沈從元最是討厭，如今這場面還真是個攛掇老太爺的好時機，若是沈從元直接向老太爺提親，那可如何是好？

怕什麼就來什麼，沈從元先是賀喜，後是敘舊，閒話說了一堆，酒喝過了三巡，果然藉機對安老太爺說道：「好教安世伯得知，小犬雲衣，之前在安兒那府上借住備考，多受安家上下照顧。其間偶然得見安大小姐，驚為天人。後來雖然僥倖得了榜眼，可是自此之後茶不思飯不想，一心盼望著能娶安大小姐為妻。我這當爹的心疼兒子，不能看著他一天天這麼瘦下去，只好厚著臉皮來向世伯您求親了。」

沈雲衣相思成災倒是不假，但若說什麼茶不思，飯不想，卻是誇大了。

沈從元算準了安老太爺願意提攜晚輩的性子，這話說得正是時候。

「哦？竟有此事？雲衣這孩子倒是不錯，人品佳，學問好，前途無量啊！你倒是真想娶我這寶貝孫女不成？」

沈雲衣臉更紅了，低著頭，囁嚅了半天才道：「晚輩……晚輩確有此意！安大小姐實為……實為晚輩心中……心中之良配，還望老太爺成全……」

安老太爺素來喜愛沈雲衣，此刻笑咪咪地看向了他，頗有慈愛之色。

沈雲衣艱辛萬分地才擠出這句話，安清悠卻是差點兒被憋死，心裡暗暗地嘀咕，再瞧安老太爺，忍不住大驚，那眼神裡居然還真有幾分挑選孫女婿的樣子。

可黏糊死誰了！你就不怕一口氣上不來，把自己憋過去？

若是她真嫁了沈雲衣這麼個小男人，還是被他那個怎麼看怎麼陰險的老爹沈從元擠兌著娶的，那豈不是要嘔死她了？

偏在此時，沈從元居然還有後手，就見他笑著對安老太爺說道：「之前小侄便為犬子向安兒提親過，當時安兒只說選秀在即，此事要從長計議。如今選秀已過，不知安兒考慮得如何？眼下可有決定？實不相瞞，我父子這次來，一是為了恭賀賢侄女，另一樁事嘛……可真就是來提親的！」

安老太爺問向安德佑道：「哦？果真如此？德佑，這事怎麼沒聽你提過？婚姻大事不可小覷，你這個當爹有何主意？」

安德佑不敢隱瞞，連忙將上次沈從元帶著兒子去長房提親之事說了一遍。

他倒不覺得沈雲衣有什麼不好，可是恍然之中總有一種感覺，老覺得這沈從元為兒提親有些什麼不對勁兒，可這不對勁兒在哪，卻又說不出來。

安德佑躊躇了半天，這才言道：「當初悠兒進宮之前，兒子只想她以選秀為重，不宜為了這婚姻之事分心，是以也就沒有多言。如今悠兒剛出宮，我卻是還沒來得及與她商議。兒子想，左右既是悠兒的夫婿，還要問問悠兒的意見才好……」

安德佑在那裡躊躇，沈從元卻甚是瞧不起他，只是這輕蔑之色一閃即逝，轉瞬沈從元已堆起了笑容道：「說得在理，我們這邊談得再怎麼熱乎，也得看看兒女們的心意不是？當問，當問的啊！」

沈從元把球踢到了安清悠這邊，安老太爺笑呵呵地道：「小清悠，妳在旁邊豎著耳朵聽了半天，倒是聽清楚了沒有？妳沈家伯父替他兒子討媳婦，妳是願意嫁給雲衣這孩子呢？還是不願？」

安老太爺這語氣裡雖帶著幾分長輩對晚輩的調笑，可那問話卻讓人為難。

安沈兩家是世交，當面拒絕，雙方都下不了台。

安清悠的腦子轉得飛快，連想了幾條理由說辭，居然都沒法派得上用場。

就連那萬試萬靈的要聽長輩之言云云，在這裡都不好使。自己可以在皇帝面前派出這套說辭，可是普天之下，卻唯有兩個人是沒法這麼推脫的，一個是父親安德佑，一個便是眼下笑著看向自己的安老太爺。

看一眼那比自己還羞赧的沈小男人，再看一眼那自信滿滿的沈從元，安清悠堅決想拒婚，可……可這形勢如此，叫人怎麼推？

眾人都只看她是點頭，還是搖頭。

所幸就在安清悠最需要救命稻草的時候，這救命稻草還真就出現了。

只不過，來救安清悠的人並不是什麼騎著白馬的王子，而是……

這位救星身高五尺，腰圍……也是五尺，卻只限於肚皮上那層游泳圈的油脂。挺胸凸肚，肥頭大耳，安家這種能夠胖得這麼有水準有層次的，除了終日遊走於著調和不著調之間的安二公子，又有誰會如此瀟灑？

安子良今天收了一堆小弟，志得意滿，酒自是喝得不少。

此時紅著一張肥臉，鼻孔裡狂噴著酒氣，一手抱著個大號酒罈子，晃晃悠悠地走過來。

安子良大舌頭地叫道：「沈兄，多日來承蒙你輔導小弟讀書，這亦師亦友之恩實在是……那個那個怎麼說來著？對，實在是無以為報！上次你說你要娶我大姊？我就說啊……這天底下的男子，哪個還有你沈兄更合適當我姊夫的？小弟是舉雙手……啊，不行不行，得舉雙手雙腳贊成……來來來，別的話不說，咱們兄弟都在酒裡，都在酒裡啊……」

安子良暈頭轉向地說著話，在說到那句「都在酒裡」時，腳下一個踉蹌，手上那只酒罈子不知怎麼就在那個碩大無比的肥肚子上一蹭，登時脫手飛出。

酒水四濺，直弄得自己和沈雲衣身上酒水淋漓，哥倆兒還真是「都在酒裡」了。

這還不算，那酒罈子不僅弄濕了安子良和沈雲衣，飛出之時，那罈口竟是剛好對著安清悠的，只聽一聲尖叫，安清悠身上所濺的酒水比安沈二人都來得多。

這下不僅安子良和沈雲衣都在酒裡，安清悠更是被潑了滿頭滿臉，哪裡還有半點淑女模樣？

這事要是換了外人所為，幾乎就是十足十的砸場子了。

以安老大人的脾氣，便是皇子重臣敢到自己家砸場子，那也定要參他一個行止無度的罪名，可是眼前砸場子的是自己的孫子，還是自己寵愛的孫子，自己這幾天讚不絕口的孫子……

「這還有半點規矩嗎？當真是丟人現眼，丟人現眼！」

安德佑勃然大怒，二話不說就當眾給兒子一個大巴掌，直抽得安子良眼冒金星。

先聲奪人後，安德佑用餘光偷瞄了一下老太爺，連打帶罵的先做了，安子良這小畜生最近又頗為討喜，想來老太爺也不一定就非得大義滅親吧？

「拖下去打，打死算了！」安老太爺鐵青著臉，說話鏗鏘有力。

「打死算了」這話都說出來了，誰還敢說老太爺處事不公？

下面立刻就有安七帶著兩個家僕撲了上來，把兀自鬼哭狼嚎的安子良給拖了下去。

安老太爺發了話，打自然是免不了的，可是哪個下人又敢真讓這位安家長房嫡長孫打死在自己手裡？

一路架著安子良拖到了後堂，安七卻是二話不說，先把金創藥塗在了安子良臉上。老太爺只說打死算了，又沒說打死之前不允許治傷是不是？

大老爺這是懲兒心切呢？還是救兒心切？這一巴掌打得是當真用力，安子良的半邊臉上，已經高高地腫了起來。

「七叔，從小你最疼我，一會兒打的時候，你可得悠著點兒，弄些外傷就可以了，可別真給我打出毛病來……我的親娘喲，父親可真下得去手，這是我親爹嗎？」

安子良捂著腫了半邊的嘴巴，從來就沒有半點男兒有淚不輕彈的大丈夫模樣，哭爹喊娘之間，更是眼淚鼻涕一起流。

只是，那臉紅依舊是臉紅，噴酒氣依舊是噴酒氣，又哪裡有半點醉得五迷三道的模樣？

「二公子放心！」安七直接抄起了板子，看那模樣，似乎是要親自動手，口中所說的話卻是一如既往的簡單明瞭：「妥當的！」

「還是七叔最靠得住！」安子良已經認命，嘴裡卻不由長嘆一聲，自言自語地道：「大姊啊大姊，弟弟我可是為了妳兩肋插刀，挨板子都豁出去了。我能做的就這麼多，能不能過得了這一關，往下可全看妳自己的了！」

「二公子是這個！」安七一挑大拇指，臉上多了幾分難得的欽佩之色，「爺們兒，純的！」

「二公子我當然是爺們兒，純的！純得不能在純了！」安子良捂著臉，被人家這麼一誇，居然又得意洋洋起來。

只是，安子良下一刻看到那根又粗又大的板子時，又現了原形，一把鼻涕一把淚地嘶喊道：「七叔，你可絕對是最疼我最疼我的啊……真的妥當嗎？」

「妥當！」

啪的一聲，一板子落下。

「我的媽啊，這也叫妥當？七叔，你真是最疼我的啊……」

啪！

「妥當……」

安子良挨家法板子時，安清悠還真是抓住了這機會，幾乎是在酒水潑了自己一身的同時，心念電轉，想到了法子。

安清悠藉口要換衣服，暫時離席。

饒是沈從元再怎麼想通過聯姻來搞定安家，這時候也只能放安清悠去換衣服。

不過，沈從元可不是沈雲衣這等好對付的毛頭小夥子，在安清悠告罪離去之時，沒忘了又從容大度地說上幾句話：「賢侄女要換衣服儘管去，我家雲衣也該回馬車上去換一身。你們兩個都莫要著急，正好趁這個時候各自都好好想想，等回來了，咱們再接著聊。」

還要回來接著聊，這還叫莫要著急？我看你沈從元比誰都急！

安清悠心裡恨恨地罵了一聲，面上卻不敢露出破綻，踩著蓮花小碎步，優雅地退了下去。

黃口小兒，上次沒防備，被你們兩個小傢伙擺了一道，如今有了防備，爾等焉能再出什麼花樣？不過是拖延一時三刻罷了，這賀宴離結束還早得很，看你們能拖到什麼時候？老夫就在這裡等著妳這位安大小姐出來，這聯姻之事，定要今天敲定！

沈從元心裡冷笑，臉上卻是和藹，甚至為了顯示自己的寬宏，為安子良說了求情的話：「子良那孩子年紀還小，有些胡鬧也是在所難免！依我看，他也是和雲衣關係好，知道雲衣來求安大小姐為妻，心裡替他們高興不是？老太爺，您隨便教訓一下就算了，可別真把孩子打壞了……」

安老太爺的臉像凝著一層寒霜，直接打斷了沈從元：「不行！得打！得往死裡打！」

打不打安子良這事另說，反正安老太爺說這話的時候，也沒有下人在旁邊候著傳訊。

安清悠那邊，出了外廳，青兒和茶香兩個立刻迎了上來，忙不迭要送大小姐去換衣服。

「紙筆、香囊，快！」安清悠低聲道。

在這個當口，時間就是一切，兩個丫鬟頭一次看到安清悠如此焦急。

茶香飛快取來紙筆，青兒一如既往地隨身帶著幾個香囊，安清悠毫不遲疑，伸手便寫了一行小字：「婚姻之事，孫女另有隱情稟報。」

安清悠用最快的速度把紙條塞進香囊裡，隨後囑咐兩個丫鬟：「青兒，妳把這個拿去給老太爺換香囊！茶香，從青兒回來時開始，妳便數數，從一數到一百，數完就過去找老太爺哭訴，就說二公子快被打死了，為他求情！」

兩個丫鬟有些不明所以，但見安清悠如此焦急，還是領命而去。

安清悠出了外廳，逕自回到內宅換了件衣服。眼下這個法子雖然變數多，頂多只有一半的把握，但知這時候不得有半點猶豫。

出得門後，又直奔內宅門口而去。

青兒不斷在心裡對自己說著鎮定鎮定，她和安清悠情同姊妹，知道這時候小姐應是遇上了大麻煩，自己萬一露了破綻，只怕牽連了小姐，因此，她雖然已經驚得心亂如麻，面上還是故意擺出若無其事的樣子。

手捧著香囊，慢慢走到了安老太爺旁邊，恭敬地說道：「老太爺，您的香囊該換了！」

安老太爺微微一愣，安清悠未入宮時，自己所佩戴的安神香囊向來是她親手打理。

這段時間安清悠不在，自是另有旁人伺候，這時候忽然蹦出個小丫鬟對自己說要換香囊？

安老太爺畢竟不是一般人，心中詫異，面上卻是滴水不漏，斜眼看了眼那小丫鬟，識得她是安清悠的隨身丫鬟。再一看那香囊，雖一眼就能看出是安清悠的手筆，可那樣式卻與自己日常佩戴之物完全不同，心知其中必有蹊蹺。

「換香囊啊換香囊，吃藥都沒有這麼勤勞啊……換便換了去，真是拿妳們沒轍！」安老太爺故作不耐煩之態，隨手解下身上的香囊遞過去，把青兒手中的那一件接了過來。

香囊一入手，安老太爺登時感覺內有異樣，裡面窸窸窣窣，好似是一張紙條……

「唉，老啦，總是這麼隔三差五地犯頭疼，還好清悠那孩子孝順，知道那香料最能助我這老頭子清心安神，每天都讓我換一個香囊。賢侄，你聞聞，確有安神醒腦之效，你沈家若真是把我這寶貝孫女娶了過去，老夫可不知道誰來幫我做香囊嘍！」

安老太爺一臉感慨，和沈從元聊著天，居然還伸手過去，把那香囊送到了沈從元鼻子底下。

青兒站在旁邊看著，一顆心都快從胸口裡跳出來了。

沈從元伸手欲接，怎奈香囊已經遞到鼻前，只好作勢一嗅，果然覺得一股清香之氣直撲鼻翼，一聞之下，渾身舒坦，忍不住脫口讚道：「好香！」

「當然是好香，我的寶貝孫女兒是什麼人，單這調香的手藝，全京城也找不出第二位來！」安老太爺把手一收，傲然之色溢於言表。

青兒雖然極力掩飾，但她畢竟稚嫩，如何逃得過沈從元這等老油條的眼睛？

沈從元正覺得那丫鬟動作似帶著點生硬，心中略微生疑，這一嗅之下，卻是疑心盡去，笑著道：「世伯這話可就說得小侄無地自容了，賢孫女那一手調香的妙藝哪個不知？好在雲衣如今中了榜眼，只怕倒是要先做一陣京官的，賢孫女若是嫁過來，自然也還是要住在京城，左右貴我兩家親如一體，到時候時時過來伺候您老，那還不是一樣？」

一甲頭三名的狀元、榜眼、探花，做官通常都是先在京城，或是進翰林院，或是到六部，運氣好的，甚至能夠到御前伴駕。

如此過個三五年，熬出些資歷政績，接下來要外調地方，那便是所謂的「京官外放」了。照慣例，一甲出身的京官外放，最少也是個實授的知府。

換句話說，如果不出意外，沈雲衣在未來三五年後，便能達到父親十幾二十年才達到的高度，前途無量，實非妄言。

安老太爺是當朝重臣，這等事情自然是心知肚明的，沈從元有意無意提起這事，自然是給兒子添些分量。

沈從元接著話鋒一轉，三句話不離主題的又轉到了聯姻之事上。

安老太爺微微一笑，倒是也由著他，偶爾問起沈雲衣的學問，沈雲衣對答如流，在不涉及安清悠的問題上，沈小男人還是很有些真材實料的。

沈從元見安老太爺考校沈雲衣，心中興奮。有心關注才會考校，若非有嫁女之心，何必如此？

正在沈從元高興之間，忽見一個丫頭跌跌撞撞地衝了出來，跪倒在老太爺面前，哭叫道：「老太爺，求求您饒了二公子吧，他……他快被打死了……」

這個哭哭啼啼的小丫鬟自然就是茶香了，當初她進安府時，每天就是躲在牆角裡哭。後來經安清悠調教訓練，溫慰安撫，讓她灰色的心漸漸活絡起來，臉上也慢慢有了笑容。此刻，安清悠對她委以重任，這人用得卻是恰到好處。

安清悠身邊的大丫鬟裡，茶香比不得青兒意志堅定，也比不得芋草那般能寫會算，性格懦弱如她，驟然擔負起這麼重要的任務，當真是戰戰兢兢，顫顫悠悠地蹭到了老太爺面前，這心都已經在抖了。

好不容易跪在老太爺面前，渾身都軟了，直接癱在地上，才鼓足勇氣說出這麼一句二公子快被打死的話。而這等模樣，用在這裡恰到好處，極是像模像樣，至於哭……

找遍了安家闔府上下，只怕也找不出一個比茶香更會哭的來了。

茶香這哭，一半是安清悠下令，一半卻是她自己心驚膽戰嚇的。她不擅長臨機應變，索性往老太爺腳面上一趴，大哭起來，哭得既可憐又淒慘，當真是聞者動容，覩者不忍。

「大膽！老夫實行家法，也有妳這等下人插嘴的份？」安老太爺臉色鐵青，怒氣極盛。

茶香也不知道該接什麼話，見著安老太爺發作，哭得更凶了。

「拖下去！」安老太爺大喝。

旁邊自有下人來拖走茶香，安老太爺氣怒不已，口中連連道：「此等沒規矩的丫鬟，就該和那孽障一起打死！」

黃口小兒，這一次知道老夫的厲害了吧！

沈從元看那茶香哭得可憐，怎麼看怎麼不像是假的，心中更加洋洋得意。

一想起上次在長房府上被那不著調的小胖子捉弄，竟是大有解恨之感。

想像著安子良被打得死去活來的樣子，沈從元越想越高興，臉上卻露出憐惜之色，在旁邊勸道：「安世伯，試問誰能無過？小犬小時候也曾有過頑劣之時……孩子還小，不懂事也是常有的。左右都是您的孫子，今天不過是酒後失態，潑了些酒水，又能當多大的事？那小丫鬟雖然有些亂了規矩，卻也是忠心護主，算不得大罪。她哭得這麼慘，想來令孫兒也得了教訓，就當是老太爺賣小侄一個面子，饒過子良那孩子吧！」

沈從元心裡明白得很，今天自己是帶兒子來求親的，若真把安家長房嫡長孫打出個好歹來，縱是對方不說，心裡也一定有嫌隙。

這當口替安子良求情，求得極為賣力，慈愛之心，溢於言表。

「這孽障……罷了罷了，既是沈世侄求情，老夫就饒了那小畜生一遭！」

安老太爺借坡下驢，接著長身而起，嘆道：「叫世侄見笑了，老夫要到後宅瞧瞧，這孽障實在是太不像話，今日這死罪可免，活罪卻是難饒。世侄暫請稍坐，等老夫處置了這個不成器的東西，再出來陪世侄小酌。」

說罷，狠狠瞪了大兒子安德佑一眼，怒道：「都是你養的好兒子！還愣著幹什麼，還不同為父一同去看看？」

安德佑心疼兒子，早在茶香跑過來哭得昏天暗地之時便已驚得面如土色，此刻百爪撓心，聽得父親招呼，哪裡還有不肯去的？

匆匆告罪起身，竟是走得竟是比父親還快。

沈從元心裡冷笑，面上卻是連聲說著世伯但去無妨，再看安德佑那著急的樣子，心裡更是瞧不起他，不過是打個兒子罷了，便這般舉止失措，哪還像個做官的？

「都是些不成器的！」安老太爺重重哼了一聲，向沈家父子說了兩句見笑，才向後宅走去。到底還是自家的兒孫，便是再怎麼喊著規矩大過天，真到了自家人身上還不是嘴硬心疼？

瞧瞧人家安老太爺，這時候還是面不改色，步子邁得四平八穩。

沈從元在這裡念叨，卻不知安老太爺一出外廳，伸手便打開了那個香囊，看到上面寫著「婚姻之事，孫女另有隱情稟報」幾個字，眉頭微皺，快步疾行，奔著後宅而來。

才到了門口，卻見安德佑直愣愣地站在那裡，臉上猶有迷惑之色。旁邊一個女子雙目泛紅地站在那裡，卻不是自己最寵愛的孫女安清悠又是誰來？

「一起去書房！」

安老太爺微一連繫前後狀況，登時反應過來，心知這必是安清悠專門在這裡等著自己。此間不是說話之處，當機立斷，帶著這一對父女直奔書房。

進了書房，尚未說話，卻聽噗通一聲，安清悠直挺挺地跪在了地上。

「孫女進宮之前，祖父曾經答應過孫女，可為孫女做一件事，如今孫女厚顏，請祖父開恩，讓孫女自己做主挑一門婚事，求祖父念在孫女對您的一片孝心上，就應了孫女吧！」

安清悠眼圈泛紅，牙關緊咬，幾句話說得沒有半點含糊。

事情到了現在，任誰還能瞧不出她不願嫁入沈家？

安德佑在一邊輕嘆，早在老太爺許了安清悠那件事情之前，他便有過要為女兒尋一門好親事的承諾。這女兒不僅理正了家，教好了安子良，更是對自己多有觸動。

更何況，這入宮選秀，安清悠實是承擔了太多壓力，付出了太多，如今光耀門楣地回來了，看看那廳中的賓客就知道，她為安家上上下下帶來了多少好處。

可是，沈家上門提親，形勢卻是一邊倒了。

難道女兒辛辛苦苦做了如此多的事，好不容易回來，就要逼她嫁入她不喜的家族不成？

安德佑心亂如麻，安老太爺卻是微閉著雙眼，一言不發，良久才慢慢地道：「那沈家與我安家本是世交，沈雲衣更是新科榜眼，若無意外，三五年內便是一府之尊。以沈家的背景，此後十年之內若能調回京城，十有八九便是個侍郎。至於將來是一部尚書，還是一省督撫，甚至是不是能出將入相，得進內閣，就要看他自己的造化了。若是聯姻，對長房，甚至對我安家都大有助益。這般的女婿，便是整個大梁之中也挑不出幾個，你真捨得？」

世家出身，得中一甲，內有才具，外有強援，更兼朝中有人相助。

沈雲衣幾乎彙聚了各種好條件，若換了半年多之前的安德佑，這樣的女婿當真是求也求不來，只怕是想也不想便把安清悠給嫁了，不嫁也得嫁，可是如今……

安德佑的眉頭擰成了疙瘩，滿臉凝重，最後還是慢慢地向安老太爺跪了下來，苦笑著搖了搖頭，輕聲說道：「父親明鑒，兒子才具不為能吏，德不夠賢者，名未曾聞達，這麼多年一心想在仕途上搏個出人頭地，沒少讓您老人家操心，可是，這半年來，兒子明白了一件事，人生在世不過短短幾十年，如白駒過隙，轉瞬即逝，若是家人一個個都過得痛苦不堪，若是身邊之人皆以利益相謀，便是富貴榮華又如何？位極人臣，當真是那麼重要嗎？」

安德佑雖然是跪著，卻有一種從未有過的感覺，活了四十幾年，從沒有站得這麼直過。

此時此刻的安清悠，卻是瞪圓了眼睛，極為震驚。

眼前的這個男人也許一輩子沒什麼成就，自己剛到這個世界，也只是拿他作為上一世沒有父母的補償，相處日久，漸漸地便有了感情，而這一刻，安清悠卻實實在在感受到了一件事，這個後背已經有些佝僂的男人，就是自己的……

「爹……」安清悠忍不住一頭扎進了安德佑懷裡，活了兩輩子，第一次感受父親的呵護。

安德佑緩緩撫摸著安清悠的頭髮，苦笑著道：「其實從上次以後，我一直想再聽妳叫我一聲爹的，可是妳這規矩越學越好，總是叫我父親……怎麼聽怎麼彆扭呢！」

「爹……」安清悠心裡泛酸，眼眶湧出了淚水。

「聽說初選前幾天，沈從元帶著沈雲衣到了李家的茶會上，還和兵部尚書夏守仁相談甚歡。老夫很擔心，這沈從元如此急著要和我們安家聯姻，只怕未必是對我們安家好……」

這邊父女抱頭，安老太爺卻依舊副微閉著眼睛，甚是冷靜，都察院自有消息管道。

「您說什麼？」安德佑正輕輕拍著女兒的背，聞言卻是如中雷擊，愕然問道。

「沒聽見就算了！」安老太爺沒好氣地翻了個白眼，「這嫁女兒該怎麼辦，本來就是你這個當爹的要操的心。你自己剛才也說了，這麼多年你讓為父操了多少心，幾十歲的人了，這麼點破事還要我拿主意，真當老夫得扶著你走一輩子的路？鬍子都一把了，還要我給你把屎把尿不成？」

「兒子叩謝父親！」

「孫女叩謝祖父！」

父女兩人的頭幾乎是同一時間磕在了地上。

安老太爺卻是板著臉，悠悠哉哉出了門，只留下幾句話在書房裡迴盪：「你們這幫做兒孫的真不像話，我老頭子年紀大了，沒這精神到那宴上周旋。你說你這個做長子的哪有半點長子樣？我這當老人的面也露了，該見的人也見了，這時候就該是你出頭代表安家話事了。從今以後，安家有什麼事情自己看著辦，沒事就讓我多落點清靜，不懂什麼叫孝順嗎？」

安德佑張大了嘴，這算是老太爺交棒放權了嗎？

過去的這許多年裡，自己不知道多少次想像過父親對自己說這句話的樣子，今天終於等到了，怎麼就沒有想像中的那麼欣喜呢？

愣了半天，安德佑居然如一個初見世面的傻小子般撓了撓後腦杓。

「女兒恭喜父親！」

安清悠破涕為笑，安德佑的轉變由她而起，亦是她一點一點看著感受著。如今這量變終於累積到了質變，變的不僅僅是安德佑，還有她自己。

「臭丫頭，爹得謝妳！」

安德佑敲了敲安清悠的頭，不知道怎麼就把安清悠叫成了臭丫頭，雖然安清悠可能是這個世界上最懂什麼叫做香的人。

「嘿嘿嘿……」安清悠笑得呆傻。

「不過，這沈家怎麼打發，倒還真是一樁難事。妳祖父既然把這擔子交給我，為父還真得好好琢磨一下。不光是為了妳，還有咱們整個安家呢……」

哭也哭了，笑也笑了，犯傻也犯傻了，安德佑又皺著眉頭苦苦思索起解套的辦法來。

安清悠湊近了說道：「女兒倒有一個法子，不但能打發沈知府，而且絕對對咱們安家有利，爹想不想聽？」

「有主意快說，說晚了，爹就讓妳嫁給沈雲衣當媳婦！」安德佑瞪了安清悠一眼，忽然覺得女兒一臉鼻涕眼淚的小花貓模樣，比送秀女的盛裝打扮好看得多。

外廳的宴席上，沈從元感到了一絲煩躁。

安老太爺和安德佑這一去竟待了那麼久，那安子良可別是真出了什麼好歹吧？還有那個安清悠，雖說女兒家換衣打扮要比男子費事得多，可是這時間也拉得太長了吧？自己的兒子可都換好衣服等了半天了。

陡然間，沈從元眼睛一亮，看著安德佑帶著安清悠從內堂裡走了進來，尤其是那安清悠，雖然是重新換裝打扮過，可兩隻眼睛通紅，好像還有點腫，顯然是剛哭過。

哭過就好，既是哭過，想來是不得不從了……

沈從元一顆心登時落回了肚子裡，安清悠願不願意嫁，他根本從來沒有放在心上過。只要說動了長輩，還怕妳這個小女子能翻出天去？

對於說動安家，沈從元一直有著充足的信心，且不說兩家是世交，也不說兒子足夠出類拔萃，單說眼下這朝局動盪之時，他就不信安家會拒絕沈家。

官嘛，既是做官，誰會拒絕沈家這種一省督撫級別的強力臂助呢？

更何況，沈從元早在臨來京城之前，就下過一番功夫研究安家。

安德佑仕途一直不順，聽說這兩年努力鑽營卻是一無所成，此時此境，他會拒絕一個前途無量的榜眼女婿？

「沈兄，勞你久候了，犬子不成器，胡鬧了一通，惹得大家都有點不開心。家父有些不適，到後宅休息去了，囑咐弟弟在這裡陪伴沈兄……」

安德佑說著賠罪的場面話，沈從元連稱無妨云云，心裡卻是越發篤定了。若是和安老太爺過招，他可是頗為忌憚，至於這個安德佑嘛……

嘿嘿，就憑你？

「安兄，時辰不早，我父子等了大半天，其實就盼著安家給個明白話。這門婚事，到底成是不成？」沈從元笑得非常親切，這話卻是一點一點地往前壓著安德佑的迴旋餘地。

「一定一定，一定有明白話，必不教賢兄父子白走這一趟！」

安德佑連連點頭，沈從元心中冷笑，這人果然沒什麼手段，一句話就擠住了。正要再趁熱打鐵把事敲死，忽見安德佑站起身來，高聲叫道：「諸位賓朋，稍待片刻，且聽安某一言！」

安老太爺不在，這廳中的安家眾人就數安德佑的身分最高。

眾人紛紛停下閒話，卻見安德佑中氣十足，大聲說道：「今日小女返家，諸位不吝來賀，實是令我安家蓬蓽生輝，安某在這裡謹代表家父和安家上下，給諸位道聲謝！」

說著，安德佑向眾人躬身一揖，安清悠也站起來福身行禮。

「想來諸位也知，皇上曾在殿上有言，我安家想要把小女嫁給哪家，陛下便親自主婚。如今，小女歸來，這婚姻大事亦須有個結論，不然上難報天子，下愧對家門，諸位說可是此理？」

說及皇上，安德佑雙手抱拳朝天一拱，皇上倒是說了要為安家嫁女主婚，不過這事是在蕭洛辰求婚半年未成的前提下的。只是這事莫說是廳中各人，怕是安德佑自己也不信。安家的女兒會嫁給蕭洛辰那個渾人？別開玩笑了！

此刻當然是夫子筆削春秋，引用皇帝的金口玉言，只要後半句就行了。

「不錯不錯！」

「安大人此言在理！」

「安大小姐出嫁，確須有個定數啊！」

眾人哄然言道，安家要給大小姐的婚姻大事做個結論？這可是件大事！

更有人早看見了首席上的沈氏父子，沈從元當時又未曾刻意防著他人，這求親之事早有人聽了一耳朵去。

有人全神貫注地盯著安德佑，有人在下面竊竊私語，憑著安沈兩家的關係，這安大小姐只怕是要許配給沈家的新科榜眼了。倒是安家還有沒有其他適齡子女，能夠讓咱們借勢也提個親？

沈從元卻是最為篤定之人，抬眼一掃廳中這些所謂的中立派官員，還真沒有一個能夠和自己家爭的。

再說，無論是這些日子裡盯住安家的，還是今日所見，也的確沒有人能夠在安老太爺面前遞上話。這安德佑口中高喊要為女兒的婚姻大事做個定論，那除了我們沈家，又有誰來著？

念及此，沈從元調整好了自認為最佳的笑容，就等著安德佑說出結果之時起來說話了。

再瞧瞧兒子沈雲衣，只見他兀自望著安清悠，一臉的激動之色，沈從元心下又是不爽，直接一眼瞪了過去，那意思是：你這小子，為了個女人就這般模樣？好好跟爹學著點吧！

沈雲衣究竟有沒有領會其父的意思沒人知道，只聽安德佑拉長了聲調大聲說道：「小女安氏，從今日起……」

許配沈家？沈從元心裡暗道，臉上的笑容更親切了。

「選婿！」安德佑以有力的聲音喊出了結果，沈從元的笑容一下子凝在了臉上。

「小女自幼最得我安家長輩喜愛，一直視為掌上明珠，也希望她能有個好歸宿。是以，自今日起，以半年之期，煩勞諸位廣為告之，有身家清白、品才俱佳、力求上進之青年才俊，我安家願以女許之！」

安德佑抑揚頓挫地宣布著安家要為安清悠選婿的消息，沈從元只覺得腦中一片空白，安德佑說了什麼話，他是一句也沒有聽進去。

事情怎麼會這樣？

安老太爺剛剛看沈雲衣的眼神……那不就是看孫女婿的嗎？

眼看著到手的媳婦煮熟的鴨子……居然也能飛了？

選婿？

選婿？

居然是他娘的選婿？

沈從元忽然很想罵人，可是他不能。

他是正四品的知府，是堂堂的朝廷命官，是作為安家的世交，沈家的代表來賀喜的，來提親的，為兒子討不著媳婦就罵人？這……這……這規矩何在？

◉ ◉ ◉

「蠢材！怕是只有你才會想到這麼笨的法子，跑到席上去鬧場？當著那麼多人，對面還是沈家父子……不打你一頓，如何交代？」

安老太爺恨恨地看著安子良，一口就說破了他的那點小算計，只是眼中的神色複雜得很，既是餘怒未消，又是恨鐵不成鋼。

「嘿嘿嘿……祖父，孫兒這不也是不忿那沈知府逼人嗎？大姊想嫁沈兄也好，不想嫁沈兄也好，總得兩廂情願才是吧？哪有像他這麼逼婚的？左右總是我大姊，嫁誰總得讓大姊滿意啊！就算非得嫁入沈家……那也不能嫁得這麼憋屈不是？」安子良嘿嘿地笑，扮著憨態，開始「倚小賣小」地撒嬌，和老爺子相處久了，知道他老人家就吃這一套。

「疼不疼？」安老太爺眼裡那點餘怒沒有了，恨鐵不成鋼卻更甚，而且居然還多了點慈愛。

「疼！可疼了！孫兒的屁股都被打爛了……」

安子良的屁股的確有點腫，但是離打爛了還差得遠。

不過，這時候不喊疼，什麼時候喊？一個疼字喊得震天價響，眼淚不要錢般的流了下來。

「疼就長點記性！你既有這撒嬌演戲的本事，酒宴上的時候又何苦出此下策？過去撒潑耍賴的只說和大姊有悄悄話要說，誰還能真攔著不讓你說？局也攪了，你大姊也叫出來了，至於弄成這樣？」

安老太爺眼睛裡那點慈愛煙消雲散，只剩恨鐵不成鋼了，直接撂下這麼一句話，轉身就走。

只是出了門，臉上卻滿是笑意，一張布滿皺紋的老臉竟是如菊花般綻放，「這一手，也只有我安瀚池的孫子才玩得出來！十四五歲的年紀……很不錯了，這才有點我安家男孩子樣兒！這個家可真是越來越叫人放心了……」

安老太爺的笑聲甚低，某個胖子自然是聽不到，就算聽到了，也未必能高興得起來。

安子良鬱悶地摸摸臉又摸摸屁股，忽然間肥軀一震，王霸之氣直衝雲霄，仰天大吼道：「可惡啊，早跟祖父學上這麼一手，老子還不縱橫天下啊！我……我……老子這一頓打，真是他娘的白挨了！」

◉ ◉ ◉

「沈兄，小女的婚事就這麼定，不知沈兄意下如何啊？」

安德佑不知道什麼時候在沈從元的身邊坐了下來，端著一張笑咪咪的臉，很有點幹啥啥不成的沒用樣子。

沈從元很想一拳打在這張笑臉上，可他是有身分的人，那種耍賴的事情，萬萬做不得。

「安兄，此次我父子可是誠心誠意前來提親的，安兄可是不願將令嬡嫁給小犬？何故又要搞出這選婿之舉？」沈從元咬著後槽牙，故作從容，可是這話裡話外的怨懟之氣，卻是隔著老遠都能感受到。

「沈兄這話從何說起？貴我兩家本事世交，如今若能結成親家，那才是好上加親之事！沈兄，你也是消息靈通之人，如何不知道皇上在小女終試之時給了那蕭洛辰半年的時間？這半年裡，我家悠兒無論與任何人訂親，那不是直接打了皇上的臉嗎？有這選婿之舉，也只是一個折中之策，告訴外界，我安家和那蕭家絕無瓜葛，小女還是要嫁正經人家的……」

安德佑看著沈從元，滿臉都是驚訝之色，倒映襯得沈從元心眼多小一般，絮絮叨叨地講了半天選婿是為了和那蕭家撇清關係，好平安度過這半年之期，絕非刻意推脫沈家求親云云，末了，居然笑著加上幾句：「要我說啊，這選婿對於沈賢侄也不是壞事，既是放開了選，那沈賢侄自然也可以參加的不是？別的不說，單憑沈賢侄這份人品才學，我就不信誰還能超過他去？到時候在眾人之中脫穎而出，豈不是既提高了沈賢侄的名望，也增加了我安家的光彩？這等兩全其美之事，有什麼不好？」

沈從元越聽越覺得好像挺好，又好像沒那麼好。

這話說白了，就是安家的選婿不過是應付皇上那半年之約的幌子，選婿的人選早已內定了是沈雲衣。

可是，細一想好像又不是，萬一最後選出來的安家女婿不是沈雲衣，那又該如何？

這「看好」二字進可攻，退可守，自己又挑不出安家的毛病來，當真是微妙無比。

細細打量安德佑，沈從元越發覺得自己似乎低估了對手，安德佑這傢伙好像也不像自己之前所想的那樣沒用。

沈從元憋了半天，到底還是憋出話來道：「既是如此，那便讓小犬參加這選婿好了。左右都是自己人，沈某相信安兄，定能對雲衣這小子照顧一二。」

這話說得很有講究，沈雲衣若是選婿選不上，是不是算安德佑沒照顧到？

「那是自然，沈賢侄也不是外人，安某家中從來都是任沈賢侄隨意出入的，連通報都不用。光憑這一條，等閒之人哪還有如此便利？沈賢侄，你倒是說說，世伯對你這照顧如何？」

安德佑回話也是講究得很，我把大門都打開了讓你家兒子隨便進，這算不算照顧？這樣子你再選不上，那總沒話說了吧？

偏偏沈雲衣碰上這等話題的時候，那還真是個彬彬君子，實誠得很，耳聽安德佑這般相問，當即恭敬回答：「安世伯對小侄的照顧，自是沒話說，小侄常思這份恩情如何報答……」

沈從元的嘴角抽搐，心裡鬱悶，這還真就是照顧，可問題是，就算沒剛才這番言語承諾，自家兒子好像現在也是在安家隨意出入啊？

「咱們兩家本是世交，我和沈兄那更是沒話說，咱們誰跟誰啊……」

安德佑邊說邊笑，只是這笑容落在沈從元眼裡，怎麼看就怎麼眼熟，似乎越來越像安老太爺那隻老狐狸？

安清悠也在一邊跟著笑，笑得像隻小狐狸。

◉ ◉ ◉

夜幕漸漸低垂，賓客們早已散去。

安家內宅裡卻是燈火通明，安家大大小小全都在場。

照慣例，這等大事過後，安老太爺都是要點齊全家訓話的，只是今天這番訓話，卻是多了點難得的輕鬆之意。

安老爺子穩坐當中，正搖頭笑罵道：「你們倒是現學現賣，剛去宮裡參加了個選秀，轉臉便是為自家女兒選起女婿來了！」

「兒子倒覺得此法甚好，既不傷我們和沈家的和氣，又不落痕跡地勸退了那沈從元，更兼散出風去和那蕭家的蕭洛辰劃清了界限，一舉三得！」安德佑聽到老太爺說「你們」而不是你，自然知道老太爺是看透了這個主意出自安清悠。

不過，這也無所謂，安德佑恭恭敬敬地把話回完，臉上多了一絲笑意。

「只怕是一舉四得吧，小清悠，妳一直惦記著要自己尋個夫婿，這麼一來，只怕這想做妳夫君之人還不踏破了門？妳倒是可以從從容容地在裡面挑挑揀揀，既省心又省力，還不怕被人逼婚，這倒是個偷懶的法子，對不對？」

「祖父，怎麼能這麼說人家？人家不依啦！」

安清悠被安老太爺一口叫破了心事，難得地撒嬌起來。

安老太爺如今拿她還真是沒轍，搖搖頭笑了笑，逗了她幾句，忽然又正色道：「不過，這法子雖說有諸多好處，麻煩也是顯而易見的。我們安家一向低調，如今來了選婿這麼一檔事，某些有心之人又會怎麼想？猜些什麼？不可不防。又好比那沈從元，你們今日雖然用這選婿的法子繞暈了他，可是似這等人物又焉是那麼好相與的？回去細細推敲，總能算計明白其中的關節，到時候沈家前來參加選婿，怕是你們頭疼的事情還在後面。」

這話一說，安清悠悚然一驚，這法子是自己急中生智想出來的，對付得了一時，終究欠深思熟慮了些，放到老太爺這等人物的眼裡，未免到處都是漏洞。

安清悠偷瞧了父親一眼，見他此刻也是一副若有所思的樣子。

安老太爺見這對父女似是心有所悟，頗為滿意地點點頭，接著說道：「也不用擔心得太過，如今外面風雨欲來，咱們安家若是太安靜了，反倒不美。弄出點動靜來也好，誰愛怎麼猜就怎麼猜去，老夫倒也是想看看，像我們小清悠這麼優秀的女子，究竟會選個什麼樣的如意郎君來。」

這話一說，眾人哄堂大笑，讓安清悠有些紅了臉。

幾個孀娘打趣了她幾句，只聽安老太爺繼續道：「說起這選婿，老夫有幾件事要囑咐，一不藉機結黨，選婿便是選婿，二不節外生枝，尤其不要摻和到蕭李兩家的爭鬥中去。至於這第三嘛……德佑，你是長房長子，如今也要拿出做大哥的樣子來了。安家的大小事務以後由你出頭，剩下幾個做兄弟的，要多聽你們大哥的話。」

安老太爺交棒之事，白天便說了，此刻再次強調，卻是刻意說給其他幾個兒子聽了。安德經、安德成還好，安德峰聞言卻是神色一變，深深地低下了頭去。

安老太爺什麼都瞧在眼裡，心中卻是一聲嘆息。

轉過天來，又是一個豔陽高照的大好晴天。

安大小姐回府後，一切似又變成了當初入宮之前的樣子，只是一干僕人忙忙碌碌，前門後宅跑個不停。

「大小姐，又來了這麼多……」

青兒氣喘吁吁地跑進了安清悠的房裡，手中拿著厚厚的一疊物事，清一色的紅紙封皮，竟是一大清早之間，便來了大把求親的帖子。

「又這麼多？」

芋草眼睛都有點發直了，按照安清悠所教的法子，負責將這些帖子分門別類，盡數抄寫在一張表格上。

自從安清悠推行了表格化管理之後，這類事情便由芋草來做，時間長了，也成了熟手。

誰知這帖子越抄越多，倒讓她有些忙不過來了。

「多還不好？這才說明大小姐品貌好，有這麼多人來參加選婿，顯得咱們府上名聲響亮？」方嬤嬤在一邊幫著遞茶送水，依舊是諂媚的樣子，尋著機會定要拍兩句馬屁。

安清悠微微一笑，所有的一切，似乎是顯得那麼熟悉。

如今自己這邊規矩立了起來，不用事事躬親，隨手拿過一張芋草抄好的表格，慢慢地踱著步子走出了屋，有一個人卻是不得不親自去見的，為的便是聽一聽她的意見。

「大小姐這法子倒是使得，只是這婚姻大事，非同兒戲。人家雖然是來參加選婿，可是又有幾個是真心實意看上了妳這個人？又有幾個是因為看上如今安家這個避風港？大小姐又怎麼判斷這個人的心？都說女人會演戲，誰又知道那男人若要演起戲來，遠比女人強太多了？」

彭嬤嬤還是不疾不徐的做派，所說之事，無不看準了關鍵點，看了看安清悠帶過來的表格，微笑道：「更何況，既是放出這選婿的話，人家上門求親，咱們家總要以禮相待。婚姻繞不過父母，老爺總得見上一見吧？大小姐又想自己挑選，亦是得見見吧？便說是一眼看上去就相不中，可總不能真的掃一眼就轉頭不理，那可是會得罪人的，多少得聊上幾句，可若是這麼一來，一天又能見上幾個？便說見上個三四撥，大小姐和老爺可就什麼事都不用做了。」

「還有，這先見誰後見誰，大小姐這製表的法子雖然便捷許多，可充其量也只能方便大小姐您一目了然地挑選。一天就能見這麼多人，若是有人遞了帖子卻十天半月未得大小姐一見，那心裡又該怎麼想？說大小姐心高氣傲只怕還是好的，老爺如今可是受了老太爺之命，統領整個安家，到時候人言可畏，怕是把整個安家都說了進去……」

彭嬤嬤每說一句，安清悠的臉色就難看了一分。

沒想到自己這法子竟是有這麼多的漏洞。

老太爺嚴守中立，壽光帝又刻意保老太爺，還真讓安家就成了個避風港。

如今自己要選夫婿，可是這無論從品質上來說，還是從數量上來說，都是個大問題。

安清悠忍不住嘆了口氣，「那依嬤嬤之見，這些事情又該如何處理？」

對於彭嬤嬤的本事，安清悠一直是極為佩服的，此次進宮見了那麼多宮裡的差人，竟是沒一個比得上眼前這位老嬤嬤，甚至就是那些後宮嬪妃，比起她來也是略有不如。

「我只是個管教嬤嬤，教的是規矩禮數，訓的是待人接物，本就是為了大小姐進宮所做的準備，選秀之後……原也沒我這老婆子什麼差事了！大小姐能拿到初選頭名，行止規矩自是無可挑剔，想來那待人接物亦是不用再教什麼……」

彭嬤嬤沒有回答安清悠的問題，而是忽然感慨起來。

安清悠聞言大驚，聽她這話裡話外的，難道竟有求去之意？

「嬤嬤切莫如此說，清悠如今不過剛剛學了點皮毛，日後遇事，哪裡少得了嬤嬤的提點？清悠身邊，可是萬萬……萬萬離不開嬤嬤的！」

「這世上哪裡有誰離不開誰，不過是各人的緣分罷了。我在宮裡待了一輩子，厭了倦了，心累了，可是想找的東西卻還是沒能找到。意興闌珊之下，只想出宮尋個埋骨之所，沒想到臨到頭了卻遇上大小姐。我這雙老眼不會看錯，妳將來定然有不小的成就，能教出這麼一位人物來，老婆子知足啦！」

彭嬤嬤微微一笑，看著安清悠時，難得地動容。

安清悠急得都快哭了，來到這個世界之後，彭嬤嬤可是對自己幫助最多的人，甚至可以說沒有遇到這位老嬤嬤，自己今天會是什麼樣子，還是個未知數。

在安清悠的內心深處，早已將彭嬤嬤當作是最重要的親人了。

如今彭嬤嬤要求去，怎能不急從中來？

「嬤嬤，清悠不讓妳走，妳既是厭了倦了，在哪歇腳還不是一樣？不如就歇在了我們安家！清悠敬妳愛妳，妳悶了我陪妳說話，妳嫌有事兒煩，我為妳專門闢出一間清靜院子。等妳走不動路了，我為妳養老送終，總之……總之，妳就是不能走！」

彭嬤嬤看著安清悠這般模樣，心下也是感動。

真按著安清悠這般說話，那便是拿自己當親人孝敬了，世間不知道多少子女對親娘都未必能做到如此地步。

有徒如此，還有什麼可求的？

可是，彭嬤嬤還是搖了搖頭，慢慢地道：「天下沒有不散的筵席……」

「散也不是這般散法！」安清悠第一次很沒禮貌地打斷了彭嬤嬤的話，忽然咬著牙說道：「嬤嬤不是說一直想找個什麼東西嗎？清悠在這裡發誓，不管嬤嬤要找的東西是在天涯海角，在皇宮大內，我也一定幫嬤嬤尋了回來！」

彭嬤嬤心中一震，怔怔地看了安清悠半晌，忽然間，心中那本以為死了念頭，竟又奇蹟般的動了起來。

若是她代我去辦此事，真說不定……

彭嬤嬤思量了半晌，卻還是苦笑道：「大小姐，此事很棘手，何況這本就與妳無甚干係。說來不怕妳笑話，雖說妳這般以誠待我，我卻連那件東西是什麼都沒法對妳說，也不敢對妳說……」

「那件物事是什麼，嬤嬤不說，清悠便也不問，什麼時候嬤嬤想說了，清悠便來聽。嬤嬤不是說我將來成就定然不小嗎？天大的麻煩我都不怕！若我是嬤嬤所說的這般，那就能替嬤嬤把事辦成！」

安清悠見彭嬤嬤言語之間略有鬆動，連忙給予承諾，一雙眼睛就這麼直勾勾地看著彭嬤嬤，眼睛裡滿滿都是懇求之色。

「這……這事情不簡單，請大小姐讓我好好思忖些時日，再做答覆吧！」彭嬤嬤到底還是鬆了口，卻是無奈地道：「可惜我此刻心思已亂，這選婿之事，我這老婆子是幫不上什麼忙了。」

「誰說沒幫忙，嬤嬤剛才所言，句句都在點子上！妳先清靜幾天養養精神，清悠過些時日再來看妳！」

安清悠只求彭嬤嬤不走，這時候又哪裡還肯用這些事煩她？陪著說了兩句閒話，看著彭嬤嬤沒有即刻要走的意思，這才敢回了自己的院子。

「此人好像上次在誰家的府上見過……對了，是王侍郎老母壽宴上，看著就猥瑣，劃掉！」

「這傢伙是壽光七年生的？我呸！這年紀到如今不都是四十多了？快和我爹年紀一樣了，也想娶本小姐？劃掉！」

「這個……這個人沒什麼理由，就是看著他的名字不順眼，為什麼也姓安？劃掉！」

回到自己屋裡，安清悠拿過芋草抄寫的表格，心情煩躁，在那些求親的帖子上掃了幾眼，三下五除二地一通狠刪。

身邊的幾個丫鬟婆子見她心情不好，誰也不敢多言。

如今安家成了避風港，來求親的人極多。

即便是安清悠大刀闊斧地狠刪，留下來的名字還是不少。

旁邊還有青兒時不時拿進一疊又一疊的名帖來，越積越多之下，竟是真應了彭嬤嬤的那句話，這麼多來求親的，怎麼見得過來？

「大姊！大姊忙著呢？」

一個小心翼翼的聲音傳了進來，安清悠抬頭看去，卻是弟弟安子良。自己進宮一個月，他也在老太爺府上被調教了一個月，究竟學到了什麼不好說，反正這再來安清悠的院子時，已不是大喊大叫，而變成了偷偷摸摸。

「昨天才挨打，今天你居然就能爬得起來？」安清悠白了安子良一眼，沒好氣地問道。

「大姊，您好沒良心，昨天弟弟去攪局，還不全是為了大姊？」安子良一臉的委屈，「弟弟我可是替大姊兩肋插刀了，怎麼今兒您見了弟弟卻是恨不得我被打起不來才過癮？還好七叔手藝好，那叫一個妥當……哎喲！」

安子良在這裡嘟嘟囔囔地說著話，冷不防被安清悠在昨日挨打的地方輕輕拍了一記，登時一嗓子嚎了出來。

「別貧嘴，有事快說，沒看大姊正忙著嗎？」安清悠嘴裡說得不客氣，可不知為何，有了這弟弟在旁邊乾嚎，心裡竟是好了不少。

「大姊就會欺負我……」安子良哼唧兩聲，看著安清悠那不懷好意的目光射了過來，嚇得不敢再說那些有的沒的，逕自拿出了一堆紅紙，抱著的帖子道：「大姊，妳倒是幫我看看，這麼多來向我提親的，我這怎麼見得過來……」

安清悠頓時頭大無比，自己這裡有一大堆麻煩沒解決，你還來問我？

不過，這頭大歸頭大，心裡也不禁暗暗好笑，選女婿的是自己，怎麼安子良那邊也似要選媳婦一般？

不過，安清悠微一凝神便回過味來，安家如今成了避風港，這不管選與不選，差不多的年輕一代都被人盯上了。

「婚姻大事，自然由父母做主！你又沒有那沈家之類的人物上門來逼著求親，就推說這事你不能妄自亂議，須聽父親的……」安清悠開始把自己在宮裡的經驗向弟弟推廣，皇帝都糊弄過去了呢！

「這些帖子就是父親代我收的……」安子良直接斃掉了安清悠的傳授，吭哧地道：「父親說他要做個好父親，不能在我不滿意的情況下就定了親事，便讓我自己挑。挑了哪個滿意的，他再出頭幫我說親……」

安清悠一聽這話，瞬間沒詞了，安德佑現在是真為子女著想，可是這著想好像有點過火了……安子良如今才多大，下個月才十五吧？這就開始挑媳婦？

「那就說你自己還小，婚姻大事暫不考慮，一概推回去！」

一計不成又生一計，想想安子良既然年紀小，這也是極好的說辭，一把全推掉，省心。

「啊？全推回去？這不好吧？這個這個……聽說那些姑娘裡，可是有幾個模樣很標致的，人又溫柔……」安子良一副捨不得的樣子。

安清悠既好氣又好笑，正要斥他幾句色迷迷，卻是一拍腦袋，心說自己怎麼把青春期給忘了。這麼大點兒的男孩子，只怕正是心裡衝動的年紀，一堆如花似玉的大閨女主動貼上來，還真是難以不動心。

更何況，古時男子結婚早，十幾歲當爹的都不算是新鮮事，這求親還真沒有什麼不對的。

「那大姊就沒什麼法子了！」安清悠氣餒地兩手一攤道：「大姊自己這裡還煩著，我這邊選婿，收到的帖子只比你多不比你少，你見不過來？我見不過來才是真的呢！」

「嗄？連大姊您都沒轍？完了完了，不知道又有多少美貌少女就這麼與我無緣了，我真命苦啊……」安子良一臉絕望，好似真的為許多漂亮女孩離自己遠去而懊惱。只可惜他身材太胖，再加上這惦記著姑娘的表情，簡直就是個色小子。

「大姊，您再想想，您就再想想嘛，這家裡您最有本事，連選秀都能搞定，一定有法子！」安子良不死心，回過頭來又和安清悠磨蹭。

「沒法子就是沒法子，大姊我又不是神仙，我……咦？你剛才說什麼？」安清悠煩躁地說了兩句，突然間靈光一閃，一把抓住了安子良的領子，惡狠狠地問道。

「我……我沒說什麼啊，我就說大姊您有本事，連選秀都能搞定……」安子良被這突如其來的劈頭一問，有點嚇著了，囁嚅地說著話。

「選秀啊！哈哈哈，選秀啊！」安清悠忽地笑了出來，真是當局者迷，自己可是剛剛參加了選秀的，怎麼連這麼個簡單的法子都能忘了？

「芋草，去放個帖子給三房的夫人，就說我要選秀……啊，不是，就說我要選婿，請三嬸幫忙把關一下。嗯……還有大理寺少卿周家的夫人……不對不對，這官太太審美觀不妥，來了又說這個是飽讀詩書什麼的，三嬸一個就夠了。上次為老太爺辦壽宴的時候，我認識的那些商賈女眷的名錄還有沒有？我那個做鏢局的乾妹妹是一定要的……」

安清悠一疊聲地下命令，安子良瞧得目瞪口呆，忍不住問道：「大姊，您這是要做什麼？選夫婿是選男人，又扯了這麼多女眷過來做什麼？」

「評審團！」安清悠頭也不抬地回答道，又吩咐青兒道：「讓下人們把咱家的後花園好好拾掇拾掇，要見人呢！還要跟老爺打聲招呼，這事兒非他主持不可……」

安子良越聽越迷糊，安清悠下完了一通命令，見他猶自一臉迷茫。

安清悠噗哧笑了出來，拍了拍他那張肥臉笑道：「多謝了，弟弟，若不是你說了一句選秀，大姊還真忘了此事能這麼辦。只是那宮裡的選秀繁文縟節多，流程又是枯燥，實在是沒什麼意思，且看大姊辦個咱們安家的選秀出來，絕對比那宮裡的選秀強！」

「啊？選秀？」安子良張大了嘴，「選男人？」

「選男人怎麼了？不就是集體相親嗎？」

安清悠像是又想到了什麼似的，問安子良道：「我說弟弟啊，這次來的人定然不少，你說咱們要不要賣票？」

參之章 茶會驚人告白

大梁國男尊女卑，那公開招女婿的事情不是沒有，只不過這般招法通常都是民間常用，招的還都是入贅女方的贅婿，要改名換姓，很沒地位的。

真正有頭有臉的世家大族，不可能這般行事，真是這般搞法，豈不是向外公開說自家女兒找不到婆家？女兒是不是真的找不到婆家先放在一邊，這面子無論如何不能丟在這等事上。

當然，安家的大小姐安清悠是絕對不怕有人這樣說的，安家也不怕有人拿這件事亂嚼舌根。

這倒不是安清悠膽子大臉皮厚，也不是安家豁得出去，而是且不論安家如今是避風港，想要和安家結親的男子多不勝數。

單說選秀初試第一、皇上親自主婚等等，有這等成績擺在那裡，誰敢說安大小姐嫁不出去？

要麼說人家安家就是有水準，當初人家就沒提招婿而說的是選婿，這一字之差可就讓許多飽受正統教育的大梁年輕男子們舒服許多。如今這公開挑女婿也沒說是公開挑女婿，人家辦的是茶會，邀請想要做安家女婿的青年才俊一起來安家的後花園飲茶作詩談學問。

讀書人嘛！這等扎堆飲茶，一起吟詩的文會誰還做得少了？這叫風雅！

安家這種種安排，當真是恰到好處。

大家很實在地給自己臺階下，著實不覺得一群大男人送上門來被一個女子挑有什麼不妥。

更何況，人家安家已經明說，選出來的女婿是要嫁女兒過去，又不是做贅婿，那咱們是來追求安大小姐的嘛！

窈窕淑女，君子好逑。

這等風雅之事，吾等還真沒什麼不好意思的。

唯一令男士們覺得不爽的，恐怕就是這茶會不是像其他那些茶會般隨到隨進，而是限定了開場時間。

考慮到行商對於安家這等官宦世家的名聲影響，安清悠忍痛放棄了借鑒個人演唱會模式買限量版門票這類很誘人的想法，但是不到時間不開場這件事情是要堅持的。美其名曰團隊精神，統一入場。

大家覺得安家這安排有些不妥，早來的人連門都不讓進，還得在門外寒風裡吹著？

不過，看到安大小姐的乾妹妹，金龍鏢局的岳勝男岳大小姐身背金背潑風大環刀，手持齊眉熟銅棍在門口如鐵塔般的站著，也就覺得好男不與女鬥，很自覺地等在了門外。

於是乎，候選人之間就經常出現了類似這般的對話。

「年兄，你也來了啊？此次安家茶會，有年兄這等人物參加，實是一樁樂事！」

「豈敢豈敢！賢弟如此人才，這次不也來了？」

「呵呵，久聞安大小姐風采，當然是要冒昧一見，這次某可是志在必得呢！」

「這倒巧了，我亦有此意，此次安家擇婿，捨我其誰？只怕賢弟此來，要空手而歸了……」

「誰空手而歸還言之過早，年兄莫要抱太高的期望，省得一會兒心中失落啊……」

這些所謂中立派的青年子弟，亦有不少是出身文官之家。

不過，正所謂文無第一，武無第二。此刻大家見了面，寒喧幾句，卻既是不服對方學識，彼此又是實際上的情敵，出言譏諷那是免不了的。

所幸君子動口不動手，眾人還是保持著風度，至於言語之中是不是有明嘲暗諷的尖酸刻薄，讀書人的事情，這能說是罵嗎？

只是這些等候者卻不知道，就在安家的門房裡，有一雙雙眼睛在注視著他們，這自然就是安清悠早就安排好的商賈女眷評審團了。

「那個剛出來沒兩下，立刻就哆哆嗦嗦回馬車躲著去了，肯定不怎麼樣！」

「那個那個，臉色發青啊，還有兩個大黑眼圈……這等相貌莫不是在女色上沉迷過度？」

「妳瞧那邊那個，那畏畏縮縮的樣子，保准是八棲子踹不出個……響兒的，這號人也能配得上大小姐？」

商賈太太們雖然不像宮裡的驗查太監們那般受過專業訓練，但是她們看人自有她們的角度，就在這眾男子等候之時，早就給他們打上了分。

正熱鬧間，忽然聽得中氣十足的高叫：「安家既是公開選婿，蕭某亦來參加，可否？」

安家選婿，從來就沒有什麼誰讓參加誰不讓參加一說，只要身家清白、才學好，模樣周正又知上進，都是大門敞開的。

這人刻意叫了這麼一嗓子，是故意要突顯自己嗎？

眾人忍不住拿眼看去，卻見一個年輕男子白袍白馬，嘴角猶自掛著邪氣的笑意，赫然便是那京城裡的頭號混世魔王蕭洛辰了。

一眾候選人登時起了小小的騷動，安家之所以要選女婿，說起來還是因為這蕭洛辰而起。

這事本身是向外界表明安家不願應承蕭洛辰那半年之約了，沒想到這人臉皮竟是如此之厚，還好意思到安家來選女婿？

更有那腦子快的，想到如今蕭家失勢，那安家的大小姐亦是不願嫁這蕭洛辰。

此時不賣個好，顯示一下自己的手段，更待何時？

當下卻是有人站出來對著蕭洛辰大喝道：「離經叛道的登徒子！安家乃是我大梁首屈一指的書

香門第，安大小姐知書達理，溫婉賢慧，哪裡是爾等粗鄙無學之人所能配得上的？若有半分廉恥，還不速速離去……」

這人說得昂揚，只是說到這「速速離去」中的「速」字時，蕭洛辰忽地一夾馬腹，胯下那匹白馬似通主人之意，箭一般的向這人直衝過來。待得這人說到「去」時，那馬已奔到了面前，長嘶間人立而起，一雙前蹄瞬間朝這人踏了下來。

普通的駑馬若是踏上人一下，那都是輕則骨斷筋折，重則喪了性命。蕭洛辰胯下這匹白馬便在戰馬中都算得上是雄壯神駿的極品，蹄子底下又是打了戰場上用的加厚鋼釘馬蹄鐵。這凌空踩踏，若真踩實了，只怕那人身上當場便是兩個血窟窿了。

那人原本正在大聲呵斥，陡然見得這白馬衝到面前，竟是嚇傻了。

卻見蕭洛辰微微一帶韁繩，那白馬的雙蹄直落而下，貼著那人的雙臂，狠狠地敲在了那人身邊的青石板地上。

砰的一聲大響聲中，地面上火花擦起，此人雖是毫髮無損，身體卻置於馬頭前不過數分，只覺得那馬鼻子裡噴出的熱氣呼呼噴在自己臉上，一時之間，驚慌恐懼，睜大了眼睛，張大了嘴巴，臉上滿是恐懼之色。

一動也沒法動，整個身體都僵了。

蕭洛辰微微一笑，伸指在馬頭上輕輕一敲，白馬伸出了舌頭，就在此人的臉上一舔……

那人只覺得臉上有個濕熱的東西掃過，理智瞬間斷裂，雙腿顫抖了幾下，再也支撐不住身體的重量，一屁股坐在了冰冷的石板地上。雙腿間忽然一陣溫熱，低頭看去，卻是不知道什麼時候，胯下濕了一大片。

蕭洛辰一提韁繩，白馬倒退了幾步，卻聽蕭洛辰冷笑道：「好廉恥，好廉恥，你是好有廉恥！蕭某曾奉皇命，向安德佑安大人討教學問，爾等罵我粗鄙，置安家於何處？置安大人於何處？若非蕭某，爾等又焉能齊聚這安家門口，行這期盼安家小姐垂青之事？讀了一輩子聖賢書，卻未必知道那聖賢教的到底是什麼，徒逞口舌之利，遇事之時，卻是如此膿包！若非今日來參加安家選婿，蕭某真是恥於與爾等這般人物為伍！」

蕭洛辰便是這般性子，既是心中定下了要娶安清悠的念頭，行事便絕不會有什麼拖泥帶水的顧忌，甚至還囂張霸道。

一貫以來，蕭洛辰對女子或許還有些憐香惜玉之心，對男子卻是毫不手軟，更別說這些眼前之人絕大多數是他向來瞧不起的文人酸丁，還是自己的情敵，如此一來，哪裡還有客氣的？

說罷，蕭洛辰逕自下馬拴好，一步一步向著安家大門口走去。

眾人面面相覷，這蕭洛辰做事素來張狂，他口口聲聲說曾向安大老爺討教學問，倒讓人想起他天子門生的身分來。

蕭家雖然已經搖搖欲墜，但皇上對這蕭洛辰倒還有幾分師生之情，若是再罵他粗鄙無學，不知道會不會傳到皇上耳裡，這樣自己豈不是連皇上都罵了進去？

有些事說得做不得，有些事做得說不得。大家心中雖然認定蕭洛辰是個不學無術的渾人，卻不肯再說他什麼了。

此刻安家門外盡是些年輕男子，又不少人是家裡捧著長大的公子哥兒，倒是不乏那血氣方剛之輩，不服之人所在多有。

正當蕭洛辰走到安家門口時，又有一人衝了出來，高聲罵道：「爾等徒仗武力的粗莽武夫，炫耀暴行，算得上是什麼本事？我等讀書人深受教化，自有一身風骨，你這等傷人惡行，難道便能嚇得住我？須知我大梁依律治國，皇上聖明剛毅，眼見這光天化日之下，真當沒人敢到京城各衙門告你不成？」

這人不但膽大，腦子也明白，見著蕭洛辰聲勢做得雖足，最後卻沒傷之前那人一星半點，心中便料定蕭洛辰雖狂傲，但在天子腳下這京城之地，安家門口這選婿之場，未必敢真的出手傷人。於是，便跑到蕭洛辰面前義正辭嚴地斥責，那手指都快指到蕭洛辰臉上了。

蕭洛辰冷冷瞧了他一眼，卻是不再言語，逕自向安家大門口又走了幾步，直奔那門口站著的安清悠的乾妹妹，金龍鏢局大小姐岳勝男。

開場時間未到，這蕭洛辰難道要闖門不成？

看著蕭洛辰這般做派，眾人心中齊齊閃過這樣一個念頭。

那先前呵斥之人眼見蕭洛辰不理自己，更加覺得自己看對了形勢，高聲叫道：「蕭洛辰，你這個武夫，難道今天要闖安家的大門？你既是來到此地，當知安家乃是當朝重臣，既是參加選婿，可知當對安家仰之敬之？想要硬闖，是覺得安家是紙糊的不成？哼！別擺那副臭架子了，我看你蕭洛辰也只是個紙老虎，不敢真對安家……」

這人聲音叫得雖高，卻不是沒腦子的人。

話裡話外的暗含調撥之意，顯是料定了蕭洛辰心高氣傲，若真是激得他闖了門，那自然是被安家所不容，而自己在一堆候選人中大義凜然之舉，更能壓得別人一頭。

便是這次選婿選不上，那風骨之名也會不脛而走。士林之中若得這般清名，對於自己將來的發展大有裨益。

只是，蕭洛辰既不理他，也沒有闖門，逕自走到岳勝男面前，笑道：「這位可是金龍鏢局的大小姐，安大小姐的乾妹妹岳氏？久聞岳小姐豪爽仗義，溫婉賢良，今日蕭某前來求親，有一事想求小姐相助。初次見面，還望小姐莫要嫌蕭某唐突才是。」

「不唐突不唐突，只要不是硬闖安家大門，便有什麼事，小女子都是鼎力相助的。其實便是放你進去也沒什麼，可是人家……人家答應安家姊姊了……」

岳勝男身高體壯，面色黝黑，雙臂肌肉結實，確是宛如鐵塔一般。

眾人拿眼看去，只覺得豪爽仗義京城聞名，溫婉賢良卻怎麼都看不出來。

再一聽她這句「人家答應安家姊姊了」，登時無語，全身上下起了雞皮疙瘩。

蕭洛辰渾無所覺，客客氣氣地道：「既是如此，那蕭某便向小姐借一樣東西……」

「好說好說，蕭公子要借，小女子但無不從，卻不知蕭公子要借什麼？咱們金龍鏢局要人有人，要銀子有銀子，兄弟多、人頭熟、路子廣，南七北六一十三省都有咱們的分局，江湖上三山五嶽的朋友們亦是要賣咱們幾分面子……」

原來岳勝男是蕭洛辰的仰慕者，此刻見著蕭洛辰，那言行都亂了幾分。

聽他說要來找自己借東西，連借什麼都沒有問，便一口答應下來，像是恨不得把自己有什麼全都交代一遍才好，只是這話說得順口了，老毛病復發，又說到鏢局常說的套路上去了。

蕭洛辰極有耐心，等她說完了好長一段行話，這才搖了搖頭，伸手指著岳大小姐後面，微微一笑道：「久聞金龍鏢局祖傳的金背九環刀削鐵如泥，今天蕭某要做一件事，卻是少了一把稱手的兵器，不知岳大小姐願借否？蕭某保證，用過之後立刻奉還，絕不損這寶刀一分一毫！」

話沒說完，岳勝男已經把那金背九環大砍刀從後背解了下來，刀在人在，刀亡人亡的祖訓自然是有的，但是咱們江湖兒女扶危濟困，總不能看蕭洛辰這等好漢被一把兵器難住不是？

一伸手間，把那刀塞在了蕭洛辰手裡，臉上居然有了羞赧之色，「蕭公子儘管拿去用，便是不著急還也可以的……只是，這寶刀是我家祖傳之物，蕭公子若是真想不還，卻是得去找我爹爹……」

岳勝男性子直率，不像那些文官家族裡出來的大家閨秀般扭捏，說話直白。

既是仰慕蕭洛辰已久，那便想到什麼便說什麼，這話裡暗示之意再明顯不過，甚至還拋了個媚眼過來。

饒是蕭洛辰再怎麼不拘小節，在岳大小姐這等鐵塔般的女子媚眼之下，也忍不住打了個哆嗦。

幸好知道這女子憨雖憨點，人卻是不壞，當下持刀施禮，朗聲道：「多謝小姐借刀，蕭某這便去做蕭某的事，也順便替小姐尋個開心！」

蕭洛辰這話剛一說完，岳勝男只覺得眼前一花，卻見蕭洛辰腿腳發力，一個縱躍，竟是頭上腳下，手腳伸開，像一隻大鳥般凌空直挺挺地翻了一個身。持刀落地之時，已穩穩站在了那安家門口的臺階之上，身形當真是矯健無比。

岳勝男是懂行之人，忍不住大聲喝彩。

蕭洛辰毫不停留，藉著這凌空一翻一落之勢，身子傾斜，起跑速度快了許多。行雲流水間，身形不停，直朝著那先前喝罵之人撲去。眼見著光芒之下金光閃動，竟是毫不客氣地一刀劈下

「賊子大膽！真當在下會怕你像對付他人一般的那等惡行嗎……」

那先前喝罵之人比前一位膽子大了許多，心中既是篤定蕭洛辰不敢傷人——當然更是明白蕭洛辰這般身手要是真想傷自己，自己躲也沒用，索性站定了不動。兩眼一閉，兀自大聲喝罵。

蕭洛辰也不管這傢伙罵的是什麼，手底下運刀如風，前後左右只管砍去，刷刷刷刷，八八六十四刀，出刀無半點滯澀，卻是軍中最為常見的「夜戰八方藏刀式」。一套刀法舞動完畢，把那三十多斤重的金背九環大砍刀輕輕巧巧挽了個刀花，收刀之際，冷冷地看著眼前那喝罵之人，不發一語。

岳勝男的眼力不同這些讀書人，自然看出蕭洛辰這六十四刀看似沒傷眼前之人，卻是在出刀之間，已在這人前胸、小腹、肩頭、兩臂雙腿等等諸般要害之地的衣衫上劃了不知多少口子。

只是，這出刀的力度拿捏得極好，半點沒傷到此人而已。

能夠把一柄沉重若斯的金背九環刀使得如此靈巧精準，能夠把「夜戰八方藏刀式」使成了這般模樣，此人的手勁、眼力和技巧，實在是上乘，已臻爐火純青之境。

那喝罵之人只聽得耳邊沒有了那揮刀的風聲，這才敢慢慢睜開眼。低頭瞧了瞧這渾身上下果然半點傷也沒有，心中大喜，知道自己所料不差，兀自又高叫道：「蕭洛辰，別人怕你，在下卻不怕一星半點兒！你這廝不過就是個紙老虎，若是真敢出刀砍在我等身上，我還當你有三分狠勁兒，可是似這等花拳繡腿只知嚇人，不過是個虛張聲勢之徒，有本事真的打我一拳給我一刀，也算是……」

這人口中的「也算是」剛剛出口，猛然覺得自己的右臂似是異狀，低下頭一看，臂上的袖子不知什麼時候掉了一塊。此時恰逢一陣寒冬冷風吹來，冷颼颼地打了個寒顫。

而這僅僅是開始，那人衣袖上出現了個大洞，他下意識伸手去捂。

可是，這不動還好，一個抬手之間，竟似引發了連鎖反應一般，身上綢片飛舞，棉絮四散，不知道多少衣襟碎片落了下來。

轉瞬間，一身衣物十去八九，胯下忽地一寒，先是褲帶斷裂，褲子落了下去，後是布片飄落，底褲居然開了一個渾圓的大洞，某處老實不客氣地露了出來。

門口的岳勝男嗤的一聲笑了出來，臉上盡是鄙夷不屑之色，張口啐道：「這麼小……」

那人張大了嘴，呆愣愣的，一句話也說不出來。

旁邊有人噗哧一聲，忍不住笑了出來。

那人這才彷彿想起了什麼，雙手緊緊捂住下面，任憑寒風凜冽，吹得幾近全裸的身體瑟瑟發抖，也死活不肯挪開。

蕭洛辰這才冷笑一聲，滿臉不屑地說道：「剛才那等縱馬嚇人之舉也算是惡行？這也不過剛剛有了點兒惡行的意思而已。蕭某若真做起惡來，豈是爾等之輩所能見識？今天蕭某既是來求親，還真就不打算見血傷人，但若要整治你這般廢物，卻有的是手段。再者，今日我不傷人，卻不代表明日兄臺自己不會倒楣，你再多說半句廢話，出了什麼事都是咎由自取！最近天氣不好，京城治安也亂，兄臺若是走夜路不小心摔成個殘廢，或是遇上什麼毛賊在某處割了一刀，也怨不得旁人。至於告狀打官司什麼的……哼哼，蕭某奉陪到底！」

這話語氣裡竟是有些陰森森之意，那人哆嗦了半天，想要說兩句硬氣話來撐場面，卻又不知如何，死活張不開嘴。

看看蕭洛辰手中的那把大刀，再一想到什麼毛賊在自己身上某處割一刀之類的話，忍不住有些不寒而慄。這一刀雖沒明說割在哪裡，但瞧著蕭洛辰視線在自己的下體掃來掃去，頓時讓他不敢再說半句話。

惶然之間，忽然看到周圍眾人都一臉古怪地看著自己，猛然間大叫一聲，頭也不回地向自家馬車中鑽去。

「廢物！」蕭洛辰不屑地冷哼，轉而輕撫手中的金刀，輕輕讚道：「好刀！好刀！久聞金龍鏢局祖傳的金背大環刀是江湖上有名的利器，今日一見，所謂削鐵如泥，吹毛斷髮，亦不過如此，此等寶物當真是世所罕見，只可惜用來對付此等宵小，真是有些委屈這刀了！」

蕭洛辰冷冷地掃視了周圍一眼，高聲叫道：「知道你們這些人素來瞧不起蕭某，這也無妨，安家早已明言，這所選之婿，只要身家清白、才學好，模樣周正又知上進的未婚男子皆可參加。蕭某心儀安家大小姐已久，今天既然來了，自然要和爾等周旋較量一番，哪個還想拿蕭某做那揚名立萬的靶子，儘管放馬過來，是文是武，蕭某一概接著！」

眾人見他這般模樣，誰也不肯開口。

有人聽著這蕭洛辰放出是文是武的話，心道武藝我們這等讀書人自然比不過你，可是我大梁文貴武賤，連皇上也似有打壓武人之意，更別說安家乃是詩書之家，一會兒進去之後，必是有比試文采之事，到時候文章上見功夫，那才是真本事。

念及此，眾人更不肯接蕭洛辰的話了，只是看他這般囂張，免不了起了同仇敵愾之心。

文人若要對付人，從來都是檯面下的陰招比檯面上的更多。私下裡，早有人開始商量對策，你我爭與不爭放在一邊，先把這蕭洛辰應付了再說。

我的女人，自當由我來娶，便是她要嫁別人，也不能嫁給如此泛泛之輩！這些傢伙裡，十個有九個怕是為了安家如今的形勢而來，有幾個是心中真有她的？此等宵小，蕭某今日便為那丫頭打發了！

蕭洛辰耳力極好，看著不少人竊竊私語，不由得面帶冷笑，陡然間金刀一舉，大吼道：「來啊！還有誰？」

這一聲大吼，好似平地起驚雷，那些竊竊私語之人陡然被這麼一嚇，竟不由自主閉上了嘴。不知多少道目光齊刷刷向蕭洛辰看來，卻無一人敢應聲。

「不過土雞瓦狗耳！」

蕭洛辰又掃視了一圈眾人，再不搭理他們，逕自走向岳勝男，刀柄倒轉，客客氣氣地奉還金刀，又抱拳作揖道：「岳小姐借刀之義，日後再報，蕭某在這裡多謝了！」

「不用報不用報！區區小事，何足掛齒……」

岳勝男慌慌張張地把刀接了過來，一把從小到大摸熟了的刀，此刻這一接，居然手忙腳亂。好不容易把刀插回了背後的刀鞘之中，岳勝男一臉豔羨地道：「蕭大哥，你這刀法手眼是怎麼練出來的？教教我好不好？要不……要不我拜你為師也行！」

這就從蕭公子變成蕭大哥了？

蕭洛辰渾身一哆嗦，再看那岳勝男眼裡，只有對武學的嚮往，別無他物，童心忽起，卻是展顏笑道：「妳是安姑娘的乾妹妹，我卻是要娶安姑娘為妻的，若是做了妳師父，將來真娶了安姑娘，大家這輩分怎麼算？」

「啊？」

學武之人最重輩分，岳勝男性子單純，一時反應不過來，光剩下糾結了。

「岳小姐赤誠，蕭某卻是開玩笑了。妳這對於武學的執著，讓人肅然起敬。岳小姐既看得起蕭某，在下自然願意傾囊相授，大家義氣相交，談什麼拜師那等俗事？」

蕭洛辰袖袍一擺，猛然轉身，就這麼在安家門口的臺階上坐了下來，先看了一眼門房，才對著街面上的一干人等淡淡地說道：「一會兒開門入場之時，蕭某第一個進去，想來大家沒什麼意見吧？」

◉ ◉ ◉

「這蕭洛辰當真可恨！我……我好不容易弄出來個茶會，這廝居然來這裡攪局，還搞起堵門這等事來了！」

安家長房之中，安清悠正咬牙切齒地透過門房裡的一道細縫向外張望。

蕭洛辰在門口惹出了這許多事來，自然是早就驚動了宅子裡面的人。

安清悠得了下人稟報，匆忙帶著丫鬟來到這門房之中看個究竟，可是越看越氣，到底是忍不住抱怨連連。

「就是就是，也不看看自己那副德行，還想小姐嫁給他？」青兒亦是憤憤不平。小姐生氣，她也便跟著生氣，瞪著一雙圓溜溜的眼睛怒道：「要不然就派個下人出去把他轟走算了，講明了小姐就是不嫁他，看他能怎麼辦！」

「他能怎麼辦？這人是個滾刀肉，一個下人可轟不走他！更何況，皇上剛剛明言給他半年之期，我們還真是不能這麼辦……」

安清悠微一沉吟，心中有了主意，轉頭吩咐下人道：「開門，放號，讓那蕭洛辰進來。莫要給他排在第一位，也不要給他放在最後，弄個不疼不癢的倒數第幾號晾著他，讓他便做這眾人中的一個。」

「開門啦，開門啦，各位公子有請……」兩個安家的下人吆喝一聲，走出來打開了大門。

「蕭某當仁不讓，這就第一個進去了，哪位想做第二個？」

蕭洛辰陡然站起了身來，向著眾人冷冷地扔下一句話，轉身就走。

眾人你看看我，我看看你，心下琢磨了一下蕭洛辰問第二個到底是什麼意思，卻是誰也不想當這出頭鳥。這時候倒拾起了那謙虛禮讓這四個字來，一個個很有風度。

「年兄，您先請？」

「不不不！賢弟，您來得比我早，當然是您先請！」

「哪裡的話，年兄，您年長者，當然是您先請！」

大夥兒彼此推脫，都是聰明人，誰也不願意當那個第二。眼瞅著蕭洛辰的身影消失在門內，這才活泛了心思：「既如此，那愚兄就先行一步……哎哎，賢弟，等等我……」

蕭洛辰自然是懶得理會這些人，逕自跟著引路的下人過了二道門，正要往後花園去時，卻見一個老僕走過來，笑呵呵地道：「這位公子，請領號單，一會兒按著號碼的順序比文采，可莫要亂了先後。」

接過來一看，卻見那紙上寫著「一五六」三個字。

蕭洛辰眉頭微微一皺，卻也沒多言，逕自把那號碼揣進了懷裡，大步向後花園走去。

等進了後花園，只見一個木製的檯子搭在當中，此外到處都是已擺好了的茶桌。

蕭洛辰也不客氣，在那首桌首座上一屁股坐了下去。

不多時，眾人魚貫入場，認識的、不認識的紛紛就坐，反倒是首桌上只有蕭洛辰一個人優哉游哉地坐在這裡品茶，甚是顯眼。

「諸位都是大梁的青年才俊，今日能光臨我安府，實是緣分。今日既是小女的選婿茶會，此間規矩自是小女所定，還望諸位行之守之。我安家既重詩書，文試必不可少。閒話我也不多說了，咱們這就開始吧！」

安德佑施施然出場，他既答應了安清悠自己選夫，又對女兒的能力極為信任，倒也樂得放手。短短的幾句開場白鋪墊，便走下了臺，卻是詫異萬分地瞧了蕭洛辰一眼。

以安德佑的身分，自然是要坐在首桌主位上的，可是這首桌上除了蕭洛辰之外，居然空無一人，兩人一個主座一個首座，倒是挨得最近。

大眼瞪小眼一陣之後，到底還是蕭洛辰先開了口：「晚輩蕭洛辰見過安大人。上次壽宴一別，安大人學問之精，讓晚輩念念不忘。前日蒙皇上教導之時，聽陛下又提起了安大人，對於您的學問人品多有讚譽……」

安德佑對蕭洛辰的印象談不上太好，甚至因為蕭家如今的情況，以及安清悠對此人的不喜，對這傢伙還是負面印象居多。

不過，兩人多少有過一回奉旨討教的一面之緣，此刻反而不太好擺臉色，又聽蕭洛辰開口便說皇上讚譽自己，忍不住激動道：「哦？皇上又提到了老夫？」

皇上讚譽，不喜也得喜，卻見蕭洛辰恭謹之色更甚，連聲稱是：「那是那是！皇上說安大人深得左都御史安老大人真傳，家學淵源……」

蕭洛辰本就是天子門生，和皇上單獨相處之時自然是極多的。

雖說皇上是不是真稱讚了安大人誰也不知道，但是以一般人想來，無人敢假傳皇上之意。

安德佑心中亦是這般念頭，兩人你一言我一語，這話頭還真就這麼接了下去。

那首桌本離其他座位尚遠，蕭洛辰和安德佑說話，讓下面那眾多參選之人看直了眼。

原本蕭洛辰獨霸首桌，人人都有瞧他笑話的念頭，那禮部的安德佑大人素來以古板著稱，你要討安小姐為妻，且看安大人這一關你怎麼過！

孰料這蕭洛辰一開口，安大人卻面露喜色。

再下去，兩人好似是談笑風生，下面觀望的眾人心裡氣極。大家都是來選婿的，如今怎麼成了此人在安大人那邊專美於前？這安家大小姐還沒讓蕭洛辰霸占，那老泰山倒是先讓這廝給獨霸了。

氣歸氣，這時擅自跑到首桌去和蕭洛辰爭寵，那可就失禮至極，也在安家人面前落不得好。

眾人忍氣吞聲之際，忽見臺上一個婦人走了出來，先向諸人福身，這才說道：「有勞各位今日光臨，我家小姐傳話多謝諸位了。今日文試的規矩有三：一不言詩云子曰古人之語，二不語詩詞歌賦諸般之論，三不做科舉大途八股文章。就請各位只說白話，依沙漏時間為限，按號碼順序上臺表白，計時開始。」

眾人聞言一怔，自己這些人從小到大，學的是詩云子曰，做的是八股文章，如今這些東西全不讓用，還要白話，這倒是稀奇得緊了。

安德佑一直沒管選婿之事，此刻聽了這要求，連他也覺得怪異，女兒這是在玩什麼把戲？

一幫求親者既覺得新鮮，又有些不知所措，但是安家的下人們卻不管這些，那剛剛宣布規則的婦人逕自拿出了一個茶杯大小的沙漏，當場灌進了一輪沙子，旁邊自有唱禮之人高叫道：「一號相公請！」

一號男子穩了穩神，卻是心中直呼吃虧，這等新規則自己不熟，若是能聽別人說幾輪才好。倒是下面看著的蕭洛辰瞧瞧自己手中拿著的一五六號，大叫可惜，這等頭一個上臺卻是最易給人留下印象之事，讓這等廢物糟蹋了。

自己力震此類求親之人，第一個進了安家大門，居然只堪堪拿了個一百五十六號。

這顯然是那丫頭給自己下了絆子，不想讓自己落個彩頭了！

「這個……這個……諸位請了，在下姓程，名向文。這個……這個……今日能來安家，實乃三生有幸……」

一號男子名叫程向文，生得白淨，平日肚子裡也算是有些墨水。只是，既不論詩詞歌賦，也不做八股文章，還要大白話地說些求親之語，這可真是讓他著實不適應。

程向文期期艾艾地說完了開場白，一時倒有些不知道說什麼才好了。

第一個上臺之人本就是眾人注目的焦點，程向文性格內向，眼瞅著台下一雙雙目光直向自己射來，心裡越發緊張起來。

他準備的時間原本就比旁人少，這時候再一緊張，登時連好不容易臨時想到的幾句求親言詞都忘了。憋了個面色蒼白地站在那裡，額頭上的汗珠一層一層滲了出來。

臺下眾人見他如此，搖頭嘆息者有之，滿臉不屑者有之，幸災樂禍者更有之。

說到底，大家今兒都是為了求親而來，排在前面的人表現越差，對自己反倒越有利。

這等五花八門的目光朝著程向文看了過去，讓程向文更是心慌，腦子裡一片空白，只覺得渾身都僵了。

臺上臺下就這麼大眼瞪小眼，渾渾噩噩間也不知道過了多久，眾人倒是一個比一個有風度，極有耐心地等著他耗完了時間。

好不容易程向文總算回過了神來，磕磕絆絆地憋出這麼一句：「在下……在下只盼娶安家小姐為妻……」

「時間到！」

程向文的話音未落，安家下人高叫，原來是沙漏裡的沙子已經漏完了。

這程向文驚呆之餘，一臉懊惱地走下臺，莫說是別人，連他自己都知道這回徹底沒戲了。

眾人甚是欣喜，幾個相熟的，口中不是什麼天涯何處無芳草，便是大丈夫何患無妻之類。只是安慰歸安慰，各人心裡到底怎麼想，只有他們自己才知道了。

後花園內廳裡的三教九流評審團躲在細紗屏風後面，早將院子裡的情景看了個通透，此時倒是不用那麼惺惺作態。只是大家齊刷刷在手中的紅紙名錄上打了個大大的叉，更有一個商人太太搖頭嘆道：「難不成這古語說的百無一用是書生，如今卻見了個真的樣子？真不知道這般人等討個媳婦兒都如此窩囊，就算是做了朝廷命官，又能怎地？為何朝廷偏是從這些人裡選才……」

這話音未落，早已經被旁邊的人一把掐在了胳膊上，這商人太太登時醒悟，連忙住口。不過，偷眼去瞧那旁邊的安家大小姐時，只見她一副淡然無謂的樣子，真不知是進宮一趟越發有了喜怒不形於色的城府，還是對這等妄議朝廷的事情壓根兒就不放在心上呢？

安清悠沒什麼表示，後花園的院子裡卻未必如此。

一號男子登場就鬧了個悶聲葫蘆，便連安德佑也有些皺起了眉頭。

至於坐在他旁邊的的蕭洛辰，看向那些其他競爭者時，露出了濃濃的嘲諷之色。

似這般人等，也想娶那丫頭為妻？莫說那死心眼的女人定是死活不嫁，便是那內廳藏著的一干女眷，只怕也沒有哪個樂意將自家女兒嫁給這般人的……嗯……女兒太老太醜的例外！

蕭洛辰耳目極靈便，後花園內宅中有人正在窺視，自然瞞不過他。

此刻見到一號男子這般模樣，再瞧瞧自己手裡那個一百五十六號，心裡大為不忿。

便在此時，又聽安家的下人高聲叫道：「有請二號公子登場！」

二號男子是個伶牙俐齒的，見了剛才程向文那般模樣，心中早有準備，上臺先作了個揖，才朗聲道：「各位請了，在下司馬長臣，今年十六。雖不敢說飽讀詩書，卻早在三年前，便已拿了一甲第三名，只可惜因隨師長外出遊學，這才沒有參加今年的大比。不過，正所謂好男兒志在四方，功名於在下而言，不過探囊取物耳。日後安大小姐嫁與在下，必能得為貴婦，將來領天恩封誥命，光耀門楣……」

這二號男子腦子轉得既快，口齒也頗為清晰，張口閉口間，便畫了一塊大餅。

臺下眾人頗為心驚，若按此人說法，他豈非十三歲時便已有了功名？

雖然從舉人到進士還有一大考，京城又是能人薈萃之地，其間關節背景錯綜複雜，能夠十三歲便進舉人一甲的，哪裡又敢讓人小覷？

不少志在求親之人，已在心中將這二號男子列為重要競爭對手。

商賈太太們那邊亦是有些眼睛發亮，對於這類很有可能在功名仕途上有所發展的年輕人，在她們面前向來討喜。

更何況，此人口中那些什麼誥命品級之類的，更是讓這些不缺錢只缺地位的女人嚮往。

不過，安大小姐卻是秀眉微皺，不但對那人說的事情沒感覺，似乎還有些厭煩之意。

「大小姐好像沒看上這人？」

「大小姐到底是見過世面的人，宮裡選秀出來的，什麼大場面沒見過？就是沉得住氣……」

「此人若是大小姐看不中，倒不若給自家女兒留下？可我家這家世……」

一干太太評審團們各有心思，卻不知外面院子裡蕭洛辰正在兀自冷笑。

什麼十三歲中舉，這白癡腦子進水了嗎？那丫頭若是在意這等品階誥命，在宮裡嫁個什麼皇親國戚的豈不更好？便是沈家那個兒子，多少也是個榜眼，要嫁豈不是早嫁了？還輪得到你在這裡做出前途無量的樣子？可見什麼少年才子，十有八九不過如此罷了……

這裡蕭洛辰冷笑不已，那邊二號男子已經得意洋洋地說完了話，走下了臺。

蕭洛辰執掌四方樓，那是皇上御用的情報機構，真要查到安清悠過往言行，可謂輕而易舉。

三號男子粉墨登場，張口就言：「某以為，今日這選婿會太過荒唐，詩云子曰的古人之語，如何說不得？八股文章乃是科舉重中之重，如何說不得？我等俱為讀書人，不讓做詩詞歌賦，難道要張口妄言地說些大白話不成？所謂窈窕淑女，君子好逑，古人尚且以此言之，又何況我等？若是非大白話不可，找幾個泥腿子的販夫走卒，在這裡狂吼一番我要安大小姐做老婆進洞房，生十七八個大胖兒子，難道這便是大小姐想聽的？」

這話一說，下面眾人居然齊聲喝彩，在這個父母之命，媒妁之言的時空裡，男人本就占據了主導地位。讓他們來參與這選婿茶會，本就是衝著安家不參與朝爭的超然地位，再考慮到皇上親自主婚等等因素，並非是為了安清悠本人。

原本以為是吟詩作對，舞文弄墨，盡顯文人風流的雅事，誰料想竟是如此？

大家最擅長的事情不能做，心裡早就彆扭得難受，此刻有人出頭，哪裡還有不群起附和的？便是那些評審團的商賈女眷們，聽了此言之後，也是心中打鼓。

萬般皆下品，唯有讀書高，這等觀念在大梁國哪裡是能夠輕易改變的？

一干女人瞧著安清悠的臉色，見安家大小姐臉色如常，不知她此刻正作何感想？

一群腐儒，難道這些傢伙除了做文章、吟詩詞，就做不出別的事情來了？

安清悠心裡憤憤。

便是今天這場選婿茶會失敗了，便又如何？

我愛誰便嫁誰，定要我自己心甘情願！

哪怕與這世界的價值觀相違背，也絕不隨波逐流！

而連安清悠自己也沒想到的是，在她扛著壓力不放棄之時，有個從不把世俗觀念放在眼裡的男子，已經悄然展開了行動。

「這位兄臺，說實話，咱們都明白，今日這般安排，越在前面說話的越吃虧，在下可是一百五十六號，排名靠後得緊，要不，咱們換換如何？這大便宜可是你占了啊……」

臺上男子正在義憤填膺地要求著吟詩詞、做八股之時，蕭洛辰已經藉故離開首席，笑嘻嘻地來到了正在等候的四號男子身邊。

「仁兄言之有理！」

「安大小姐這選婿乃是風雅事，豈能弄得如此大白話遍地？」

「這一場既是文比，這般比法又能比得出什麼來？倒不如請安大人賜題，我等或言詩詞歌賦，或論八股文章……」

下面眾人你一言我一語，安德佑坐在首桌之上也有些心神不寧。

安家素來重文采，今日這場茶會卻弄出了這等章程來，不知自己這女兒是如何想的？

只是，看了一眼屏風後面，眼見著女兒依舊沒什麼表示，到底還是下定了決心，既是信任了這女兒，那便信倒底。

念及此，安德佑索性對眾人的嘈雜之聲充耳不聞，慢悠悠地品起茶來。

屏風內外，安氏父女一個巍然不動，一個靜心品茶，算是準備死磕到底了。

「兄臺，就如剛才所說，換個號碼如何？」

自打今天露面開始，蕭洛辰總算難得露出了幾分和善模樣，一張面孔從冷若冰霜瞬間換成了陽光燦爛，那位正在場邊候著的四號男子愕然，只覺得雲裡霧裡，這人怎麼一下子就變了？

「這個……這個號碼是安家所發，在下不知安家是不是有所安排……」四號男子囁嚅道。

「兄臺此言差矣！這號碼不過是出場的順序，誰先上誰後上，還不就是那回事？再說，你也看到了，今兒這規矩不一樣，先上臺的不僅不占便宜，只怕還要吃些虧……」蕭洛辰臉上的笑容越發親切，循循善誘。

「可是……可是……這個，蕭兄，眼下大家不都是鬧著要改規矩嗎？正所謂眾意難違……」

「兄臺，你有所不知，這安家大小姐性子擰得很，這規矩既是她所定，斷無改變之理！」

「不過，依小生看……」

「不過你個大頭鬼！」

蕭洛辰終於發飆了，滿臉的笑容轉瞬便成了凶神惡煞。

他一把揪過了那四號男子的前襟，厲聲道：「不過是找你換個號碼，哪裡有這麼婆婆媽媽的？真惹毛了老子，老子可是什麼事都做得出來！你這酸丁給個痛快話，這號碼你他媽是換不換？」

「換……」

對於蕭洛辰什麼事都做得出來的名聲，四號男子耳聞已久。

再加上今天在安家門外見了他的一番作為，此刻著實是嚇得滿臉煞白，權衡了一番，決定不和這粗人一般見識。

咱是讀書人，君子動口不動手，焉能和此類狂徒一樣，那豈不是自墮了身分？

一個「換」字還沒說完，蕭洛辰早已將那寫著四號的紙條搶了過來，微笑道：「如此便多謝兄臺了，他日在下與安家小姐成婚之日，定要請兄臺喝上一杯喜酒，以表感謝之情！」

四號男子心裡鬱悶，這叫邀約喝酒？還是擠兌人？

不過，轉念一想，似蕭洛辰這等人早上去早完事，看那安家小姐也不是個好相與的女人，你這等人與我們耍橫尚可，安家可不吃你這一套。

哼！安老大人可是鐵面御史，六親不認，更何況安家這麼急著選婿，還不是要急著在半年裡躲開你這瘟神？

且看你在臺上如何丟人了！

念及此，四號男子心氣頓平，又覺得自己是為參加茶會的一干讀書人做了一件大好事來，將來傳揚出去，未必不能將此事說成自己智鬥蕭洛辰的一番佳話？

場邊安家的僕婦又是高叫：「時辰到，有請四號公子上場！」

三號男子在那裡兀自說了一番大道理，眼瞅著安家不為所動，這時候也不禁有些氣餒。

下面人眼見他如此下臺，倒是一個個眼巴巴地等著瞧，想看看下一個登臺之人究竟是繼續駁斥呢？還是認了安小姐的規矩？

這四號上臺之人卻是苦命了，不聽安小姐的規矩，怕是要被掃地出門，掉頭回去聽安小姐的……嘿嘿，連這點風骨也無，一人一口唾沫也噴死他了！

便在此時，忽見一道人影凌空一縱，宛如一隻大鳥般高高躍起。白影晃動間，落身臺上，卻是伸手先把那寫著四號的字條往內廳屏風的方向晃了一晃，這才大聲說道：「諸位久等，在下，就是四號！」

「怎麼是蕭洛辰？」

驟然見到蕭洛辰突兀地登場，安清悠微感詫異，隨即眉頭就皺了起來，冷冷地對旁邊伺候之人說道：「看看是誰和蕭洛辰換了號碼，先刪了他的名字，這等人本姑娘是決計不嫁的！」

要說蕭洛辰曾經最覺得頭疼的女人是安清悠，那麼此時此刻，安清悠最覺得頭疼的男人只怕便是蕭洛辰了。

這人就像一塊滾刀肉，蒸不熟，剁不爛，身手強，鬼主意也不少，偏偏還愛死纏爛打。

這選婿的茶會麻煩已經夠多了，自己的壓力也已經夠大了，這傢伙又來胡攪蠻纏。

「你這作死的傢伙……」

站在安清悠身邊的芋草，忽地聽到了這麼一句細若蚊蚋的低聲自語，側眼看去，卻見大小姐依舊沉穩地坐著。嗯，自家小姐是什麼人，怎麼可能說出這等咒人的話來？一定是青兒那妮子說的，一定是！

青兒是不是躺著也中槍沒人知道，眾人見蕭洛辰上臺，十個裡倒有九個心裡轉過了類似念頭，這廝早登臺早了事，且看他怎麼丟臉，這個裡外不是人的四號由他來做，倒還真是再合適不過了。

眼看著一道道或是同仇敵愾，或是幸災樂禍的目光看了過來，蕭洛辰半點也沒放在心上，伸手一指臺下諸般人等，仰天長笑道：「不做文章詩詞，便不能說話了？連表達個愛慕之心的話都不好出口，虧得汝輩也算是個男人！爾等豎起耳朵且聽好，看蕭某如何一吐心中之言！」

說罷，再不理會那些求親之人，逕自將頭轉向了屏風的方向，大聲說道：「安小姐，蕭某初見妳時，只覺得妳脾氣大，又護短，偏偏還是個死不服氣的瘋婆娘！當時只想這般女子，真不知什麼樣的男人倒了八輩子血楣才會做妳的夫婿……」

話才剛剛說了個開頭，那邊安德佑已經噗的一口茶水噴了出來。

這蕭洛辰素來愛砸人場子，這次難道是來砸我安家的場子了？

再看下面，眾人的面孔早已是無不帶笑，顯然是大有同感。

眉頭大皺之際，剛想站起來干涉，忽聽蕭洛辰聲音轉柔，慢慢地道：「可是，數次見面，才知小姐人品純善，心性率真，實為當世絕無僅有的奇女子。賢良淑慧，不在言行坐立，更不在規矩禮法。村野鄉婦目不識丁，史書上卻多有賢妻良母。皇宮大內規矩森嚴，那儀態萬方之下又哪裡少了人心險惡？小姐今日辦這茶會，不就是為了不失本心真性，選個如意郎君？可嘆天下男子雖多，能夠識得小姐者能有幾人？能有容得下小姐之心胸者，又有幾人？蕭某之心，日月可鑒，就盼小姐能夠垂青了！」

這幾句話擲地有聲，遠遠地傳了開去。

「嘖，肉麻！這蕭洛辰還真當自己……」

屏風後有人知道安清悠不喜蕭洛辰，正要笑罵幾句，卻見安大小姐身形微顫，原本淡然的俏麗面孔上，竟是微微變色。

以本心真性，選個如意郎君？

能識我者，能有幾人？

能有容我之心胸的男子，又有幾人？

這幾句話就如幾記大錘，狠狠地砸在了安清悠的心頭。

透過屏風細細的薄紗，安清悠向後花園中望去。

滿院男兒，或是搖頭輕笑，或是神色閃爍，更多的人則是保持著端莊穩重的面孔。

可是，他們瞧著蕭洛辰的眼睛裡，卻是滿滿的譏諷與不屑。

在這些人心中，有著靠進安家這個避風港的念頭，有著八股文章相對於大白話的清高檔次，自己這個招婿女子的分量，究竟有多少？

怎麼……怎麼說出這話的……居然是蕭洛辰這個傢伙呢！

安清悠怔怔地瞧了蕭洛辰半天，難得地愣在了那裡。

可是，兩人相隔甚遠，中間又有細紗屏風相隔，便是蕭洛辰再擅長追蹤探查，也沒法子知道，那屏風之後的女子，究竟竟是怎樣的一般心思？

沙漏裡的沙子還在一粒粒地落下，便如人與人之間的情感，抓得太緊，會不會反而抓不住？可是若放手，是不是又會飛快無比地悄然溜走了？

蕭洛辰靜靜地望著那不遠處的屏風，裡面遲遲沒有半點動靜。

他臨來之時做過種種預想，連安清悠大發雷霆當場把自己轟出去的可能性都考慮過了。

偏是這種寂靜無聲的場面，是他最不想看到的。

妳明白，我知道妳明白。我也知道我名聲不好，在妳面前的時候，只怕也不討妳喜歡，可是……可是妳連做些表示都不肯嗎？

蕭洛辰心中微微泛起一絲苦澀，只是似他這等人物，卻是絕不肯在這時退縮放棄的，更不可能自怨自艾。

深深吸了一口氣，所有的苦澀化成了滿腔傲氣。

蕭洛辰猛然轉身，指著下面的眾人，縱聲笑道：「爾等心裡想的是什麼，蕭某一清二楚！不過是一來想靠上安家這棵大樹，二來覺得這大白話示愛非爾等所長，三來認定了蕭某粗鄙無文卻放浪囂張，說話都要先帶上三分狂氣！哼，以安小姐這般絕世無雙的女子，焉是爾等能夠配得上？也罷，今日我蕭洛辰就粗鄙到底了！」

只聽得蕭洛辰仰天大笑，朗聲說道：「我蕭洛辰在此對天發誓，今生今世，定要娶安大小姐為妻！無論千般艱難，萬種磨難，也絕不退縮，縱九死而不悔，歷萬劫亦甘願！若不能得此佳偶，我便終生不娶！若是安大小姐嫁了別人，無論此人是誰，那便與我蕭洛辰有不共戴天的奪妻之恨，但叫蕭某有一口氣在，必與此人不死不休！若違此誓，便教我有如此杯……」

大喝聲中，蕭洛辰手上用力，一只不知從什麼地方帶上來的白瓷茶杯在他手中啪的碎裂。鋒利的瓷片刺破了蕭洛辰的手，鮮血汩汩流了下來，滴滴答答落在地上，讓人觸目驚心。蕭洛辰卻好似不知疼痛二字為何物，手上沾滿了鮮血，還珍而重之地往唇上一塗。

眾人早已鴉雀無聲，此刻又心中一凜。

這個舉動……不就是歃血為誓嗎？

滿院裡靜得連掉一根針都清晰可聞，屏風後面一干評審團也都傻了眼。有那暈血的早捂著眼睛作目眩狀，更多的婦人們則是瞪著眼睛看向了安清悠。

這等情狀，卻又怎生是好？

安清悠亦是有些發怔地看著蕭洛辰，呆了半晌，忽然狠狠攥了攥拳頭。站在旁邊的青兒一眼看到，心中大叫不好。廳中所有人中，數她對安清悠最為熟悉，知道自家小姐外柔內剛，每每若是有此等先兆的時候，那真是有大脾氣上來了。

「小姐……」青兒這句提醒的話剛說了個開頭，便被安清悠的怒聲打斷。

「變態！剛說了兩句人話……我最煩變態男求愛玩自殘了！想追我，你倒是弄點羅曼蒂克什麼的行不行？居然搞歃血為誓？」

變態？自殘？羅曼蒂克？

對於大小姐口中說出一長串新鮮詞兒，旁人既覺得似懂非懂，又有些暈頭轉向。

安清悠身邊幾個丫鬟倒是習慣，再瞧瞧那副怒氣沖沖的模樣，心裡不約而同浮上了另一個安清悠曾經教過的新鮮詞兒來。

「咱們小姐要……要暴走了！」

很多女人其實都喜歡自己的男人有點脾氣，半點脾氣都沒有的男人……多少有那麼點窩囊？甚至男人的脾氣有時候變成了霸氣，女人也並非不能接受。

不過，這霸氣若是變成了霸道逼人，未必是每個女人都會覺得舒服。

女人的心雖然柔軟，若被逼得太緊太狠，同樣會反彈的，同樣會被男人逼得跑了的。

好比蕭洛辰今天這一齣，雖然擊中了安清悠心裡最不為人知的部分，卻是搞得有點過火了。

更何況，他碰上的是安清悠？

神經病！二百五！耍狠耍到我家裡來了！本小姐不吃你這一套！

我安清悠就是嫁豬嫁狗，也絕不嫁你這種人！還奪妻之恨……居然想直接做了我的主？切！就憑你蕭洛辰？

安清悠心裡很清楚，蕭洛辰來上這麼一齣，只怕還真是會嚇住不少人。

雖說自己心裡也是明白，那些被嚇住的男子十有八九也未必是什麼好人，更未必就是自己想嫁的男子，但自己刷掉人是一回事，旁人橫插一槓，連耍狠帶威脅地把人嚇走又是另一回事。

你這傢伙憑什麼？

憑什麼跑到我們家來逞這般霸道？

相對於屏風內的安清悠，臺下眾男子們顯然沒有她這麼有脾氣。

蕭洛辰一通歃血為誓言罷，剛好是時間用完之時，鴉雀無聲的後花園裡，最先反應過來的是負責計時的僕婦，眼瞅著沙漏裡的沙子漏盡，便沒心沒肺地高喊道：「時辰已到，請公子下臺！下一位！」

蕭洛辰也不耽擱，冷冷瞥了一眼臺下眾人，逕自走了下來，只是剛走下臺時，忽地大喝道：「剛才蕭某以血起誓，諸位可都聽明白了？」

這樣大動靜的一番鬧騰，誰還能聽不明白？

奪妻之恨？這根本和殺父之仇沒兩樣。

更何況，這蕭洛辰可是說得出做得到的。

再想想剛才在門口的一幕幕，不管是縱馬踏人，還是金刀削衣，哪一樣是好受的？這只怕都還是那蕭洛辰顧忌著今天是來求親，沒想鬧出人命的結果。

可是，若真犯了此人的血誓……這蕭洛辰到底會幹出什麼來？

蕭家已經一日不如一日了……現在暫且忍他一時，哼！且看那蕭家倒臺之時，蕭洛辰這廝到底還能不能這般囂張？

更多的人心中卻是轉過了類似的念頭，目前朝廷局勢明朗，以太子和蕭家為代表的軍方派系倒臺似乎已經成了定局，蕭洛辰此刻出來逞凶霸道，那不是自找死路又是什麼？

眾人心裡各自有各自的帳，那邊安家的唱名僕婦卻是不敢就這麼乾等著，便在下面一片寂靜之時，高叫道：「有請五號公子上臺！」

蕭洛辰下臺之後也不避諱，逕自回到首桌，一邊包紮起手上的傷口，一邊還面不改色地與安德佑談笑

只是，此刻聽得安家下人叫了後面的號碼，一雙眼睛冷冷地看著那上場必經的臺階，嘴唇上的血漬猶自不肯擦去，更顯得整個人有些凌厲。

顯然是這道兒已劃下，他就看後面的人怎麼說怎麼做了。

眾人眼見蕭洛辰如此，不禁都為那下一個上臺之人捏了一把冷汗，卻沒想到這僕婦叫了半天，始終無人上臺，那五號男子居然就這麼放了空，不知是不是被蕭洛辰給嚇跑了。

那僕婦無奈，只能請示了安清悠再叫後面的六號，沒想到同樣是叫了半天無人應答。

原來那六號男子想得通透，自家來安家求親，本就是為了找棵大樹好乘涼，和蕭洛辰這瘋子糾纏上，那就本末倒置了。

眼下只要一上臺，順著蕭洛辰說話那叫沒風骨，頂著這廝來，卻很可能被這廝做了殺雞儆猴的整治靶子。

眼瞅著沒人應聲，六號男子靈機一動，有樣學樣，寧不結安家這門親事，也絕不能和此人糾結不清。

五號、六號一個賽一個明白，後面的七號、八號可也不是傻子。

大哥別說二哥，大家一起悶聲發大財的不上去了。

後面的人一看，這敢情好，你們前面的都不吭聲，我也不吭聲，大家都不說話的結果便是法不

責眾，若是所有人都不應聲，你安家還能一個個把這些求親者趕出去不成？

結果，任憑安家的僕婦一個一個按順序喊號碼，眾人就是一聲不吭。

情況發展到後來，居然滿院寂靜無聲，有些人忽然在這一片詭異的無奈中尋找到了對抗蕭洛辰的法子。大家不說話歸不說話，卻都把目光死死地盯向了蕭洛辰，彷彿是一種沉默者的抗議。

「小姐，怎麼辦？」

後花園裡不知道怎麼回事，居然演變成了兩邊對峙，屏風後面幾個丫鬟早已六神無主。

蕭洛辰和院內的一干人如何糾纏，她們興趣不大，可是小姐好不容易才辦起來的這場選婿茶會鬧成了這個樣子，還怎麼往下進行？

這場面……只怕是蕭洛辰早就算計好了的！這人好縝密的心思，好霸道的手段！根本從一開始，他就打定了要把這些求親之人壓住的主意，旁人如何，他根本不放在心上。他這一趟來，壓根兒就是要把我這相親茶會攪黃，讓我嫁不得別人才好！

安清悠緊緊地皺著眉頭，以她的目光，此刻哪裡還看不出蕭洛辰的心思。

而有一件事更是連她自己也很難想清楚，蕭洛辰此人行事一向是神鬼不敬，又詭異萬分，怎麼忽然就惦記上了自己？弄出這樣一種非自己不娶的架勢，究竟是為了什麼？

正所謂上得山多終遇虎。

蕭洛辰固然目光如炬，看透了安清悠渴望自己選擇命運，渴望自己選擇一份真正感情的期盼，也更感受到了安清悠內心深處那一份無人知曉的孤獨。

可是，無論是他過往那桀驁不馴的名聲，還是一直以來極富陰謀論色彩的行事風格，素來不招安清悠所喜。

再加上他身上鮮明無比的蕭家烙印，在這等敏感時期，又怎能不讓安清悠心有所慮？

更不要說安清悠性子倔強，壓力越大，反而對那強壓自己的行徑越反感。

若非如此，早在選秀之時便投向了文妃，或是順水推舟嫁進了沈家，何苦死扛到今日，平白多費這許多手腳？

這一點，蕭洛辰同樣心知肚明，但蕭洛辰性格高傲，雖然打定了非安清悠不娶的念頭，卻不肯有半點兒示弱之意。

在蕭洛辰的血液裡，天生就流淌著征服一切的脾性。

有本事的人通常都有脾氣，就像蕭洛辰和安清悠，所以才子佳人未必總是會花好月圓的你儂我儂，也許更會是天生的冤家。

安清悠思緒飛速轉動，努力思考著應變的對策。

蕭洛辰的節奏卻比她更快，眼看著眾人沉默相抗，索性從座位上長身而起，笑道：「某這血誓一發，爾等居然連一個有膽上臺的也沒有，你們這幫人究竟是幹什麼來的？若就是在這裡裝聾作啞扮窩囊，不如早些回家躲清閒，還來這裡求什麼親？我看這也不用叫號了，有哪個敢上臺去的，就逕自上去如何？嘿嘿，滿院茶座書生客，更無一個是男兒！」

場上依舊一片死寂，眾人似乎認定了，這才是他們對抗蕭洛辰的唯一途徑。

蕭洛辰冷笑著，一臉傲然，似乎很享受這般以一己之力震懾眾人的感覺。

有人把目光看向了坐在首位上的安德佑，可是這位安大老爺不知在想些什麼，偶爾端起茶來輕抿，神遊物外一般，端坐得穩當無比。

便在此時，有人微嘆，站出來低聲說道：「這個……諸位若是不嫌棄，在下有些話，這便登臺一言，不知可否？。」

這話說得文縐縐的，眾人心裡卻叫了一聲好。

蕭洛辰行事霸道，早讓他們生了同仇敵愾之心。

倒是安清悠大為驚愕，怎麼會是他？怎麼會是這個……沈小男人？

說話之人便是沈雲衣。

他深深吸了一口氣，語氣雖然稍有遲疑，可是等站起身來之後，兩隻眼睛卻是直視著蕭洛辰，再不肯有半點退讓。

蕭洛辰深深凝視了沈雲衣半晌，忽然大笑道：「好好好！總算有人真對那丫頭懷著幾分真心實意！你這傢伙雖然有些迂腐，倒還算個男人，蕭某便好好聽你想說些什麼！」

說罷，蕭洛辰看也不看沈雲衣之外的人，伸手一指臺上，朗聲叫道：「沈賢弟，請！」

安家的相親茶會，沈雲衣無論如何不能不來。

且不說他心繫安清悠，單說他背後還有個沈家，還有個一門心思想要通過聯姻把安家拉下水的老爹沈從元。

不過，這一刻，所有的一切都被沈雲衣拋在了腦後。

他單戀安清悠已久，相思成災固然是不用說的，每每一見到這位安家大小姐，便心亂如麻，可是若要在這相親茶會上懾於蕭洛辰而放棄，他無論如何也不願意。

每個人都有自己的堅持，雖然沈雲衣性格中的小男人氣的確重了點兒，可是他同樣有自己堅持的東西。

何況沈雲衣原本就不是個愚蠢之人，那金殿榜眼雖有家世背景的成分在裡面，卻大半是靠他自己的真才實學拿下來的。如今在蕭洛辰的重壓之下咬牙出頭，這一步邁了出去，反倒似壓抑了許久的什麼東西驟然得到了釋放一般。

「蕭兄之前所言，只怕是謬誤頗多。我等今日前來求親，卻非是和什麼人來爭一日長短。蕭兄如此咄咄逼人，縱然便真驅走了我等，難道便能獲得安家小姐的芳心嗎？」

沈雲衣深深吸了一口氣，頭腦異常清明。

先是向蕭洛辰反問了幾句，這才邁步上臺，緩緩言道：「在下昔日曾經在安家短暫借住，蒙上天眷顧，曾與小姐有過數面之緣。安氏小姐品貌端淑，言行可親。論文采，初見小姐之時，在下便被小姐一首五字短句折服；論行止，選秀之事可見一斑，不用在下多言；論持家，安小姐執掌中饋，上孝其父，下教弟妹，安家哪個不知？更思及在下得中一甲之日，若無小姐提點，哪有沈雲衣神醒身正而入金殿……」

沈雲衣侃侃而談，眾人聽來，更覺得安家大小姐果然是個才貌皆佳的好女子。

有那心中本是為了和安家捆為一體才來求親之人，此刻聽了竟也覺此女實為良配，對於安清悠的興趣越來越濃厚。

「在下近日來，每每所思所想，便是安家小姐的音容笑貌，如此女子，幾疑為天降佳人，不知我沈雲衣可否能得上蒼眷顧，娶得佳人？在下唯有一顆真心，願求小姐為妻！望安家長輩應允，望安氏小姐應允！」

沈雲衣極力按照安清悠的要求說大白話，言語之間免不了還是帶出些書卷氣。

臺下喝彩聲四起，對於這些同樣被詩云子曰薰陶長大的男子們來說，這才是精彩的發言。

「風采絕倫！皇室不嫁，若是這樣的男子也不嫁，咱們這位大小姐還想嫁個什麼人物？」

「誰說不嫁？依著我看啊，大小姐不肯嫁皇室，說不定便是記掛這位沈公子，拿那姓蕭的無賴沒法子，這才弄出這個相親茶會來！可惜那些來求親的人啊，這次都做了墊背！」

「墊背就墊背，誰叫他們比不得人家沈公子這般人物？當朝榜眼啊，妳說這會不會就是戲文裡說的那個宰相之才？」

不止是臺下那些求親之人，內廳的商家女眷們同樣表示出了對於沈雲衣的喜愛之意。這些人可不像官宦太太那般講究正襟危坐，交頭接耳、低聲細語自然是少不了的。對她們來說，單就沈雲衣這一甲榜眼的身分，已經足夠引起她們眼紅心熱了。以前只當這沈小男人是個酸丁，沒想到他今天倒能做出這等事來！

與看見蕭洛辰就來氣的那種感覺完全不同，雖然亦是不想嫁入沈家，可是對安清悠來說，對沈雲衣還真談不上有什麼惡感。眼見他鼓足了勇氣登臺發言，心中也忍不住多了幾分嘉許之意。

我……究竟要嫁個什麼樣的人呢？

一個疑問從安清悠的心中悄然升起，兩世都沒談過戀愛，更不用說是婚姻。

如今這求親者來了一院子，她卻有些心神恍惚，冷靜的面容上，難得浮現了一絲困惑。

耳邊傳來的那商賈婦人們的竊竊私語醒著她，這是她好不容易才爭取來的機會，所有人都在等著她的反應。

「諸位該怎麼評怎麼評，且看沈家公子之後，還有沒有出來說話之人。若是一個蕭洛辰便弄得無人敢上臺來，那這些人便都勾了名字又有何妨？今日之選只在有幾分骨氣之人中選定，那等如此一嚇便失了求親勇氣的男子，我安清悠是決計不嫁的！」

安清悠微一凝神，登時便又恢復了果決的姿態，囑咐了評審團幾句，還笑著打趣道：「各位都是我請來幫襯的好友，此刻滿院書生文士、官宦子弟，我便是再相中什麼順意的，到底也只能嫁一人罷了，哪位若是想替家中女兒、侄女尋一門好親事的，也不妨趁機琢磨一下，說不定我覓得了哪個合意夫婿之餘，還能幫誰家的小姐牽個線呢！」

一干女眷早有此意，聽得安大小姐一口說破，眾人登時露出笑來。

再一琢磨這麼多人都是衝著安家而來，若是自家真能藉此機緣搭上一門好親事就好了。

嘻嘻哈哈間，有人已經打定主意先下手為強，趕緊把自己相中之人找大小姐說道說道。

可是，還沒開口，安清悠的乾妹妹，金龍鏢局的岳勝男岳大小姐已一蹦老高，兀自叫道：「姊姊，那蕭洛辰既是姊姊不願嫁，妹妹心裡可是一萬個願嫁的，就求姊姊給牽個線了！」

這話用岳勝男那獨有的粗豪嗓門喊了出來，讓原本的嘻笑之聲變成了哄堂大笑。

眾人瞧瞧岳勝男那虎背熊腰的身材，還就真不知道這線能怎麼牽了。

安清悠亦是面露微笑，內廳中那被蕭洛辰幾番行事造成的僵硬氣氛卻是淡了。

眼下還真要看看那沈小男人之後究竟還有沒有人登臺，總不會這滿院子的男子，就真的再沒一個有半點血性的……

安清悠心裡默念，雖說這些男子來安家求親的目的大半沒那麼純正，可是沒到最後一刻，還不能斷言。

誰知偏在此時，竟然又有了變故。

「睿親王求見！睿親王求見安大人！」

安家府外，陡然響起了一陣高聲呼喊。

這呼喊之聲極盛，顯見遠不止一人，可其間整齊劃一之勢，又似隱隱帶著一股威壓，若非長期在一起訓練磨合之人，無論如何也難以呼出如此聲勢。

安德佑臉色一變，老太爺能把這位九皇子晾在門房裡面吃風，靠的是都察院言官之首的超然地位，靠的是鐵面御史數十年來積累下來的資歷。老太爺可以那樣做，他卻不能。

心中反覆思量後，只能連忙出迎，親自將這位九皇子接了進來。

「只可惜令嬡已得了父皇應允，不嫁皇室九重，否則本王就是再怎麼排除萬難，也要請安大人做本王的岳父呢！」

睿親王一邊和安德佑說著話，一邊笑語盈盈地走進了茶會。

這話語聲音似乎不大，卻是恰好能夠讓茶會眾人聽了個一清二楚。

這次他沒搞什麼微服簡從的噱頭，身後肅殺之氣卓然，竟是跟了整整一隊王府親衛。眾人紛紛起身，睿親王卻是不急著往前走，目光在場中掃視一圈，最終落在了站在首桌前的蕭洛辰身上，猛然長聲笑道：「今日來安家提親的人當真不少，不過我說安大人啊，您這府上的首桌可有些冷清，怎麼只坐了一位？」

安德佑有些尷尬，正待尋些說辭，睿親王早已瞪向蕭洛辰，厲聲言道：「蕭洛辰，你身為父皇欽賜的虎賁校尉，見得本王到此，還不過來見禮！你心中可還有半分對天家的敬畏？可還有半分對朝廷禮制的遵從？」

怎麼想見的半點兒沒有，不想見的卻一個不差地都來了？

安清悠苦笑著搖了搖頭，今天這茶會當真是諸事不順，先是蕭洛辰來鬧場，霸道地攪得好好的一個相親茶會人仰馬翻。

好不容易沈小男人出人意料地硬氣了一把，眼見事情有了重回軌道上的跡象，居然又憑空殺出一個九皇子來，她只不過是想相個親，怎麼就這麼難呢？

安清悠早和這位九皇子交過一次手，對他的目中無人印象極差，又見他前呼後擁地進來，心裡甚是不痛快。

你要打擊政敵也好，要尋這蕭洛辰的晦氣也罷，為什麼就是偏偏不肯放過我們安家？自己既能不嫁九重，那九皇子自然沒有再納自己入府的可能。此次前來固然是要打擊蕭洛辰和他身後的蕭家，卻偏把時間地點選在了自己的相親茶會上，用意明顯，自是要連整個安家都算計進去。

安清悠一眼就看穿了睿親王的用意，旁人也未必就想不到。

在座的男子們，十個有九個是有功名在身的，政治敏銳度只多不少，尤以安德佑數宦海浮沉多年，經驗更非這些初出茅廬的年輕小夥子們可比，心知此事不妥，正眉頭大皺之時，那睿親王卻似不在意旁人的反應，反而是目光越發冷厲，緊盯著蕭洛辰不放。

「睿親王到此，爾還不大禮參拜！」

彷彿是為了幫襯九皇子的刻意高調，在他身後的親衛大聲呵斥。

其實這所謂的皇家禮制，很多時候也得做些變通。

好比今天茶會上求親之人甚多，若是一個個都按規矩過來向九皇子行禮，只怕這一天下來，大家就什麼也都不用做了。

眾人但凡有腦子的，哪還看不出來，這是睿親王找蕭洛辰的碴來了。

這些求親之人的家族雖然大多是中立派，可是蕭洛辰今天行事實在是太過蠻橫，早已激起了眾人的不平之氣。見著有人找他麻煩，站在九皇子那邊的人倒是多了一些。

更有人幸災樂禍，你這廝欺負我們還行，如今來了個找你麻煩的，倒要看看你的狼狽了。

蕭洛辰面無表情，很難有人猜得到他現在在想什麼。

好一會兒，他緩緩邁動步子，一步一步走到了睿親王面前，躬身行禮道：「微臣蕭洛辰，拜見王爺……」

話還沒說完，睿親王早就搶先一步作勢相扶，哈哈大笑道：「哎，蕭校尉何必如此？你本是父皇的得意愛徒，昔日箭射外邦親王，槍挑胡虜勇士，本王亦是敬你三分的。如今不過是和你開個小小的玩笑，真鬧出那等一拜三叩的虛禮來，豈不是要人笑話本王氣量狹小了？」

睿親王號稱「賢王」，禮賢下士向來是出了名的，不過此時雖然作勢相扶，但蕭洛辰已經跪到了一半，膝蓋堪堪便要沾地，那手卻伸得越發慢了。

說話裡又把那「一拜三叩」這四個字講得極重，顯然是裡子面子都要。既要蕭洛辰這一下實實在在地跪下去，又要顯示自己那容人的風範。

周圍眾人個個心中冷笑，如今這局勢誰還不知道以李家為背景的睿親王是蕭家最大的對頭，今日這位九皇子顯見是不放過任何一個打擊對手的機會了。

甚好甚好！你們自去鬥得你死我活，有人能夠折辱蕭洛辰，甚好！

可是，蕭洛辰那跪勢明明做到了八成，忽地小腿和足掌一起發力，那膝蓋硬生生地便停在了距離地面不足二寸處，就此穩穩地立住不動，這一下竟還當真就沒跪下去。

「好功夫！」內廳薄紗之後，金龍鏢局的岳勝男大聲喝彩。

她恐怕是這滿院之中唯一識得門道之人，自然知道這一下有多大難度，讚嘆之間，臉上的傾慕神色越發濃了。

「可惡！」一個低低的嘖聲傳進了女眷們的耳朵裡。

女眷們循聲看去，只見安清悠一臉寒意。

這聲可惡也不知是在罵蕭洛辰到底沒跪下去，還是在不忿九皇子居然選了她的相親茶會來做這打擊對手的地點，又或者二者兼而有之？

蕭洛辰臉上不知何時又帶上了他那招牌的詭笑。

「我就知道王爺您是開玩笑的，睿親王禮賢下士，咱們大梁朝野內外哪個不知？我就說嘛，九殿下如此高雅的人物，又怎麼會拘泥那酸腐禮教？這一點可真跟臣平日裡的主張大有異曲同工之妙！殿下既說不用跪拜，微臣又哪裡敢不順從殿下的心思？」

說話之間，蕭洛辰腿足腰腹發力，上身不動，雙手不抬，人已緩緩起身，轉瞬間，竟如標槍般站得筆直。

睿親王那雙刻意放慢速度伸出去的手虛扶了一半，就這麼僵在了半空中，連笑容也瞬間僵滯。

「蕭大人這話說得客氣，客氣……本王一點小小虛名，哪裡當得起如此誇讚？」睿親王乾笑了幾聲，蕭洛辰這話，他還真不敢當。

蕭洛辰可以整天高喊著禮教酸腐，他卻是不能，如果他這麼做，身後倚仗的文官士子們立刻就會眾叛親離，這張代表著天下讀書人的臉，萬萬不能撕下來的。

只是，這麼一來，睿親王之前所營造的聲勢，便在蕭洛辰一跪一站之間化作了烏有。

睿親王心裡憤恨，心說我在這客套什麼？剛才按住他老老實實拜下去，不是什麼都有了？

不過，睿親王畢竟是睿親王，上次被蕭洛辰和安子良等人藉著安老太爺府上的天時地利人和整治了一番，此次便是有備而來，自然不可能就這麼善罷甘休。

睿親王看了一眼左右，笑道：「這選婿茶會倒是一樁雅事，本王雖然不能娶安家小姐為妻，但是如此雅事，焉能不湊個熱鬧？本王今天就在這裡為安家做個見證，看看哪一位能得安家小姐垂青？若有誰憑著家中勢力仗勢欺人，本王第一個不答應。家世差一點的也沒關係，本王為你們撐腰，務求過程公平，哈哈哈哈……」

這話一說，便是安德佑也連連點頭。

蕭洛辰太過強勢，弄得好好的一個茶會幾乎成了他的獨角戲。此刻睿親王發出這等話來，倒是讓茶會又回到了原來的軌道上。

這還真不能說是一件壞事，只是當初說要讓安清悠自己選秀之時，安老太爺明令三禁，莫與蕭家、李家沾邊，莫陷進朝堂派系爭鬥，莫要藉相親之事給安家落下結黨的印象……

如今這個茶會開了還沒有半日，只怕是三條都已犯了……

安德佑的苦笑之色一閃而過，可也沒什麼更好的法子。

睿親王似是意猶未盡，逕自走到了原本是蕭洛辰坐著的位置之前，對著安德佑笑道：「安大人，本王今兒就托大，不知這第一桌的首位，本王可坐得？」

「坐得坐得，王爺肯來做這見證，我安家自是蓬蓽生輝……」

安德佑連忙點頭，苦笑之意更濃。

在場眾人之中，以這位九皇子的身分最尊，他若坐不了首位，又有誰能夠坐得這首位？

「那本王就當仁不讓了！」睿親王打了個哈哈，卻不忙於行動，只把那首位上的椅子瞧了又瞧，遲遲不肯落座。

「那蕭洛辰總算碰上個惹不起的，小姐，您看這王爺仔細檢查，好像是這個剛剛被蕭洛辰坐過的地方有什麼不乾淨的東西一樣，這可不是明著打那蕭洛辰的臉嗎？」

青兒噗哧笑了出來，見到蕭洛辰吃癟，極是快意。

「哪裡有這麼簡單？這睿親王只怕亦非善類！」

安清悠緩緩搖了搖頭，一雙眼睛緊緊盯著院中的局勢，忽然發了話：「青兒，妳去查查從茶會開始到現在，有什麼人藉故離場。芋草，妳馬上按著這茶會上的人數準備紙筆。還有，方嬤嬤，妳趕緊去門口找左鄰右舍打聽一下，這睿親王手下那些王府護衛，究竟是什麼時候來到咱們安家左近。動作要快，我猜，這蕭洛辰……待不了多久了！」

肆之章　遠親無故來訪

「安大人，這個首座好像已經有人坐過了，桌上的茶杯也……若是本王換上些自帶的用，安大人，您看……這可使得吧？」睿親王瞧了瞧蕭洛辰剛剛坐過的地方，話裡話外透著十足的客套。

可是，他手下的那些王府親衛隨從，哪裡有半分客套之意？

不待主人吩咐，已迅捷無比地上前挪下椅墊，鋪上一套金銀盤絲花邊墊。椅子兩旁各束一根象牙雕成的扶手，椅背用棉絲層層包裹，上面黃絲盤龍綢一鋪一蓋，原本是普通的椅子，瞬間便變得奢華無比。

至於那首桌之上蕭洛辰用過的杯子更是簡單，一個王府親衛不知從哪裡端出一個黃銅細桶來，另一個侍衛將這些物事盡數往裡一砸，瞬間都變成了碎瓷片。

一套團龍青玉小茶盞被擺在了睿親王面前，另有一個親衛毫不遲疑地端出一套江南進貢上來的官窯瓷茶具，跪在地下，雙手舉過頭頂，對著安德佑恭恭敬敬地道：「小的們剛才收拾上下，一不留神打爛了安大人家的茶具。按王府的規矩，這裡奉上官窯貢瓷一套作為賠償，另有那做事不利的下人，當著安大人罰了，還望安大人恕罪。」

話音未落，那先前砸碎蕭洛辰茶具的兩名親衛啪啪啪啪，每人挨了四記耳光。那動手之人顯然是手法嫻熟，這幾下登時將那兩人打得面頰高高腫起，可是這兩人恍若未覺，齊齊跪倒在地，對著安德佑高聲叫道：「還望安大人恕罪！」

事情到這個分上，哪裡還能容安德佑說半個不字？

更何況，他一眼瞧出那套官窯貢瓷是珍品，莫說砸爛了一個茶杯，就算把這滿園子的茶杯都砸了，也抵換得上。

安德佑心知對方這可算是裡子面子都做到了十足，當下唯唯諾諾地應了。

這睿親王對我安家果然是有所顧忌，行事不敢太過分，只是這一番連打帶砸，卻是打在了蕭洛辰的臉上。姓蕭的脾氣太烈，可千萬別鬧出什麼亂子才好。

安德佑這邊起了息事寧人的心，那邊內廳屏風後面，安清悠卻全神貫注聽下面人的回報：「就在咱們街口那間客棧，昨夜便有一群人住了進來。今天結帳走人時，全都換上了王府親衛的服色，把那客棧老闆嚇了一大跳。小姐果然是什麼都能算到，就好似那活神仙一般……」

方嬤嬤搶先稟報著自己剛剛打探來的消息，只是老毛病不改，說著說著，馬屁又拍了上來。

「這麼大陣仗的一群人，要隱藏起來談何容易？我就說這九皇子怎麼準備得如此充分，看來果然是早有謀算！他上次在老太爺府上那邊沒討了好去，這次倒是吃一塹長一智，要找這蕭洛辰連本帶利地討回來，這事咱們絕對不能摻和。」

安清悠搖了搖頭，打斷方嬤嬤的話，又轉頭問向旁邊的青兒道：「青兒，妳那邊怎麼樣？」

「小姐，我剛去門房查了，自茶會開始到現在，一共有三名前來求親的男子藉故離開。這三人倒都不是被蕭洛辰打壓之人，在眾人之中也著實沒什麼特異之處，只是每過一炷香左右就出去一個，倒似掐準了時辰一般。」

安清悠點了點頭，冷笑著道：「這幾個只怕根本早已投到了九皇子門下，勾了他們的名字，以後咱們安家的人也別和他們有什麼來往。若是他們再上咱們安家來，找藉口拒絕，一概不見！」

周圍的女眷不少是第一次見識這位安大小姐當機立斷的幹練作風，知道她這是要出手干預場中局勢了。

更有那原本猶自對安清悠不嫁皇室之事不以為然的，此刻見到了這等將睿親王的眼線一刀隔離之舉，終於再不存半點兒懷疑。

「芋草，筆墨可已備齊？」

「回小姐的話，按照這茶會上求親者的人數，筆墨已備齊，另備了十五副應急。」

芋草低頭回答，如往常那般沒有半句廢話，可是滿眼的詢問之意，安清悠卻是明白，這是在等自己示下什麼時候把這些東西發下去。

安清悠看了看那屏風外的狀況，慢慢地說道：「再等等。九皇子此次費了這麼多手腳，絕非只為了尋個晦氣找回場子，他若想得到所要的，無論如何得把蕭洛辰弄走了再說。」

安清悠這最後一句話，倒是讓許多人微感詫異，睿親王今日擺明了是針對蕭洛辰而來，怎麼又要把他弄走？一時間，人人都對茶會中的狀況多了幾分好奇，想要看看這事情如何發展了。

「我大梁一向禮敬讀書人，自開國太祖皇帝以來，無不講究君王與士大夫共治天下之道。安大人，這位沈雲衣沈公子乃是今年這一科的榜眼，本王尋思著這首桌的次席當由他來坐，不知安大人以為然否？」

睿親王四平八穩地坐在了首席，卻似搶了蕭洛辰的位置，砸了他的用具還不滿意，居然還要把座次也給定了。不過，若按大梁的風氣，倒還真是本當如此。

安德佑尋思了一下安沈兩家的世交之誼，卻又是應了。

「在座的都是青年俊傑，飽讀詩書，我等飲茶談文，研討聖人教誨之道，豈不快哉？還有哪位想坐在本王旁邊？本王一概歡迎！」

沈雲衣依言坐在了次席，睿親王卻又把話題一轉，放在了前來求親的眾多男子身上。

雖然只是首席的幾張座位，但是那話裡話外的招攬暗示，又有誰聽不出來？

登時有人怦然心動。

這些人出身的家族雖然大多是中立派，可這保持中立的原因卻五花八門，有明哲保身的，有待價而沽的，更有那本想站隊卻苦於沒有門路，怕上了船也得不到重用的。如今睿親王這尊真神就在眼前，若能借這個機會搭上這位爺，那還怕沒有飛黃騰達的機會？

自古只要不是改朝換代，文士們最看重的便是「學得一身本領，賣與帝王家」，如今外面議論紛紛，都言太子將黜，蕭家將倒。便如皇上似也對這種妄議帝王家事的流言蜚語保持了罕見的沉默。再加上最近宮中傳出的種種消息，若是真錯過了一位未來的帝王，那才叫悔之晚矣！

下面已經有人蠢蠢欲動，偏在此時，在睿親王砸東西、排座次之時始終面上帶笑的蕭洛辰忽然一聲冷哼，目光森然地掃過全場，雖未說話，卻比說話更有力量。

那意思昭然若揭：誰敢去首桌？誰敢當著我的面去首桌？

不少人心中一顫，富貴險中求，那也得看是什麼險，且不說蕭家屹立近百年，就算要倒，只怕也還有一番困獸之鬥。這時候萬一被蕭洛辰這難纏的人物咬上一口，究竟能不能撐得到那富貴臨來之時很難說。

擁立之功雖然是潑天般的富貴，但為了擁立某位皇子而成了犧牲品，可就不美了。

眾人心中正自猶豫掂量，忽見睿親王一拍腦門，像是突然想起了什麼似的道：「哎呀，蕭大人，我這裡光顧著來湊這茶會的熱鬧，卻是險些誤了大事！剛才我在宮裡聽父皇言道，北胡可汗新進病故，那前來報喪的使臣今早已到京城了。都說蕭大人對於北胡之事最為熟悉，父皇要召你入宮商議呢！」

「王爺身負皇命而來？此事為何不早說？」蕭洛辰臉色一沉，滿臉森然。

「蕭大人這話言重了！本王不過是見父皇要找蕭大人，心想今日安家有茶會，蕭大人十有八九要來參加，便自告奮勇跑上這麼一趟，來看看蕭大人是否在此處罷了。」

睿親王臉上的譏誚之色一閃而過，不緊不慢地品了一口茶，這才慢悠悠地說道：「本王這口訊已經帶到，好在不是黃絹子的聖旨，倒也不用著急進宮銷差，在這裡多湊一下熱鬧也無妨。倒是蕭大人何去何從，卻要趕緊做決斷了。」

「眼前的局面其實很明白，睿親王來湊熱鬧，一是要在大庭廣眾之下折辱蕭洛辰一番，找場子尋晦氣，再打擊一下蕭家。二是要敲打咱們安家，老太爺的門雖然難進，這各房老爺的府中卻是攔不住他。三則是堂而皇之地拉走一批中立派，此實為一舉三得之策。既然如此，當然是要將蕭洛辰這等會破壞局面之人趕得越遠越好。」

內廳之中，不知何時只剩下了姊弟二人。那些商賈女眷們已被遣散，由安大小姐身邊的幾個大丫鬟邊賠罪邊悄悄地從後門送了出去。如今在這薄紗屏風後面聽安清悠說話的，只有安子良。

「大姊所言甚是，這睿親王上次吃了個暗虧，這次倒是學聰明了。這一次有備而來，當真是不好對付。」安子良那對圓溜溜的小眼睛瞇成了一條線。

他本就聰明，又跟在老太爺身邊歷練一段時日，此時對這場面亦是看得通透。琢磨了一陣，抬頭問道：「大姊把我調來，可是要弟弟上陣？那睿親王要對付蕭家咱們不沾，可是也不能就這麼讓他在咱們府上耀武揚威地拉人走，否則傳了出去，京城裡會怎麼說大姊？朝野之中又會怎麼說我們安家？」

對於安子良的成長，安清悠極為欣慰，不過，此刻倒不急著叫弟弟上陣，輕輕搖了搖頭，臉上居然還露出一絲笑意，「這倒是不急，弟弟如今既沉下心來準備科考，便不能老是去做那裝瘋賣傻的鬧場事。今天叫你來，不過是做個後備，若是蕭洛辰還是不肯走，那才輪得到你來生事，大姊只說家中有事發生，今日這相親茶會散了便罷！」

「散了？大姊當斷則斷，真是下得了決心！」安子良略有惋惜之色，更多的是佩服之意。略略想了一想，又問道：「若是那蕭洛辰就這麼忍了走了，那又當如何？」

「若是他真的就這麼走了，對咱們安家來說倒是一件好事，收尾收拾起來反要容易得多。」安清悠微微沉吟，忽又浮起了一絲苦笑道：「可是，這蕭洛辰行事詭異，那睿親王縱有皇命在身，卻未必能夠奈何得了他。何況，以他那心高氣傲的性子，今日當眾受辱，怎麼肯輕易退下？」

茶會場上，蕭洛辰冷峻的臉上難得有了一絲扭曲，面部的肌肉微微跳動。

在蕭洛辰心中，那砸東西、排座次之辱，不如另一件事讓他憤怒。

北胡乃是大梁最大的死敵，此次報喪使臣進京之事原本已是預料之中，壽光帝突然相召，難道是又出了什麼變故？如此重要的事情，睿親王居然也敢先壓上一壓。

沒人知道蕭洛辰此刻在想些什麼，只是許多人都已經看到，他的雙手攥得很緊，指關節甚至都有些發白。

這廝不會是想和我動粗吧？

睿親王被這突如其來的念頭嚇了一跳，恍惚之間，有那麼一點後悔。

自己何等金貴，這等事為什麼非得親自前來？尋個打著李家標籤的大臣來，不是也一樣嗎？

好在看了看身邊那李家幫自己訓練出來的親衛猶自肅立，這才覺得心中稍安，可是想想又覺不妥，這蕭洛辰號稱有萬夫莫敵之勇，真要是豁了出去……

睿親王在這裡心中狐疑之時，蕭洛辰好像也在考慮著什麼，突然微一轉頭，向內廳那屏風之後的方向打量了一下，臉上浮起了一絲笑意。

完全不是他那種招牌式的詭笑，而且居然笑得頗為開心，甚至還帶著那麼一點……溫柔？

「軍國大事，豈是兒女私情可比？微臣實不敢因私廢公，這便進宮面聖！沈雲衣，你倒算是條漢子，可是安大小姐乃是我心繫之人，蕭某必不會退讓，大家各憑本事吧！小丫頭，今日妳欠我一個人情，下次可別忘了啊！」

蕭洛辰仰天大笑，竟是頭也不回地離去。

大多數人心頭一鬆，這個蕭洛辰終於走了，怎麼還一口一個小丫頭地叫著人家安大小姐……嘖！人家不把你當瘟神就不錯了，還欠你人情？當自己是誰啊！

「這蕭洛辰還真是當機立斷……嗯，他剛才那副笑臉肯定很討女孩子喜歡，是怎麼笑來著？這樣，這樣，還是這樣？」

內廳之中，安子良的看法似乎和許多人不太一樣。

安清悠循聲看去，只見他居然擠眉弄眼地學蕭洛辰大笑的樣子，可惜臉上的肉太多，安公子一笑的風情實在是……

「肉麻！」安清悠幾乎是費了很大的力氣才克制自己沒有一巴掌抽到安子良臉上，怒道：「這麼肉麻的笑容你也學？停停停！我的雞皮疙瘩都起來了！」

蕭洛辰走後，後花園裡的氣氛驟然輕鬆不少，安清悠姊弟都有了打趣的心思。

睿親王更是悄然呼出一口氣，站起身來，換上如沐春風般的笑容說道：「不過一粗鄙武夫，爾等何必將此人放在心上？今日本王與諸位有緣聚首，待會兒各位上臺，本王便在下面捧場，若有哪位兄臺願意在閒暇時與本王切磋些聖人之道，歡迎之至。聖人云：三人行，必有我師焉。本王便在這裡恭候各位大駕了！」

話說到這裡，招攬之意展露無遺。

不少人露出了若有所思的表情，睿親王看在眼裡，心情大好，穩穩坐在那張舒服無比的椅子上，笑著對沈雲衣道：「沈賢弟，這幾日吏部便要放新科進士們的官了，前幾日見到令尊，他還向本王提到此事。本王已經允了他，這次少說也要保你一個實授的六部司官，到時候沈賢弟為朝廷效力，可也莫忘了你與本王的今日之誼啊！」

睿親王一開口，抬手間便許了一個六部的正印司官出來，便是坐在主位上的安德佑都不禁臉色微變。

他為官半生，那司官的正印如今都還沒摸到過，只怕以後見了沈雲衣這晚輩，不知道是不是反而要行下級之禮。

沈雲衣又驚又喜，喜的是十年寒窗，還不就是為了這一方官印，驚的則是雖然早知父親想走李家和九皇子的路子，可是沒想到竟然已有了這等進展。如此關乎前途的大事，自己身為當事人，怎麼全然不知？

官場上從來都沒有免費的午餐，自己甚至於整個沈家，為了這一方官印，又要付出些什麼？

只是，這等事情卻沒法去問眼前這位九皇子，沈雲衣收拾思緒，連忙向睿親王行禮致謝。

睿親王笑著點了點頭，眼睛卻一直盯在旁邊的安德佑身上。

見他面上猶有感慨之色，趁機笑道：「安家是我大梁出了名的書香門第，昔日父皇也曾言道安大人的學問極好。眼下我大梁正逢盛世，正需要安大人這樣的賢臣為國出力，若是安大人不嫌棄，本王倒是願意向六部九院的諸位大人們推薦一二，不知安大人意下如何？」

這價碼可就比沈雲衣那邊開得更高了，話裡竟隱隱有著六部九院隨君選的意思。

安德佑固然心驚於九皇子和李家一脈的勢力已如此之大，說不動心那是假的，卻沒有半分的猶豫，搖了搖頭，苦笑道：「王爺的好意，下官感激不盡，只是在下才疏學淺，沒什麼拿得出手的政績，深恐耽誤了朝廷大事。下官還是再在原職上多磨練幾年，再考慮其他吧。」

睿親王聽安德佑話中之意甚為堅決，倒也不再勸他，只是心中不免冷笑：這安德佑果然是個窩囊廢！官位擺在眼前，卻連伸手去取的膽量都沒有，難怪做官這麼久，還在禮部混個閒差！不肯上我這條船嗎？也罷，且看本王力推這沈雲衣娶了你家女兒，看你安家還是不是鐵板一塊！

放眼看去，睿親王只覺場中再無可阻攔自己之人，倒是不少來求親的人，眼睛正直勾勾地盯著自己。心情舒暢之餘，儒雅地輕輕咳嗽了一聲，這位如今大梁國中最當紅的睿親王用力坐直了身子，那親王賣相擺得是威嚴中帶著幾分親切，便是壽光帝親臨，只怕也要讚得一個好字。

就等上臺求親重開之時，那些主動投靠者過來展示才學了。

可是，臺上安家那負責司儀的婦人再出來，說的話卻是大出眾人意料之外：「適才我家小姐請各位以白話登臺求親，非不敬聖人，更不是瞧不起各位的文采才學，不過是這茶會中的一個開場，想要看看各位的反應罷了。我家小姐向各位奉茶一杯，聊表歉意。如今惡客已走，下面茶會才是正式開始。我安家已經備下了筆墨紙硯，請各位留下墨寶，詩詞歌賦各一首，忠君愛國為題的八股文章三篇，用時不限。」

這話一說，眾人登時放寬了心，鬧了半天，前面那齣不過是安大小姐難為大家的玩笑罷了。

前朝有個才女蘇小妹三難新郎，難不成這安家小姐也想替自己選親留段佳話不成？無妨無妨，我就說嘛，聖人文章才是真本事，往下這才是來真的，且看這提筆用墨間分個高下，這才算是正道。

眾人摩拳擦掌之際，卻見內廳屏風間忽然轉出一個女子來，身材高挑，體態婀娜。雖然面遮輕紗，只能隱約看清三分容貌，卻是端莊大方，渾然天成。

「小女子向諸位公子遙敬清茶一杯，各位公子萬福。」

安清悠話音不高，剛好能讓眾人聽得清清楚楚。

眾人舉杯還禮之時，斜刺裡出來兩隊安家的下人，轉瞬之間，便將紙筆在各桌備齊。

「請各位提筆！」

臺上一聲高叫，大夥兒便放下杯子，拿起了筆。

這些人本就是文人出身，詩詞歌賦、八股文章等最是熟悉。此刻提筆，一個個專心致地，一時間，滿場竟是再無半點聲息。

睿親王傲然坐於繡椅之上，架勢十足，要威嚴有威嚴，要親切有親切，只是在這滿座伏案疾書的場景之下，卻顯得分外形單影隻。

安家這是要選女婿，還是要搞科舉啊？要寫這麼多東西，是要寫到天黑不成？

睿親王忍不住腹誹，可是這架子卻是端起來容易放下去難。

眾人寫得幾筆，偶爾抬起頭來看看前面。見到九皇子這般派頭，無不露出佩服之色。

九皇子為天下文人敬仰，如何能在這般眾目睽睽之下露出鬆懈之態？

同桌的沈雲衣也在伏案疾書，睿親王繃得身子都快僵了，一瞅旁邊的主人安德佑，倒算是找到了活動一下的法子，便沒話找話地道：「安大人……」

「噓……王爺悄聲，君子不亂人文章，可莫要擾了這正在寫文的諸位！」安德佑噓聲道，兩眼直勾勾地看著旁邊正在斟詞酌句的沈雲衣。

這位安大老爺不需要被天下士子仰望，此刻臉上的表情隨著沈雲衣的文章變化而動，一會兒頗有讚嘆之色，一會兒又眉頭緊皺，有時還搖頭晃腦，似是在思索著什麼一般。

迂腐！白癡！註定一輩子是個笨人！

八股天天看，看了大半輩子，難道還沒看夠嗎？

真以為這做官混朝堂，靠的是一紙錦繡文章不成？

睿親王心中大罵，可是端著架子擺譜著實難受，心裡罵了幾句，居然也有樣學樣，同樣去看沈雲衣寫文章，倒算是找到了一個活動的藉口。

只是，他的名聲大半是由出身和背後的李家力捧所致，真讓他陪人看文章，實是興味索然。裝模作樣地瞧了一陣，更覺得百無聊賴，一時之間，竟不知做些什麼才好了。

就這麼發傻般呆了不知多久，總算見到有個人站了起來，手捧文章向前而去，這卻是要交卷了。睿親王大喜，心道你這人運氣好，趕在本王憋得難受之時交了卷。無論如何便給你一個結交本王的機會，有人陪著說幾句閒話，總比這般一直晾著強得多了。

那交卷之人倒還真是有心，一邊交卷，一邊居然還拿眼睛直往睿親王這裡瞟。

睿親王一臉親切地對他微微一笑，偏在這時，那安家負責收卷之人居然叫道：「第九十一號公子書寫完畢，點評合議他日再定，還請勿擾他人，送客！」

那人微微一怔，卻也認為此舉合情合理，百來份文章呈上去，一時三刻哪裡能評出個結果來？

眼瞅著安家喊出了送客，還真不好意思就在這裡賴著。只好遺憾地看了睿親王一眼，向著首席拱手作揖，轉身向外走去。

安德佑遙遙抱拳回禮，卻苦了睿親王，只能由著這麼個有可能投靠自己之人擦身而過。

這還不算，那交卷之人既有了第一個，同樣會有第二個、第三個。大家紛紛交卷離開，睿親王眼巴巴地瞅著這茶會上的人越來越少，心裡是左想左不妥，右想右不對，只覺得這樣下去，豈不是白費功夫？

一咬牙，正要放下身段站起身來走向眾人攀談，忽見安德佑茶杯一舉，對著他笑道：「久聞王爺是京中飲茶大家，下官家中這茶，以多種香料調製而成。別的不敢說，小女這調香之藝卻是頗有特色的。還請王爺品評，這茶與各地名茶有什麼不同？」

評茶？早聽說安德佑是個只知附庸風雅之輩，可是……可是，瞧他選的這時候！

睿親王臉上的肌肉微抽，主人誠心相邀，還真不能在這大庭廣眾之下失了禮數。

無奈之下，端起茶來裝模作樣地品了一口，心中泛起了一連串怨念：我恨禮數！我恨風雅！我……我他媽的恨這幫酸腐的文人！

◉ ◉ ◉

「我，我要這安家不得善終！」

王府之中，睿親王狠狠地把一個茶杯摔得粉碎。

今天費了這許多首尾，最後居然落了個空手而歸的下場。

安家那選婿茶會到了尾聲，自己竟被該死的安德佑揪住談了半天茶道。眼瞅著那些中立派家族的子弟一個個告辭出府，原打算在安家府上高調招攬人才的計畫，就這麼無疾而終。

一干王府幕僚噤若寒蟬，他們是替王爺出謀劃策之人，比外人更知道這位睿親王的本性。什麼賢王之名，什麼天下士子仰望，這位爺骨子裡未必是那麼豁達大度。前幾日在蕭老大人那裡吃了癟，回來就見那負責接應的他的幾個太監侍衛莫名其妙暴斃而亡。如今又是在安家落了一肚子脾氣，自己可千萬莫要觸了這個楣頭。

幕僚們戰戰兢兢，唯恐自己做了睿親王的出氣筒。

不過，睿親王如日中天，想要富貴險中求的同樣不乏其人。

「王爺且莫生氣，今日之事並非徒勞無功。當眾驅走了那蕭洛辰，多少也是替王爺出了一口惡氣，此事在場所見之人甚多，傳揚出去又是王爺對蕭家的一場大勝。朝野眾臣聞之，豈非更是心有所悟？皇上若知王爺能夠以堂堂正之法，約束得蕭洛辰這等狂妄之人毫無脾氣，心中對王爺的評價怕是又加上三分，此乃大喜！」

此番話一出，正是新近投靠睿王府的杭州知府沈從元。

見他三言兩語之間便將這憾事說成喜事，眾人心中固是暗罵此人厚顏，也不得不承認他這火候拿捏得精準，今日之事固非全無所得，可也只有如此說法，才能遮掩得住那吃癟的醜態。

睿親王面色稍緩，可他亦不是笨人，事後細細想來，登時覺得那什麼寫文章談茶道，都是安家針對自己的應變之法，只恨一時不察，當時竟沒反應過來，餘怒難消之際，猶自恨恨地道：「話雖如此，這安家三番兩次消遣本王，若是不將其整治一番，難消我心頭之恨！」

沈從元微微一笑，躬身道：「王爺如今要做的乃是天大之事，何必為這一時之氣而勞神傷身？小犬可娶安家女兒尚且不論，下官此次來京，家中亦非全無準備。前幾日從江南覓得一人，若是他娶了那安大小姐，這妻族二字同樣落在了手裡。到時候安家如何，還不是由得王爺掌握？」

從來奪嫡之事最為凶險，動輒便是株連九族的大事。妻族位在九族之列，所以古時政治聯姻之事猶比現代更重百倍。沈從元雖然說得隱晦，可睿親王卻登時明白，若是安家有個女婿率先上書彈劾太子，自己這條船安家是不上也得上。

「哦？竟有這等人？此人現於何處？」

睿親王精神一振，沈從元早有準備，話傳了下去，不多時便有一名男子被帶了上來。

眾人拿眼瞧去，紛紛讚了一聲好。只見此人唇紅齒白，生得比那戲臺上的小生還要俊俏幾分，當真是有幾分翩翩佳公子的相貌。

「這人是前吏部趙老尚書第五房的長孫，名叫趙友仁。那安大小姐生母雖然早逝，可這支親戚卻還在，說起來，還是安大小姐的表兄。親不親一家人，他與小犬一明一暗求親，還怕這安家……」

沈從元說得起勁，睿親王卻似是恍若未聞，兩隻眼睛直勾勾地看傻了一般的盯著趙友仁。

「王爺……」

沈從元試探著叫了一聲，睿親王這才像回過神來一般，高聲笑道：「好好好！沈大人推薦的人，想來必是錯不了的！你既從江南來，今夜就陪本王好好聊聊，說說這江南繁華之地的風土人情！」

這話一說，沈從元只覺得一股惡寒從腳下升到了頭頂。自從進了睿親王的王府之後，以他的精明，當然早已將能知道的知道了個通透。這位睿親王府中雖然收了不少美貌姬妾，可是相比女人，王爺顯然是對男人的興趣更大。

想想剛才他那副樣子，如何還看不出他已是食指大動，準備今夜召趙友仁好好「聊聊」了。

不過，惡寒歸惡寒，沈從元臉上卻是半點不露。他已經說服了父親，利用了兒子，連安家這等世交都給賣了，何妨再賣一個沒落尚書的孫子？

便在沈從元賣了一個孫子進王府之時，安家人亦是臉色凝重。

今天這茶會雖說勉勉強強辦了下來，卻與眾人所想大相徑庭，不僅安清悠沒有找到什麼稱心如意的夫婿，蕭洛辰、睿親王等人更是你方唱罷我登場，情勢遠遠超出了想像。

安德佑不敢怠慢，帶齊了兒女，連忙趕至老太爺府上商議。

「枉為皇子！枉為皇子！舉國之間無小事，那北胡乃我大梁死敵，百餘年來的心腹大患，如此緊急要務，在睿親王這裡居然也要壓上一壓，只為了要在大庭廣眾之下尋人晦氣，只為了要告訴整個朝野，他睿親王同樣能夠大搖大擺地進入安家，能夠堂而皇之地拉攏一批中立派的人！」

安老太爺仔細地聽了安氏父女的稟報，第一個反應竟是勃然大怒。

安德佑暗自一驚，難道父親心中竟已有所傾向？可是這睿親王和李家如今正是炙手可熱，這時候若是站到了他們對立面，安家如何保全？

「睿親王意在皇位，可是此人空有賢名，處事卻心胸不寬，氣量狹小，單看他今日為了一己之私而怠慢朝事，便可知一二！若真是為君，恐非我大梁之福啊！」

安老太爺顯然看出大兒子心中所想，正色言道：「為官之道，本就是以公心而待天下，不以阿諛而事朝廷。我安家之所以多年來受人敬重，為父之所以被皇上倚重，靠的便是此道。你身為我的長子，如今又接管了族長之位，若是失卻了本心，如何當得起為父把整個安家託付給你的期望？」

安德佑細細品味著老太爺的話，陡然間把腰一挺，肅容道：「以公心而待天下，不以阿諛而事朝廷。父親教誨，兒子必銘記在心。無論時局如何轉變，也必盡心竭力，不負父親重託。」

「好好！這才叫真有三分風骨！世間自詡清高之人甚多，可是這清高二字卻不是遮羞布，真能做到的又有幾人？如此這般，才是老夫之子！我自求得丹心一片，雖千萬人，吾往矣！」安老太爺大笑，豪氣沖天。

只是，笑過之後，安老太爺又露出了狡黠之色，似笑非笑地打趣安清悠道：「茶會辦了個四不像，雖說你們當機立斷，總算保住了我安家對外嚴守中立的形勢，可是這選婿的路……不好走吧？」

幾人笑了起來，安清悠臉上一紅，主動承擔起了責任。

「孫女無能，沒想到辦一個選婿茶會，竟也出這許多枝節來，還請祖父責罰。」

「哼！不聽老人言，吃虧在眼前！」安老太爺重重哼了一聲，臉色卻又是一變，「男人是天，女人是地，這話早在進宮之前便和妳說過，可是祖父能看得出來，妳這孩子心氣太高。在妳心中，只怕從來都不認同男尊女卑這四個字，是不是？」

安清悠緊緊咬著下唇，不發一語。

以老太爺那毒辣眼光，自己心裡那點想法只怕早已被瞧了個通透，可是為什麼直到今天才來點破？難道他老人家竟是在等著自己犯錯，才明言訓誡，好讓自己有深刻的體悟？

微一抬頭，卻見老太爺面色雖然嚴峻，看向自己的目光之中卻有著滿滿的慈愛之色。

安清悠心中猛地一顫，這訓誡固是責斥，對於自己的愛護之意亦是沒有半分虛假。

只是，這憐惜之情，卻讓她覺得極為沉重，沉重得幾乎喘不過氣來。

恍惚之間，安清悠居然又想到了某人說的話。

「可嘆天下男子雖多，能夠識得小姐者能有幾人？能有容得下小姐之心胸者，又有幾人？」

這個傢伙……當真令人討厭！

安清悠這麼一失神，安老太爺已是全都看在了眼裡，知道這個最寵愛的孫女到底對男尊女卑之道還是心存他想。不過，安老太爺知道，這時候再嚴加訓斥，只會適得其反，無奈一嘆，苦笑道：「妳這孩子性格太過要強，可惜又是個女子。若是生在平常人家倒也罷了，可是咱們安家既是官宦大族，偏偏又趕上了這等朝局動盪之時……有心之人何其多，妳這孩子到底是想嫁一個什麼樣的人，心裡可有定數？」

「孫女想嫁一個簡單的男子，不需要有什麼顯赫的背景，也不要有這麼多的心思算計，只要真心對孫女好，能夠一生一世照顧孫女，疼惜孫女，也就罷了！」

安清悠這話一說，滿座皆驚。

安德佑渾身一震，他雖然早就打定主意要為女兒尋一門好親事，卻沒想到她會說出如此的話來。真不知她是怎麼想的，難道嫁入個小門小戶，這才算是幸福？

安老太爺靜靜地看著安清悠，忽然問道：「累了？」

安清悠輕輕咬了咬嘴唇，低下頭，默然不語。

原以為出了宮，諸事皆了，誰想到居然又有個更大的漩渦在等著自己。奪嫡爭儲、朝野爭鬥，連整個安家都隨時有被捲進去。自己便想選婿，焉知遇見之人不是如白天那茶會上的模樣？

有心之人何其多？老太爺這話當真是一針見血。

若終究是如此，不如尋個小門小戶的來得清靜，左右自己有個小技藝，還怕這日子過不出個模樣兒來？

安老太爺長嘆一聲，「也罷，外面的事本就該是男人們去擔負，妳一個女兒家，何苦被捲進這等事情來？嫁個小戶人家也沒什麼不好，我這裡有一封書信，是妳生母趙家所遞，回去好好看看，世態炎涼，趙家如今是大不如前了啊……」

安老太爺感慨，卻更有一句話沒說出口，如今京中也不如以前了。

安清悠見到這信，卻是微微一怔：「母親那邊……娘舅家？」

◉ ◉ ◉

「吏部號稱六部之首，當年趙老大人任吏部尚書時，趙家可謂盛極一時，號稱是門生故吏滿天下。昔日妳母親嫁過來的時候，人人都說妳父親傍上了大樹，只可惜趙老大人身體不好，後來在吏部衙門裡心痛病突發，等郎中到了，人已經沒了。妳母親當時正懷著妳，聽得此事，又驚又急地鬧了早產。後來她年紀輕輕便隨了趙老大人去，也可說是這時候落下的病根。」

長房後宅之中，三夫人趙氏談起安清悠生母的娘家來，不勝唏噓，紅著眼眶，抹了一陣眼淚，這才對安清悠接著道：「這官場上跟紅頂白也不是什麼稀奇事，人走茶涼，後來趙家的長房老爺因為犯了錯事被皇上遷怒，滿朝之間沒人敢伸援手。咱們家老太爺仗義執言上了個摺子，這才保得了趙家晚輩的一線生機，只是這趙家從此也就敗了。聽說他家還有後人在江南，我也曾遣人查訪，卻一直沒有消息。如今妳這五娘舅家終於有了聯繫，真是老天開眼，又或是我那苦命的姊姊在天之靈保佑……」

趙氏說著說著，又要掉淚，安清悠忙連聲勸慰，轉移話題，指著那封信道：「這信上說，五舅舅在江南做了一任揚餘府的刑提按察，如今派了表兄前來京城向祖父和父親、叔父們請安。三叔久在刑部，有沒有聽到什麼消息？」

「這個……倒是不曾聽妳三叔說過！」

趙氏搖了搖頭道：「那刑提按察算不得什麼大官，不過是個從七品的差事罷了，天下這等刑提的普通官員不知道有多少。再說，姓趙之人甚多，便是報到了刑部，妳三叔也未必能記得住。要不，回頭讓妳三叔遣人查查，若有了什麼消息，三嬸第一個便來告訴妳。」

安清悠端起一杯茶來，心中略感無奈，一個從七品的外省刑提，放在京城這等冠蓋雲集的所在，沒人留意也是常理。

可是，若論對於生母娘家的熟悉，只怕還真是沒有人比三嬸更明白的了。

她都不清楚，自己這又能找什麼人問去？

正要再說什麼，趙氏卻對她這問話會錯了意，一拍腦門笑道：「這事兒還真得好好查查，妳這孩子既是不想嫁去豪門大族，這趙家倒是個極好的選擇。江南遠離京城這些是非，那揚餘府又是個遍地膏腴的繁華去處，舅舅還是個管刑案的小官……嘖嘖嘖，若說是小門小戶，哪裡還有比這更好的小門小戶？親不親都一家人，再弄上個親上加親，那可真也算得上是個好歸處了。」

趙氏對安清悠的疼愛都可算得上是溺愛了，聽她說不想嫁豪門大族雖覺可惜，可依舊立時便為這大侄女打算起來。

安清悠無奈苦笑，心道一提起趙家來，三嬸還真是熱心，只是這份厚愛自己怕是無福消受，近親結婚……

「三嬸，侄女想問個事情，都說這女人是地，男人是天，可是侄女看三嬸和三叔之間卻是恩愛甜蜜。偶爾見到三叔時，他好像還怕嬸娘三分，侄女真是好生羨慕，不知嬸娘是如何做到的？」安清悠不想談那些和表哥通婚之事，連忙又轉換了話題。

「嘖，妳這妮子，這是要來打趣三嬸是個悍婦不成？」趙氏嗤笑，轉過頭來，正色言道：「男尊女卑，從來是天經地義的正理。像妳三叔雖然人前人後有些怕老婆，可那是寵著敬著妳三嬸罷了。正所謂自家老爺便是自家老爺，妳三嬸我便是脾氣再大，在家之時也得依足了規矩，本本分分，這該女人遵從的三從四德，同樣是萬萬不能逾越一步的。妳這孩子性子太剛烈，以後不管嫁了誰，可要好好收斂脾氣才是。」

安清悠微覺失望，沒想到從這位向來精明的三嬸口中聽到的亦是這般說法。

可是，安清悠到底不死心，想了一想，又問道：「三嬸，按妳剛才所言，三叔這是在寵妳敬妳。侄女如今已得老太爺准我自選夫婿，那便又應該如何，才能尋得到一個寵我敬我之人呢？」

「要嬸娘說啊，如今雖說是得了老太爺應允，但也沒什麼不同。妳是咱們安家的大小姐，再怎麼還是脫不開規矩。平日裡除了各府擺宴的場合，便是咱們安家這點人脈圈子，至於能不能得肯寵妳敬妳之人……」

趙氏說到這裡，搖了搖頭，「那就只能看妳的命了！」

安清悠越聽心越涼，好不容易掙來了自行擇夫的權力，竟是說到底其實對改變現狀沒什麼幫助。心中正煩躁，府中下人來報：「大小姐，您的表兄來咱們府上求見，老爺已經親自迎了出去，讓您也出去相見。」

「表哥？」安清悠微微一怔，怎麼來得這麼快？

剛剛還說起趙家，轉眼這趙家的表哥就已經到了自家府上。

趙氏卻是一臉笑意，「這可真是巧了！許久沒見到趙家的人了，走走走，嬸娘也湊個熱鬧瞧瞧去！我說，大侄女，人家大老遠從江南來京城不容易，妳可要好好把握喔！」

◉　◉　◉

「小侄見過姑父，見過三嬸，見過表妹！」

前廳之中，趙友仁拱手作揖，安清悠打量了一下，心裡暗暗讚了個俊字。

「無須多禮，到姑父這裡就像到了自己家一樣，快坐下。」安德佑一疊聲地招呼著這位素未謀面的內侄，見趙友仁眉清目秀，心中先有三分好感。

幾人各自行禮回身落座，安清悠卻微微皺了皺眉。

這位表哥的坐姿雖力求得莊重，可是怎麼有些古怪，難不成臀部有什麼毛病不成？

安德佑卻沒有這般想法，笑呵呵地寒暄了幾聲，當即言道：「昔日你姑母尚在之時，我可是沒少和趙家走動，後來你們去了江南，不知怎麼就斷了音信，如今賢侄到京，大家總算又聯繫上了，趙家的幾位舅兄舅弟如今可好？」

「回姑父的話，大伯六年前因病故去了，家父和幾位叔伯倒還算康健。臨來之前，家父還特地囑咐小侄，說是當年大伯因事獲罪，全憑安老太爺從中周全，才保得我趙家餘脈得避江南。這麼多年來，兩家未曾聯絡，實是擔心當年之事餘波未消，給安家添麻煩。小侄此次進京，便是特地來向安老太爺、姑父和安家諸位叔伯請安的。安家幫襯之恩，我趙家永不敢忘。」

趙友仁順著話頭說起了兩家的淵源，趕著又要行禮，安德佑連忙攔住，再看他眉宇之間依稀有幾分亡妻模樣，心下唏噓，「想不到一別多年，趙舅兄竟已不在人世。當年之事過了這麼久，趙家又何必總放在心上？卻不知賢侄此次進京，除了恢復咱們兩家的關係之外，所為何來？若有我安家能夠幫忙的，姑父義不容辭！」

安德佑如今已是安家的族長，這話說出來分量自又不同。

趙友仁淡淡一笑，微微搖頭，「姑父的好意，小侄心領。我趙家經歷了昔日祖父和大伯之事，如今對這官場仕途早已心涼，便是家父做了一個小小的刑提，也只不過是為了有個官位，好教家中平日不至於被宵小所欺。小侄此生所向，便是遊遍我大梁各地，著書立說，撰一不世之遊記，將我泱泱大國之名山大川，一筆寫盡。姑父若真是有心幫襯，就遣府中一二人等，帶小侄一遊這天子腳下的京城繁華，小侄便感激不盡了。」

安德佑聞聽此言，大感欣慰，伸手在椅上一拍，高聲道：「好！賢侄視功名如糞土，果然有名士的灑脫風範！此書若成，必為流芳百世之作！悠兒，妳這幾日便和子良帶表兄在京城之中好好走走，陪著遊賞一番！」

◉ ◉ ◉

「三弟妹，那日老太爺特別提起了趙家，我心中倒也想過。如今沈家怕是已經靠上了睿親王，悠兒又不想嫁沈雲衣，妳看今日這孩子……可還適合？」

送走了客人，安清悠告退回了後宅，趙氏卻被安德佑留了下來，隨口談了些閒話，卻是略帶猶豫地問出了這麼一句。

「我看挺合適，這孩子生得一表人才，剛才看又是個明白事理的。清悠那孩子既是不想嫁入豪門，又哪裡尋得到比趙家更好的去處？姑舅親，輩輩親，打斷骨頭連著筋！弄上一個親上加親的，豈不也是一件好事？更何況，那趙家五老爺一個江南的刑提，既是刑部在江南的外差，你三弟這個刑部的正印司官亦是伸手搆得著。就算衝著這朝中的叔父，他趙家還敢薄待了咱們家姑娘不成？」

趙氏說話向來乾脆俐落，安德佑問她是否合適，她自然明白指的是安清悠和趙友仁。對於趙家人，她天生便有三分好感，再看那趙友仁翩翩美男子的倜儻之態，更是覺得不錯。腦子裡早將這事轉了數遍，此刻答起話來，還真是方方面面都替安清悠打算到了。

「三弟妹素來精明，既是連妳都這麼說，那想必是錯不了的！」安德佑點了點頭，心裡卻還有那麼半分猶豫，「就是不知道這孩子人品如何……」

「這孩子連功名都能放下，人品能差到哪去？再說，這段日子他既要在京城遊歷，還怕少了觀察的機會？大哥讓子良跟著去，不就是為了讓子良給她姊姊保駕，順便盯一盯那趙友仁？說起來，子良這孩子真是越發出息了，以前看著他不著調，如今才知道是個人精，聽說便是老太爺也誇他呢……」

聊著聊著，二人一不留神便走了題。安德佑聽得三弟妹誇兒子，倒比聽人誇女兒還要高興。畢竟這傳宗接代，還得靠男丁撐起不是？

安德佑和趙氏隨口拉起了家常，卻不知在距離長房的三條街外，趙友仁正不緊不慢地走著。他的模樣好像很放鬆，但一雙眼睛卻是不時閃過戒備之色，看似不經意地拐了幾個彎，卻是一轉身便上了一輛看似普通的青布馬車。

「事情辦妥了？」

馬車之中，冷冷的聲音傳來，說話之人便是最近在睿王府裡當紅的沈從元。

「回大人的話，小人已經按照大人的吩咐，該做的都做了。那安德佑果然對小人極是欣賞，還讓安氏姊弟倆明日陪小人一起逛京城。大人智謀無雙，一切當真是半點都沒有脫離大人的算計。」趙友仁小心翼翼地回著話，此刻的神情，與其說是恭敬，倒不如說是諂媚，哪裡還有半點剛才在安家的灑脫。

「你這個人啊，這演戲的功夫真是不錯，又生得這麼個俊俏面孔，不去做戲子太可惜了。嘿嘿，昨晚在睿親王府上，睡得可好？」

沈從元對於眼前的諂媚完全無動於衷，毫不客氣地揭起了趙友仁的傷疤。

趙友仁低著頭，眼中的憤恨之色一閃而過，只是再抬起頭時，已是滿臉堆笑，「大人這話卻是打趣小人了。小人怎麼說也是個讀書人，又哪裡能去做戲子那般的賤役？如今全心全意追隨大人，更無半點私心，還望大人明察！」

「明察什麼的，留待和王爺去說吧，本官可沒這等興趣！至於什麼全心全意追隨就更不用說了，你心裡其實很恨我對不對？不用掩飾，儘管說出來好了。只是你那身為揚餘刑提的父親……嘿嘿，就他幹的那點破事，身為刑提卻通匪賣贓，遣派手下假扮山賊劫殺過往商戶，強搶女子販良為娼……唉，真是隨便一件都夠判個斬立決的，滿門抄斬也不是不行。正巧這揚餘府又在我父這位江浙巡撫的轄地，若要查案砍腦袋，連奏報刑部都不用，你說對不對？」

「是是是，大人所言極是，小人家裡罪孽深重，全仗……全仗大人慈悲，才給了小人全家這份改過自新的機會。小人一定為大人效犬馬之勞，要我做人便做人，要我做狗便做狗……」

「倒也不用那麼誇張，好好地替本官把王爺哄開心了，還不是有你的好處？對了，忘記告訴你一件事，你那個自幼訂親的鹽商小姐，前幾日不知怎麼暴斃了。不過，我看這也是樁好事，堂堂左都御史安家的大小姐，豈不是比一個商賈女子強多了？好好賣力結下了這門親，本官保你一個舉人功名，將來光耀門楣，豈不是比你那做黑心官的老爹強上太多了？」

趙友仁不是笨人，自幼青梅竹馬的未婚妻一向身體健康，忽然就這麼不明不白地死了，用腳趾頭想，也能猜出是怎麼回事，可是此刻他臉上居然還堆滿了笑容，「大人待小人的恩情真是山高海深，又替小人安排了這麼一門好親事，小人就算是粉身碎骨也難以報答。您這話說得不錯，區區一個商賈女子，死了便死了，哪有安家的女子來得好？」

沈從元瞇起眼睛盯著趙友仁看了又看，忽然笑了起來，「好好好！要做朝廷命官，左手須拿得起忘恩負義，右手能放得下厚顏無恥，剛剛我那話說得不對，你這人天資絕佳，哪裡能做戲子那種賤役？放到做官的正經仕途上，才是可遇而不可求的好材料，當真是有前途，有前途極了！」

沈從元笑得開心，趙友仁卻是笑得更加歡暢，馬車周圍的青布裹得嚴嚴實實，將二人的笑聲盡數封在了車內。馬車緩緩前行，終於行入了大路，行出了鬧市，朝著睿親王府慢慢駛去。

◉ ◉ ◉

「大姊，這分明是父親想讓妳陪著那趙家表兄遊逛，我跟著去做什麼？能不能不去？」滿桌紙卷之中，安子良腦袋搖得如同波浪鼓一般。

前日的選婿茶會收了數百篇詩詞歌賦、八股文章，這些東西安清悠沒心情去看，可是該做的表面功夫還是得做，於是寫評語這個光榮而艱巨的任務，就落在了安公子身上。

安公子生性樂觀，做什麼都能尋出樂子來。此刻他正在以一個連秀才都沒中過的童生之身，狠狠點評這些進士舉人所寫的諸般文章。什麼陳詞濫調，什麼用典不合，總之，是頭十幾年連父親代老太爺訓斥他的話語，統統派上了用場。正爽得痛快萬分，忽然被抓了這麼一個差事，當下大搖其頭。

「怎麼？看文章還看出癮來了？大姊叫你去你都不去？」

安清悠心情正不好，見安胖子居然敢推三阻四，登時柳眉倒豎。

安子良立刻做出可憐兮兮的模樣，「文章乃是聖賢之道，大姊是準備嫁個遠離朝爭的人家躲清閒，可弟弟總還是個男人，既生在安家，早晚逃不過考科舉走仕途這一道。這些文章都是那些進士舉人們所寫，有些文章著實算得上花團錦簇，我正要好好研究研究……哎喲，別扯別扯……」

安子良話剛說了一半，便被安清悠極為熟練地一把抓住了後脖頸上一層一層的肥肉，連扯帶擰之下，冷笑道：「還裝？大姊我還不知道你？什麼研究研究，我看你是批人批上癮了吧？少廢話，就說去不去！」

「去去去！大姊，趕緊撒手啊，弟弟我去還不行嗎？去給大姊保駕護航，順便看看這姓趙的表哥有沒有資格變成我的姊夫……」

安子良心思通透，連忙大聲求饒，更是連其他話都不管不顧地叫了出來。待得說到這「姊夫」二字之時，忽然頸後一鬆，忙伸手去揉，可是再轉頭時，忽然見到安清悠怔怔地發呆，臉上竟有悵然之色。

「大姊，您生氣了？」安子良小心翼翼地問道。

「沒有，我生你的氣做什麼？陪這位趙表兄逛京城，別說你不想去，就是我自己都不想去，可是這趙家的信是老太爺轉來的，父親又當著三嬸的面發了話，大姊我又有什麼法子？」

安子良很詫異，「大姊，您也不想去？」

◉　◉　◉

眼瞅著快要過年，街市越發熱鬧，行人如織，很多人都忙著採買年貨。商家夥計們加倍賣力，一年中最好的賺錢機會便在此時，不趁機多弄點銀子，這個年怎麼過得踏實？

安清悠坐在馬車中，意興闌珊。

父親讓自己陪趙友仁出來閒遊，擺明是給自己和他多點相處的機會，可是這表哥表妹的……近親結婚這種事情，她怎麼也無法接受，萬一將來生出個畸形兒來怎麼辦？

嫁他還不如嫁那沈小男人，不都說感情可以慢慢培養的嗎？看看沈小男人那天頂著蕭洛辰的重壓上臺表白，好像也不是一點兒沒有男人樣子，可是這沈家如今和睿親王打得火熱……

越想越是心煩，安清悠索性打定了主意，就躲在馬車裡不出去了。左右有安子良這個京城通在那裡陪著解說，這位趙家表哥總不好強拉開車簾子和自己套近乎吧？

安清悠決心沉默到底，趙友仁卻是心急火燎。他天生一副好皮相，從小就有女人緣，對於區區一個安大小姐，還是明顯有長輩撮合給機會的，自是有信心手到擒來，可是任憑你手段再多，人家打死不肯露面，又能如何？

只可惜人算不如天算，馬車剛行入東市最繁華的金街，忽有人高叫道：「喲，這不是安家的馬車嗎？可是大小姐出行？小婦人如月齋周吳氏，給大小姐請安了！」

安清悠和這些商賈女眷們經常來往，她這馬車亦是有人認得，那如月齋的老闆娘周夫人眼尖，一眼瞧見，立時喊了出來。

「周夫人客氣了，我家表兄剛剛從江南而來，我和弟弟陪他出來看看這京城中的風土人情罷了，有勞周夫人掛念。大過年的，您生意忙，咱們就不用行這虛禮了。」

碰到熟人，安清悠也是無奈，只能挑開車簾子，遙遙抬手回了一個半禮。

「忙什麼忙？再忙還能不過來給大小姐請安不成？」

周夫人平日裡便對安家極為巴結，眼見著安大小姐到了自家店門口，哪裡還不有上來湊熱鬧的？只是聽著安清悠說起還有江南來的表哥，便朝旁邊的趙友仁多看了一眼，這一看，卻差點看在眼裡拔不出來了。

「好個俊俏的後生，難怪大小姐說什麼不勞煩我，這不明擺著表哥表妹一起逛街……嘿嘿，我可別做那不開眼添亂的！」

這位周夫人本是個心眼活泛的人物，可有時候心裡想得多了，未免也就活泛得過了頭。她那如月齋本是做絲綢行當的，在京中頗有名氣，此刻她眼珠一轉，笑道：「大小姐既要陪表哥逛京城，小婦人哪裡敢給您添亂？倒是我那如月齋裡剛來了一批江南的絲繡，選些上好的給大小姐帶回去吧？嘖嘖嘖，這位公子生得一表人才，一看就是大戶官宦人家出來的。您從江南來，想必是什麼好絲繡都見過，可別說我們這小店的東西差呀！」

周夫人心中認定安清悠與這位表哥必有什麼男女之意，又送禮又說好話，順帶還捧了趙友仁一下。原想著對著姑娘誇情郎，這大小姐還不心裡高興？誰想到大小姐沒什麼反應，那趙友仁卻總算找到了期盼已久的機會。

「表妹，我看妳與周夫人既是舊識，今日遇到也是緣分。江南的綢緞莊子為兄見得多了，卻不知京城裡的綢緞又是怎麼個模樣？所謂風土人情，看的不就是這些？不如一起去她那如月齋裡逛逛，表妹意下如何？」

趙友仁故作親切地笑著，既知今日之行是安德佑發的話，自己說要去周夫人那裡看看，安家姊弟是不陪也得陪，還怕妳這大小姐不肯下車說話嗎？

果然，安清悠無奈之下，這便要起身下車，可是偏在此時，金街的街口處竟是一陣兵荒馬亂，幾名騎士居然在這行人遍地的街上縱馬狂奔，口中兀自大笑道：「讓開！讓開！不要找死！哈哈哈哈……」

這幾個騎士口音古怪得很，顯見不是京城人士。這恣意縱馬直擾得原本熱鬧繁華的金街上驚聲四起，女人嚎、孩子哭，一片狼藉。

那趙友仁卻是心中大喜，暗道這可真是瞌睡送來枕頭，剛想著怎麼和這表妹套關係，就來了這麼幾個人物。敢在街上鬧事的……難道是睿親王那邊派來的幫手？此時不來個英雄救美，更待何時？

心中主意已定，趙友仁立時大喝道：「表妹休慌，不過是幾個狂漢，為兄在此，料也無妨！」

正要下車的安清悠，簾子本已掀開一半，眼見著迎面幾個騎士橫衝直撞而來，連忙又坐回了車內，心中卻感到奇怪，天子腳下，什麼人敢在這裡鬧事？若是真有了什麼死傷，難道不怕巡城御史參上一本嗎？

那幾名騎士騎術精湛，轉眼之間便從安清悠的馬車邊上呼嘯而過。

趙友仁喊得雖響，這時候早已經躲到了一邊，眼看著幾名騎士大呼小叫地衝了過去，便又竄了出來，衝著那幾名騎士的背影喊道：「大膽妄徒，京城之地，如何敢行此胡為之事？還不快快勒馬停腳！」

趙友仁在這裡似模似樣地裝英雄，可是便連他也沒想到，那幾名騎士不僅騎術精湛，耳力也是不凡，在這麼嘈雜的狀況下，竟然辨出了呵斥之聲。其中一名騎士一提轠繩，只見那快馬陡然長嘶，人立而起。前蹄落地之時，硬生生地轉了半個馬身。再掉頭時，竟是向著安清悠一行人直奔而來。

「喂，那個人，你叫什麼？剛才是你叫我們停下的嗎？」

那群騎士一行六人，身上的服色頗為怪異。

最前面的一個騎士冷冷地打量了趙友仁幾眼，開口相問，口音卻甚是生硬。

趙友仁有點兒發虛，可是想到自己不但靠著安家，背後更有睿親王這尊大神撐著，心裡又踏實了起來。

「我乃揚餘趙友仁，這金街本是行人客商遍布的所在，爾等這般縱馬狂奔，居心何在？若是傷及無辜，難道不怕被送官嚴辦嗎？」

一想起自己背後可倚仗之人甚多，趙友仁越發氣定神閒。這話說得大義凜然，再配上那美男子的皮相，一時間，街上人人側目，不少剛才被騎士們驚擾的百姓已經叫出了一聲好來。

只可惜，這話文謅謅的，那幾個騎士彼此對視了一眼，都是一臉茫然。幾人嘰哩咕嚕說了好半天的話，忽然齊聲大笑。趙友仁聽得莫名其妙，竟是一句也沒聽懂。

「這群人是北胡人！是北胡人！」

站在後面的周夫人猛地尖叫起來。她這如月齋經商多年，曾和不少北胡人打過交道，早看著這馬上騎士的服色打扮便已認了出來。此時忽然尖叫，卻是因為聽懂了這幾個北胡騎士所說的話：

「阿布都穆主人，這個漢人說話的方式好奇怪，他在說什麼？」

「這是漢人中的讀書人，他的意思是說我們在這裡不能騎馬，否則便是違反了漢人皇帝的命令，漢人的官會來抓捕我們！」

「漢人皇帝的命令？我們是北胡的兒郎，除了大漠中的聖石和草原上的蒼狼之神，就只聽從草原之王的命令，聽從主人的命令！漢人都是綿羊，漢人的皇帝是大綿羊，我們不聽！」

「很好，這次我們來到漢人的土地，就是要讓他們知道，在北胡人的面前，他們永遠只能是綿羊，給我們提供財帛子女！」

「那我殺了這個漢人？」

「達羅，你是勇士，可是愚蠢的勇士只能是被人屠宰的蠻牛。王說過，這次最多只讓漢人流一點血，不許殺人，難道你忘了？這個漢人身後的車裡應該是他的女人，抓出來！」

「女人？很好，我很喜歡漢人的女人，又白又嫩，身體非常軟。」

幾名北胡騎士放聲大笑，眼睛卻是齊刷刷向著安清悠的馬車看去。

那被稱作達羅的騎士翻身下馬，一步步向前走來。

趙友仁聽不懂北胡話，可是看著這北胡騎士面色猙獰，心裡打顫，轉頭問周夫人：「這些人……他們要幹什麼？」

「他們要對大小姐無禮！」

周夫人聽得懂北胡話，正因為聽得懂，這才駭然。大急之下，沒法細說，只叫出這麼一句。

「放肆！這是左都御史安老大人家的大小姐，爾等安敢造次……」

趙友仁作戲的功夫一流，可是他歷練未久，應對上仍顯稚嫩，更不用說應付這種場面。在江南那溫柔鄉裡住久了，北胡對他而言，只是一個遙遠的傳聞而已。此刻急亂之下的本能反應，居然是先把安清悠的家世背景抬了出來。

可是，話沒說完，達羅已經一腳踹在了他的肚子上。

趙友仁往後倒去，剎那間只覺得五臟六腑像是移了位，那張秀美的俊臉瞬間扭曲，表情抽搐，竟是顯得說不出的醜惡。

「沒用的男人，真是讓人討厭！」達羅不屑地掃了趙友仁一眼，刷的拔出了馬刀，用半生不熟的漢語冷冷地道：「你很討厭！今天達羅不殺漢人，可你如果再說什麼讓我討厭的話，達羅就砍掉你一條腿，滾開！」

馬刀在陽光下閃閃發光，趙友仁傻了一般地看著達羅，忽然間一聲嚎叫，顧不得腹中翻江倒海般的劇痛，連滾帶爬地躲到了一邊。見了北胡人的凶惡，剛剛的英雄氣概早已丟到了九霄雲外。狼狽地喘息幾下，居然唯恐躲得不夠遠，還拚命向著圍觀的人群中擠去。

「漢人的男人，沒用！漢人的女人，很好！」達羅甚至懶得再去看那趙友仁一眼，嘴裡嘟囔了一句，臉上卻是浮起了殘忍的淫笑。一步一步向前走去之時，忽然人影一閃，有人竟然擋在了他的面前。

「漢人的男人不都是沒用的，想動我大姊，我跟你拚了！」

橫在了達羅面前的人，居然是安子良。此刻他雖然有些顫抖，鼻子卻如發狂的鬥牛般喘著粗氣，不肯後退分毫。兩隻血紅的眼睛死死地盯著達羅，忽然大叫道：「你這狗日的車夫，腦袋被驢踢了嗎？他娘的還不快跑！」

那趕車的車夫原本已經被嚇傻了，聽得安公子這一聲狂吼，這才如夢初醒。一抬手中的鞭子，就要朝那馬臀上狠狠抽下。

便在此時，一道馬鞭的黑影從旁邊掠過，空中和那車夫的鞭子驀地纏在了一起。緊接著，一道人影閃過，竟是有人在馬背上凌空躍起，一腳將那車夫踹了下去。

這次北胡使臣來大梁京城固是報喪，亦存了立威震懾之意，所選護衛無不是千里挑一的精悍勇士，哪裡是一個普通的車夫所能應付得了？

「達羅，我想起來了，那個安什麼的女人，好像是蕭洛辰的女人。不要動她，連馬車一起帶回去獻給王。」

那被稱作阿布都穆主人的北胡人，顯然是這群北胡騎士的首領，此刻安子良一喊，他倒似想起了什麼，立時下令，說的自然是北胡話，可是這蕭洛辰三個字的人名，卻是清清楚楚地落在了眾人的耳朵裡。

「蕭洛辰？」

馬車之中，安清悠對外面的動靜自然是聽得明明白白，近日北胡使臣進京不是什麼新聞，可是誰想得到，這北胡人竟然張狂若斯，敢在光天化日之下強搶民女。我大梁的京城府衛呢？拱守天子的二十萬禁軍呢？難道都是死人嗎？

「蕭洛辰！」

達羅同樣在嘴裡念叨了一下這個名字，面色略微變了變，可是對於主人的命令卻是沒有半點遲疑，上下打量了擋在身前的安子良一眼，突然道：「很好，你是勇士，還是個不愚蠢的勇士！勇士應該有勇士的待遇，我只要你一隻右手！」

說話間，閃亮的馬刀已經舉起，毫不留情地朝著安子良的右臂砍去。

北胡人的刀法，講究簡單實用，這一刀砍下，更沒有半點花俏，快狠準。眼看著血花就要濺起，安子良把眼一閉，猛然間往前一撲，一雙手拚命地插向了對方的眼睛。

「我和你拚了，你就是要了我的命，我也要讓你留下點什麼來，漢人的男人不都是沒用的！」這是安子良的血性。

可是，他雖然情急拚命，但這本事頂多就局限於昔日和那些狐朋狗友們打架鬥毆的水準，比之能打的市井混混尚且不如，更別說達羅那等身經百戰，殺人無數的草原勇士。頭頸微微避讓，手中馬刀卻仍是朝著安子良的右臂砍下。

刷一聲輕響，血花飛濺。

安子良呆呆地站在那裡，那拚命的一插固然是落了空，可是自己的右臂似乎還在，倒是那達羅的手上，竟已穿了一個透明的血窟窿。一支白色的羽箭斜插在地上，箭羽帶血，兀自晃動不已，猶如一朵風中搖曳著的妖花。

「這一箭好大的力氣！」

便是那北胡的騎士們也不由得倒吸了一口涼氣，而便在眾人的頭頂上，一個懶洋洋的聲音遙遙傳來：「欺負女人和手裡沒有兵器的人，你算什麼狗屁的勇士！不過，老子今天不殺人，只要你一隻右邊的狗爪子！」

某間商鋪的屋簷上，蕭洛辰手持長弓，白衣勝雪，在這漫天燦爛的陽光之中，薄唇悄然抿著詭異的微笑。

剎那間，喝彩聲如轟雷般響起。

伍之章　比武示弱設套

「蕭洛辰！」

「蕭洛辰！」

「蕭洛辰！」

一而十，十而百，最後竟似鋪天蓋地般，到處都有人在大喊蕭洛辰的名字。

北胡騎士們聽著這震耳欲聾的吶喊聲，心裡也有些發虛。他們都是千挑萬選出來的勇士，漢人在他們的眼中就是一群綿羊，可是這綿羊竟是如此之多。若是真聚在一起搏命，會不會讓那綠色的草原再沒有北胡人放牧的地方？

更何況，綿羊未必真的就是綿羊，比如那個拚著挨刀也要拖上達羅的小胖子。再者，就算漢人真的都是綿羊，這群綿羊之前還有一隻獅子。

一隻數年前曾經單挑當時北胡最負盛名的十餘名勇士的獅子，一隻讓北胡勇士們提起來心裡就如同橫了一根刺般的獅子。

安清悠悄悄掀開車簾子的一角，半空之中，某個自己向來討厭的混蛋正從屋簷上一躍而下。白衣飄飄，如同一隻凌空翱翔的大鳥。

這個混蛋肯定是早就在一邊偷看，偏偏要到這個時候才出手，真是……真是……

一股不知名的滋味在心中泛起，對於蕭洛辰的行事風格，安清悠不知不覺間竟已熟悉至此。對於這個總是惹人生氣的蕭洛辰，他就想多罵上兩句，可是此刻不知為什麼，居然有點罵不下去。好吧，那就少罵一點，只罵一句好了。

這個混蛋蕭洛辰……

安清悠極為罕見地發現自己腦子裡竟然沒什麼適合的詞兒。

蕭洛辰一個縱躍，穩穩當當地落在了地上，伸手示意，四周的呼喊聲漸漸平息。他嘿嘿一笑，對安子良豎起了大拇指。

「胖子，早就覺得你這傢伙不是個草包，帶種！夠爺們兒！」

安子良咧開嘴，嘿嘿憨笑，胖臉上那雙小眼睛擠得都快看不見了，傻氣十足。

許多人的視線立刻投向了安子良，還有不少妙齡少女那眼神清澈無比，許多男人登時就覺得後悔到了姥姥家，剛才自己怎麼就沒想到要衝上去擋那北胡人一下？

安子良頭一次享受到這種英雄待遇，結果笑容很快就從憨傻變成了花癡，配上他那臃腫無比的身材，活脫脫就是個肥頭大耳的豬哥，惹得姑娘們的玻璃心碎了一地。

蕭洛辰笑了一下，這才一指那北胡使臣阿布都穆道：「喂，我說阿布都穆，你不老老實實待在你的理藩府等候我們大梁皇帝召見，跑到這東市的大街上為非作歹地幹什麼？難道你們北胡人就只會對這些手無寸鐵的百姓逞威風嗎？有本事出來幾個，和我蕭洛辰比劃比劃！」

這話一出，圍觀的百姓又是一陣歡呼，而那幾個北胡騎士卻都露出了激憤之色。他們奉行強者為尊，向來最重勇士，眼見得蕭洛辰點名叫陣，頓時怒從中來。

那北胡使者阿布都穆卻是揮了揮手，攔住了身邊的北胡騎士，沉聲道：「我們千里迢迢從北胡趕來，就為向你們的皇帝報我們大汗的喪訊，可是已經來了幾天，你們的皇帝左一個有事右一個正忙，哪裡有半點誠意可言？我們憋得難受，這才在你們漢人的都城裡走走。昔日兩國盟約寫得清楚，大梁和北胡世代友好，永為兄弟之邦。大梁國便是北胡，北胡便是大梁國，難道我們在兄弟的土地縱馬跑上一跑，也不可以嗎？」

這阿布都穆身為北胡使者，口才自是極佳。雖說大梁和北胡之間的盟約訂了又撕，撕了又訂，談談打打，百餘年來從未停過戰火，可是在他這裡，卻是說得冠冕堂皇，倒似是自己受了多大的委屈一般。

「既為兄弟之邦，便該視我大梁皇帝如你們的大汗，等上兩天有何不可？」

蕭洛辰平日裡或許胡鬧妄為，但到了這等家國之事上，卻沒有半點含糊，冷笑著駁斥道：「至於在兄弟土地上縱馬跑一跑……好啊，下次我大梁若派使臣到北胡去，蕭某便求陛下讓我親自前往。到時候也在你們大汗的金帳裡縱馬跑上一跑，也在你們的聖山上跑上一跑，順便撞傷幾個北胡的王子，踩翻幾個大祭司的祭壇。北胡大汗若是怪罪，我就說是阿布都穆教我的，你看怎麼樣？」

百姓的喝彩聲再度響起，阿布都穆登時語塞，心知在此事上討不了便宜，眼神一瞥，瞧見那被蕭洛辰射穿手掌的達羅正在同伴的幫助下包紮傷口，索性轉換了話題道：「你們漢人有句話說，兩國交戰，尚且不斬來使。我等本是使臣，如今在這大梁的京城裡，卻被你蕭洛辰打傷了，這事怎麼算？你可要給我們一個說法！」

「說法你個屁！你們縱馬傷人在先，亮刀動手在後，居然還想動我蕭洛辰的女人？廢了他一隻狗爪子算是便宜的！」

蕭洛辰說到這裡停了一下，拿眼一掃，那安清悠的表哥趙友仁卻不見了蹤影。他眼中本就沒有這類人，此刻更不在意，拿手一指面前的北胡眾騎，大罵道：「還有你這阿布都穆，居然還想把我的女人連人帶車搶去給你們的王，老子在上面可是聽得清清楚楚，這叫使臣該做的？我還想問問你們這事兒怎麼算呢！好，這次我按照你們北胡草原上的規矩，我以大梁蕭洛辰之名，正式找你阿布都穆決鬥！現在就分個你死我活，來不來？」

阿布都穆登時色變，他本就不是以武勇見長，此行更是有重責大任在身，如何肯做這等廝殺？

可是剛才自己命人去搶那車裡的女人也是真，按照草原上的規矩，苦主當然可以提出不死不休的決鬥。若不按草原規矩，自己還算什麼北胡人？可若是按照草原上的規矩……

這可是蕭洛辰啊！

別的大梁將領還好，也許會顧忌自己這使臣身分，放到蕭洛辰身上，他或許真敢把自己的腦袋擰下來。

阿布都穆躊躇不已，他手下那幾個北胡騎士卻早已按捺不住了。

不敢應對他人的決鬥，對北胡勇士來說是最大的恥辱，當下便有人高聲叫道：「主人有難，勇士便該為了主人拚命！阿布都穆主人，就讓我去替你廝殺一陣，就是立時死了，也好過受這蕭洛辰的侮辱！」

北胡雖有決鬥的風氣，但在貴族階層之間，倒還真有遣手下勇士代為出戰的說法。

阿布都穆心中一動，正要說些什麼，蕭洛辰卻是個精通北胡話的，看了那跳腳的北胡騎士幾眼，冷笑道：「你這阿布都穆膽小怕死，遣人出戰也不是不行，不過這個喊得響的卻遠遠不是我的對手，上來只是白白送死！若要和我過招……這人還算是有點分量！」

說話間，蕭洛辰轉身，伸手指向了安清悠的馬車處。車上的車夫早已被踢到了一旁，那出手的北胡騎士臉上蒙著汗巾，只露出兩隻眼睛來。踹翻了車夫之後就坐在那裡不動，便似泥塑木雕一般。

蕭洛辰這伸手一指，阿布都穆臉色大變，情急之下，衝口而出道：「不！我和你決鬥便是！」

這時候再說決鬥，蕭洛辰卻已不理他了，逕自負著雙手，目光鋒銳如刀，就這麼盯著那坐在安清悠車前的北胡蒙面騎士。

「真是魔鬼一樣的眼睛，一時忍不住活動了一下，居然被你盯上了。」那一直默不作聲的北胡蒙面騎士忽然開了口，下了車，緩緩向蕭洛辰走來。

阿布都穆想開口，卻被那蒙面騎士揮手打斷。

這蒙面騎士緩緩走到了蕭洛辰面前兩丈之處站定，那一雙眼睛已是炯炯有神，慢慢地道：「北胡沒有不敢決鬥的男人。久聞蕭洛辰武勇無雙，是漢人裡真正的英雄。今日一見，果然名不虛傳。我朝思暮想，常盼著能與這樣的勇者一戰，如今夢想成真，何其有幸？」

此人一開口，惹得圍觀眾人譁然。因為他不但說的是漢語，還是一口道地的大梁官話。一句話說完，像漢人一樣打躬作揖。再直起身來時，渾身上下散發著一種讓人緊張的感覺，就好像他整個人蓄勢待發，隨時都有可能做出雷霆一擊。

「別，你這樣一看就是行家，這麼說我可不敢當！」

蕭洛辰忽然又變成了那吊兒郎當的樣子，肩膀卻明顯往下一沉，整個人完全放鬆下來。

「弓！」蒙面人只說了一個字。

兩名北胡騎士下馬，解開了掛在馬側的長布袋。拿出裡邊的物事時，竟是一柄造型奇特的黃金大弓。

這柄黃金大弓足有一人高，除了握柄處纏繞層層布帶，弓柄外緣均已被磨得極為鋒銳，便如兩邊各有一把長長的刀刃般。黃金本就比銅鐵重了許多，這件大弓用來削砍刺殺，同樣是一件威力極大的重兵器。

「大日金弓？」蕭洛辰眼睛微瞇，「你是草原之鷹博爾大石？」

「想不到我的名字連大梁京城裡的漢人英雄也曾聽過。」博爾大石的語氣裡帶上了一種驕傲。

他緩緩摘下了面上的汗巾，露出一張同樣年輕的面孔，只是大漠風霜，為這張年輕的面孔平添了幾分粗獷滄桑。

「聽說過你有什麼了不起？我蕭洛辰遠在北胡千里之外，你們還不是連我的女人是誰都搞清楚了？」蕭洛辰滿不在乎地一笑，卻憋得博爾大石一窒，鬱悶了半天才道：「你們大梁在草原上的探子也不少！」

蕭洛辰點點頭，卻是東瞅瞅西望望，隨手拿起了那把剛剛被自己射落在地的馬刀，笑嘻嘻地道：「行，大家都心知肚明的事情，大哥別說二哥。你遠來是客，我就用這把馬刀陪你玩玩。」

「你用什麼兵器都可以？」博爾大石略感詫異。

蕭洛辰隨手挽了個刀花，「還行，沒什麼區別！」

博爾大石微微一嘆，伸手間撫摸著那柄大日金弓，就好像撫摸自己最心愛的情人一般，「可是我從記事起，所用過的兵器就只有這柄北胡人祖先流傳下來的人日金弓。這是我此生最愛，大小兩百餘戰，從來沒有用過第二件武器。」

這次輪到蕭洛辰微微變色，沉聲道：「從沒用過？」

「從沒用過！」

蕭洛辰沉默良久，突然嘻嘻一笑，「說句實話，其實我挺討厭兵器的，我喜歡女人。」話音甫落，只見蕭洛辰對著安清悠的馬車高聲喊道：「瘋丫頭，好好看清楚了，我最最最喜歡的女人就是妳！記得啊，今天妳又欠了我一個人情！」

安清悠正掀開簾子一角偷偷向外張望，雖然看見蕭洛辰笑嘻嘻的模樣，不知怎地，還是有些為他擔心。可突然間被劈頭吼了這麼一嗓子，頓時有種被五雷轟的窘迫。

發現大街上無數道目光齊刷刷向馬車直看過來，連忙放下簾子縮回了車內，臉頰上飛起了羞怒的兩朵紅雲。

這個蕭洛辰最討厭了！最討厭了最討厭了最討厭了！

安清悠一個人躲在車廂裡生悶氣，可是過了一陣，終究還是好奇心占了上風，又拉開車簾一角偷偷向外看去。

只見大街上人人抬頭仰視，蕭洛辰和博爾大石竟不知何時翻上了屋頂，想是嫌街上人多礙事，特意尋了這麼個敞亮的地方動手。

「有意思！我們不妨打個賭？」博爾大石看著蕭洛辰，如石頭般面無表情的臉上，忽然浮上了一絲笑意。

「什麼賭？」

「我愛武器，你愛女人，若是待會兒你贏了，我這把大日金弓歸你，可若是我贏了，你那個最愛的女人歸我，怎麼樣？」

蕭洛辰的笑容微頓，沉默了半晌，搖頭道：「不賭！我的女人不是什麼牲畜牛羊，更不是什麼用來賭的東西。那是人，活生生的人，用來寵著護著的人。你們北胡人不明白，也不會明白，所以我倒是有另一個建議。」

「什麼建議？」

「贏了的生，輸了的死，黃泉路便是賭注！」

蕭洛辰話一出口，馬刀已劈出，用的居然是北胡人的路數，毫無花俏的一刀劈下，直取中宮。

博爾大石縱聲大笑，「蕭洛辰，我還當你真是什麼事都不放在心上，原來你也會發火！好好好！有此心結，你安能贏我？」

長笑聲中，大日金弓迎面而上。刀弓相擊，發出噹的一聲嗚響，兩人不約而同身形一晃，各自退了一步。

蕭洛辰毫不停頓，微微一退，腳在地上一蹬，轉瞬便已縱身而上。手中馬刀大開大合，走的完全是硬砍硬劈的路數。博爾大石卻是雙腳立定不動，只憑一柄大日金弓左撥右擋。一陣爆響，屋簷上兵刃相交，火花四濺，雙方竟是堪堪拚了個旗鼓相當。

「夫戰，勇氣也！一鼓作氣，再而衰，三而竭！彼竭我盈，故克之！」

博爾大石慢聲長吟，說的竟是漢人書中的道理。蕭洛辰的攻勢雖猛，他卻占了兵刃長大的便宜，不僅盡數抵擋下來，居然還有閒暇說上這麼兩句。

蕭洛辰咬了咬牙，猛然大吼一聲：「打便打，在這裡裝什麼窮酸！」

說話間，刀法一變，竟然是走起了快刀潑打路數，一柄馬刀在他手裡舞成了一道銀光。博爾大石面色越發凝重，一柄金弓揮出了一道黃氣，雖然依舊防守得密不透風，但身形卻多出了幾分狼狽，只是口中偶爾還是會來上那麼一兩句漢人的話語，惹得蕭洛辰攻勢更急。

下面眾人看得面面相覷，蕭洛辰狠打猛衝，博爾大石倒在那裡大掉書袋，這兩人到底誰是大梁的，誰是北胡的？是不是該調換位置才對？

安清悠邊看邊咬著嘴唇，雖說蕭洛辰很討厭，可是這人剛剛在北胡人手中救了自己，此時這番惡鬥，亦是和自己有著莫大干係。眼瞅著屋簷上兩人刀來弓往，忍不住替蕭洛辰擔心起來。

「二弟，」安清悠小聲地叫著安子良，悄聲問道：「你看蕭洛辰和那個北胡人，誰能贏？」

安子良抬頭看著兩人相鬥，臉上猶有興奮之色，撓了撓腦袋道：「這個……這個我也看不明白，不過看蕭大哥好像一直在攻，那個北胡人雖然時不時耍嘴皮子，可也只有招架的份，應該是蕭大哥占上風了吧？大姊，妳說呢？」

「算了，問你也是白問！你這傢伙嘴倒是變得快，這會兒就叫上蕭大哥了？」安清悠聽安子良說看不明白，沒好氣地翻了個白眼。只是，聽安子良說蕭洛辰占了上風，心裡不知為何，竟是寬鬆了不少。

安子良卻是把臉一肅，正色道：「一箭之恩，豈同常事？大丈夫恩怨分明，叫他一句蕭大哥也只能算是馬馬虎虎了，要不然我叫什麼？他一個不拘世俗之見的人，總不能要我學那些迂腐之人上去磕頭喊恩公吧？」

安清悠嘖了一聲，想想安子良這胖子對著蕭洛辰磕頭叫恩公的樣子，登時起了一身雞皮疙瘩。叫蕭大哥就叫蕭大哥吧，怎麼說著蕭洛辰總是救了安子良的一隻右手，這一聲蕭大哥倒也馬馬虎虎！嗯，也就是個馬馬虎虎！

只是安清悠卻不知道，安子良看不明白這高手相爭，屋簷下卻有人看得懂。以阿布都穆為首的北胡武士們，臉上的表情由驚懼變成緊張，又由緊張變成了放鬆，到了現在，竟是人人臉上都掛起了幾絲冷笑。

「草原上的暴雨再急，卻沒辦法下一整夜，太陽升起的時候，終究還是大晴天。蕭洛辰這麼不停猛攻，又能支撐多久？等他氣力衰竭之時，就是他死在這裡的時候！」阿布都穆甚至有了說些閒話的心情，對著屋簷上的兩人點評不已。

在他身邊的北胡武士有人接話，口氣裡卻是滿滿的崇敬之意：「博爾大石真是我們北胡的第一勇士，奉他為草原人的王，才是真正的王！我情願追隨他到死，就算是把血流乾，那也感到光榮！」

下面的北胡騎士們越看越是心裡有底，那房頂之上，蕭洛辰經過一番疾風暴雨式的攻勢之後，終於精力衰竭，刀勢堪堪一緩，卻被那博爾大石瞬間抓住了時機，從不肯向後移動的雙腳驟然向後倒退了數步，拉開了兩人距離的同時，大笑道：「蕭洛辰，你的力氣還有多少？是不是有些累了？你這個賭約有趣得很，贏了的生，輸了的死，黃泉路便是賭注！且叫你看看北胡勇士的勇猛，你輸了！」

長笑聲中，博爾大石邁步上前，大日金弓一記硬生生反撩，轉瞬便轉守為攻不說，這硬碰硬的攻勢竟然是比蕭洛辰開始之時還要猛烈三分。蕭洛辰堪堪招架，身形有些滯澀，連連後退之際，竟然比之前採取守勢的博爾大石還要狼狽多了。

形勢瞬間逆轉。

一下又一下，博爾大石的大日金弓盡是硬劈硬掃的路數，攻勢如長江大河，一浪高過一浪。蕭洛辰左支右絀，終究難以抵擋博爾大石如潮水般湧來的攻擊，忽然一個破綻露出，大日金弓直掃過來。蕭洛辰雖然竭力閃避，動作卻終究慢了一線，左肩膀上被大日金弓弓臂上的利刃淺淺地拖過了一道口子。

血流了出來，將他衣衫的前襟染紅了一片。雪白的衣服，殷紅色的血，剎那間勾勒出一幅詭異的畫面。蕭洛辰猶自持刀苦鬥，但形勢越發岌岌可危。

「不好！」安清悠忍不住失聲驚呼，現在這情況，任誰都知道蕭洛辰的處境大為不妙。簾子掀起了大半，一雙擔心的眼睛，許久都沒有離開過蕭洛辰的身上。

「表妹，妳沒事吧？這些北胡人真野蠻，天子腳下，居然也敢如此張狂！」

趙友仁不知從哪又冒了出來，一臉溫柔，哪裡還看得到剛才驚惶逃竄之色？眼見著車窗中的安清悠驚呼出聲，心中反倒竊喜，湊過去柔聲道：「這裡顯然是不太安全，要不，我陪著表妹先行回府……」

「滾一邊去！」安清悠怒斥一聲，差點把趙友仁憋死。這話是安大小姐說的？不可能吧？難道自己被北胡人踢得出現了幻覺？對！幻覺，一定是幻覺！趙友仁用力晃了晃腦袋，繼續努力。

「表妹……」

「你這人煩不煩啊，都叫你滾一邊去，你沒聽見嗎？」

安清悠的視線終於從蕭洛辰那裡挪開了短短一瞬，滿臉的怒容證明了這不是趙友仁的幻覺。

趙友仁呆若木雞，只覺得不可思議。一瞥眼間，看見了站在旁邊的安子良，連忙湊過去苦笑道：「表弟，你大姊這是怎麼了……」

「別！少在這表弟表弟的！姓趙的，你有病吧？我大姊叫你滾一邊去，你是聽不懂人話嗎？」

安子良的話比安清悠還衝，眼見趙友仁剛才先裝英雄後逃跑，不過是個裝腔作勢之徒，再加上蕭洛辰落入險境，心情更差，久違的渾勁兒上來，一擼袖子，揮了揮拳頭，怒道：「滾不滾？還是要你安公子送你一程？」

到了這個地步，便是趙友仁臉皮再厚，也沒法再待下去。灰溜溜地轉身離開，走了幾步，卻猛地回頭，眼睛裡滿是怨毒之色，「安家！安家！好一個安家！有朝一日，我趙友仁發跡之時，定叫你們求生不得，求死不能！」

再一抬頭看到屋頂上苦苦支撐的蕭洛辰，趙友仁那張俊秀的面孔陡然變得猙獰，「為什麼北胡人踢我的時候你不出手，卻偏偏要救那個安子良？很好，蕭洛辰，你就趕緊死了吧！」

蕭洛辰，你就趕緊死了吧！

心裡念叨這句話的不止是趙友仁，金街兩端的街口，赫然站滿了蓄勢待發的大梁士兵。沈從元一身官袍穩坐其中，卻是按兵不動，遲遲沒有讓身邊的士兵向裡面衝進去。

前不久吏部考核已出，他不僅考評全優，而且拜睿親王和李家所賜，從進京述職直接轉為了京內評優晉用，連江南都不用回，這杭州知府就變成了京城的府尹，正四品搖身一變，連升兩級成了正三品，在京城這種一等一的繁華緊要之地，青雲直上，當真是志得意滿。

「大人，蕭校尉快撐不住了，咱們還不衝進去，更待何時？」

站在他身邊的京城府衛參將，遙遙瞧著遠處屋頂上和北胡人搏命苦戰的蕭洛辰，早已是血性翻滾，恨不得以身相代，這句什麼時候衝進去已經問了數遍。

「放肆！那北胡使臣事關朝廷要事，哪裡是你一介武夫所能妄議的？如何行止，本官自有定奪，再敢亂言，本官先治了你的罪，以儆效尤！」

沈從元上任沒兩天，官威可是不小，此刻架子一擺，那城府衛參將登時不敢多言，只是漲紅了臉退在一邊，兀自憤憤不已。

沈從元喝退了手下，心中也有些暗暗發愁，翻來覆去，肚皮裡面念叨著的還是那句話：「蕭洛辰，你就趕緊死了吧！」

蕭洛辰還真是沒那麼快就死，縱然他身上的傷口已經從一處變成了四處，縱然身上流出的鮮血已經將一身白衣染紅了大半，卻依舊咬牙苦撐。手中馬刀舞得雖遠不如之前犀利，但刀鋒所指，居然偶爾還能有一兩下詭異招數。困獸猶鬥，若是對手著了道，便是兩敗俱傷，同歸於盡的結果。強如博爾大石，此刻也不禁佩服對手的頑強。

大日金弓的攻勢忽地一退，博爾大石竟然又一次向後連退數步，拉開了和蕭洛辰的距離。

「蕭公子，你是勇士，是英雄，不該就這樣死去。今日這場比試其實意義不大，只要你低頭認輸，咱們就算以平局結束如何？憑你我二人的本領，弄個外人絕對看不出來的平局，又有何難？」博爾大石對蕭洛辰已改了稱呼，他說話的聲音很輕，火候卻拿捏得剛剛好，恰巧只有屋頂上的他和蕭洛辰兩個人能夠聽見而已。

「你沒發燒吧？要我認輸？嘿嘿，若是今日之事你我易地而處，換了你，你認輸給我看看？」蕭洛辰眼中流露出一絲譏諷之色，那骨子裡的驕傲就像是永不磨滅般，兀自讓他高昂著頭，甚至還能冷笑著諷刺博爾大石幾句。

「你血流得快沒力氣了吧？再這麼打下去，不用我殺你，你也會流血而死！更何況，為這樣的大梁國效力，值得嗎？」博爾大石絲毫不以蕭洛辰的譏諷為忤，相反的，他很冷靜，輕聲勸著蕭洛辰道：「你們漢人有一句話，叫做大丈夫能屈能伸。如今你們大梁的形勢連我都很清楚，你們蕭家缺不得你，還有你最愛的女人，你就想這麼離她而去嗎？你有如此本領，天下之大，哪裡去不得？我博爾大石可以對蒼狼之神發誓，無論什麼時候，北胡金帳的大門永遠向你打開。無數的財帛牛羊、權勢地位，任你取之，甚至有朝一日，你也許就是這中原土地上的皇帝！」

「金帳的大門？中原的皇帝？不得了，不得了！」蕭洛辰嘿嘿冷笑，「這話裡話外果然是好大的口氣，難道你做了北胡的大可汗？」

「其實放誰上去做這個大可汗，或是我博爾大石做不做大可汗，原本也無所謂。只要一聲令下，草原上所有的勇士，都會為我博爾大石征服一切太陽能夠照耀到的地方，難道這還不夠嗎？」博爾大石語氣中滿是掩飾不住的豪邁。

「不錯不錯，看來你真是沒少學我們漢人的東西，不光懂得什麼叫愛才之心，什麼叫容人之道，連挾天子以令諸侯都學會了！你博爾大石果然不愧是草原之鷹，不愧是北胡近百年來難得一見的英雄，說得我都有點動心了。」

「既已動心，何必執著？」博爾大石這兩句話居然說得有幾分禪味。

蕭洛辰微微苦笑，「阿彌陀佛，執著便是不執著，不執著便是執著。這執著之心誰都有，我得先和讓我執著的人說上兩句話，才能決定認不認輸！」

「人之常情，請便！」博爾大石淡淡一笑，負手而立。他有著完全的自信，現在的蕭洛辰，已經很難對他構成威脅。

蕭洛辰的喉嚨似乎有些疲憊而沙啞，可是高聲大喊：「喂，瘋丫頭，妳聽好啦！我蕭洛辰在妳出宮那天，居然也鬼使神差犯了糊塗，作了首比醋還酸的小青詞出來，原本想討討妳的歡心，不過又拉不下這張臉，可是現在不行了，我累啦，再不說，怕是沒機會了！下頭看熱鬧的，有帶了紙筆的，有記性不錯的，都幫忙記著點兒，哪一天這個招你們討厭的傢伙不在了，還能給幫忙提個醒兒。陰曹地府裡，蕭洛辰知道她掉兩滴眼淚，也省得別人再燒香化紙錢啦！」

蕭洛辰要作青詞？

平素把詩詞文章都罵作假風雅真酸腐的蕭洛辰，現在竟然要作青詞？如果是一天之前有人說這個話，肯定會被無數人嗤之以鼻。要人相信蕭洛辰會作青詞，不如相信母豬會上樹。

可是，如今這滿街的人看著蕭洛辰自己親口說出這麼一句話來，居然沒有人笑得出來。晴空朗朗，一個被無數文人墨客口誅筆伐過的男人，在眾目睽睽之下，身上流出的鮮血正一點一點把他白色的衣服染紅，他的腰依舊挺得很直，攥著馬刀的手，依舊握得很緊。

有幾個素來仰慕蕭洛辰的女孩子已經開始哭了，眼淚大滴大滴往下掉。

「二弟，扶我下車！」安清悠忽然輕聲說了一句，對這個讓人討厭得要死的蕭洛辰，她是絕對不會掉半滴眼淚的，可是為什麼一直以來躲藏的她，此刻卻要露面？

安子良心中長嘆，伸手間相扶。

「周夫人，店中可有桌椅和文房四寶？求借一用！」

此時此刻，安清悠反倒是鎮定得看不出半分異常，逕自對周夫人頷首，語氣平淡。

「有有有！」周夫人忙命夥計把店內最好的桌椅搬出來。

安清悠端坐執筆，極是端莊大方。

你這個最最討厭的傢伙眼睛比貓頭鷹還亮，這個距離也沒多遠，應該看得很清楚吧？

安清悠默念，手上的小狼毫已經沾滿了墨汁。

「何必呢？你想清楚了？」博爾大石的大日金弓重新橫在了身前，面上猶有不豫之色。

蕭洛辰恍若未聞，瞇著眼睛朝下面的安清悠看了看，笑道：「很好！我就說這丫頭肯定不會沒心沒肺。有妳為我執筆，我蕭洛辰今日便破例作上這麼一首俗氣的酸詞兒。」

「溫柔鄉，英雄塚！為什麼身為英雄的人，總是要選擇一條不歸路呢？」博爾大石輕輕一嘆，大日金弓已經高高揚起。似他和蕭洛辰這等級的人物，很多事情不用說得那麼明白，只是短短一唔，反倒比多年的朋友更能心意相通。

「我蕭洛辰算什麼狗屁英雄，漢人裡像我這樣的人多了去，不過，多謝了，有勞成全！」蕭洛辰面上又掛上了那招牌的邪笑，沙啞著聲音，朗聲吟道：「念奴嬌！」

詞牌出口，手中馬刀毫不停留，軟綿無力地向博爾大石削了過去。

博爾大石搖了搖頭，手中的大日金弓半點沒有遲疑，當頭劈下，隱隱有了風雷之聲。這是他的全力一擊，也是他對於對手的尊敬。

鏘的一聲，刀弓相交，蕭洛辰登時受不住大日金弓上傳來的力量，不光是馬刀被撞開，整個人也被震得向邊上歪了一步，卻堪堪躲開了博爾大石這雷霆一擊，口中半刻不停地吟道：「唯有思卿！」

這首青詞的題目便是「念奴嬌．唯有思卿」，乃是蕭洛辰目送安清悠出宮之時所作，其中相思之意表露無遺。那邊博爾大石卻咦了一聲，大日金弓招式再變，從直劈變成了橫斬，向著蕭洛辰的腰間直掃過來。

「宮門冬日，心戚戚，紅顏飄然何處。」蕭洛辰口中長吟，手上卻是不停，馬刀居然使得更慢，刀側輕輕一蹭，刀鋒轉手便貼著弓臂平削下去。博爾大石若是繼續橫斬，沒等金弓掃到對手的腰際，自己的半隻手掌倒要先被砍了下來。

「車馬鼓樂，聲陣陣，冠蓋繁華滿天。」

急忙收招之下，博爾大石竟有幾分狼狽之態，此刻他的臉上已經換上了幾分凝重之色，大日金弓自下而上，斜斜地反撩上來，攻向蕭洛辰的小腹。

「心曾百轉，意已千重，可有鳳求凰？」

蕭洛辰這一次變招更怪，居然是用刀背襲向大日金弓，被對手的力量一撞，整個人借勢踉踉蹌蹌地向前衝了幾步，倒像是被博爾大石用金弓撥到了自己身前一樣。手中橫刀一推，馬刀的刀鋒竟朝博爾大石的咽喉切來。

博爾大石臉色大變，大日金弓拖在地上抽身急退。

蕭洛辰倒不追趕，橫刀向天向天之際，輕聲嘆道：「濁世雖大，可惜如此佳人！」

一首念奴嬌的上闋吟完，蕭洛辰的精神反倒見旺，饒是博爾大石在草原上廝殺的經驗豐富，也沒見過如此詭異的打法。心中大駭，手中大日金弓護住了周身要害，先定了不求有功但求無過的主意，倒要看看這蕭洛辰古怪招數的究竟了。

蕭洛辰縱聲長笑，一刀擊出，似是軟綿綿不受力，卻柔轉如意，劃成了不知多少個圓圈。口中這念奴嬌的下闋竟是一氣呵成。

「憶否當時初見，恍如昨夜雨。雲鬢輕妝，笑嗔淡然，手起處，香飄滿院皆驚。風雨何懼，但願鵲橋路上，海枯石爛。緣非天定，此情捨我其誰！」

博爾大石只覺手中的大日金弓就像陷入了一張蜘蛛網裡，蕭洛辰揮出的刀光圈子彷彿無窮無盡的蛛絲，層層將這把鋒利無比的金弓包進了一個無論如何都衝不出去的大繭。出手一滯之間，破綻頓顯，蕭洛辰沒有握刀的左手登時欺了進來，在自己手腕關節處一捏一扭……

噹啷一聲，一首念奴嬌吟罷，大日金弓竟是剛好落在了地上。

街上的眾人一起望著蕭洛辰，陡然之間，歡呼聲震天地響了起來。

安清悠長長出了一口氣，金弓落地之時，她抄錄的最後一筆恰落下。吹了吹紙上的墨跡，拿起那首念奴嬌來又看了一遍，忽然微微一笑，自言自語地道：「我就知道這個討人厭的混蛋沒那麼容易死！」

眾人都朝著蕭洛辰歡呼，沒人留意到安清悠這麼一句話。倒是安子良離她最近，混蛋二字聽得一清二楚。不過，看了看安清悠，又看了看蕭洛辰，胖臉難得的面色如常，對於大姊爆出的粗口假裝沒聽見。

博爾大石呆若木雞，聽著那滿街的歡呼聲，艱難地問道：「這是什麼刀法？」

「漢人的刀！你既然讀過不少漢人的書，有沒有讀過以柔克剛這四個字？這書真是都讀到狗肚子裡去了，你們北胡人水準就是差勁！」蕭洛辰手中馬刀虛停在了對手的咽喉處，悠悠笑道：「你這個縱橫北胡的草原神鷹倒是猜猜，在我們中原，有這般本事的人又有多少？」

「以柔克剛，以柔克剛……」博爾大石低聲念叨了這四個字幾遍，倏地面如死灰，「你其實一開始就可以殺我的，對不對？」

「不是一開始，如果我願意的話，我隨時隨地都能殺了你！」蕭洛辰冷笑著糾正了對方的話，又遙遙望了不遠處正返回馬車的安清悠一眼，臉上露出了一絲溫柔之色，「不過嘛，我執著的女人更重要。我都告訴過你，我最愛女人了，若是沒有你這樣的對手，我哪裡去找這麼一個打動芳心的機會呢？」

博爾大石愣然，陡然間靈光一閃，「不對不對！什麼以柔克剛？這般武技雖在這小比試中有用，可是在萬馬千軍的戰場上，用處卻是不大，真在沙場上，蕭洛辰，你打不過我！」

「你我又沒在戰場上交過手，怎麼就知道我長槍上的功夫打不過你？」蕭洛辰傲然依舊，心中卻微微一凜，這博爾大石悟性極強，心思縝密，實為大梁的勁敵，當下冷笑道：「更何況，就算你本事再高，只怕也沒機會和我再打一場了！」

手上運勁，馬刀便要向博爾大石的咽喉送去，偏在這時，街上有人遙遙高喊：「刀下留人！刀下留人！蕭校尉，這博爾大石萬萬殺不得，殺不得啊！」

高呼之人身穿正三品的玉帶官袍，正是新任的京城府尹沈從元。

轉瞬間，身著京府衛服色的士兵手持各色兵器，如潮水般湧入了金街。

「京府衛辦事，閒雜人等速速閃避！」大批士兵高聲斥喝，很快便清出了一片空地來。

「蕭校尉，可千萬莫衝動，莫衝動啊！」沈從元從人群中走了出來，高聲呼喊，口氣竟有了些氣急敗壞。

博爾大石原本已經閉眼等死，忽然睜開了眼，看了一眼下面的士兵們張弓搭箭，那閃亮的箭頭對著的竟不是自己，而是舉刀指向自己咽喉的蕭洛辰，臉上忽然浮起了一絲笑意，「看來，你們漢人裡有人捨不得我死？還是不敢讓我死？」

「最起碼我敢讓你死，你信不信？」蕭洛辰咬著牙，馬刀依然舉得很穩，卻沒有前進分毫。

「不信！」博爾大石毫不猶豫地吐出兩個字，笑容越發燦爛，「今日這場決鬥，真的教會了我很多東西。剛才我對蒼狼大神所發的誓言依然有效，蕭公子，北胡的大門永遠對你敞開。我真心希望有緣再見之時，我們兩個能夠成為真正的朋友，後會有期了。」

說完，博爾大石竟對自己喉間的馬刀視如無物，俯身間拾起大日金弓，不緊不慢地從房頂上躍了下去。

「我要討個說法，要向你們大梁的皇帝討個說法。你們大梁號稱禮儀之邦，可是這個蕭洛辰傷了我們的護衛，還企圖殺害我們草原上尊貴的神鷹博爾大石，這個事情不給我們北胡一個交代，我們北胡鐵騎就自己來討！」阿布都穆瞬間變了臉色，揪著沈從元怒道。

北胡和大梁近百年來雖然戰火不斷，但總的說來大梁是敗多勝少。近年來雖然屢傳壽光帝有對北胡用兵之意，可是兩國往來，大梁依舊是該送公主和親的送公主和親，該給錢帛的給錢帛，北胡使臣從來都是只占便宜，哪裡吃虧過？

「貴使放心，貴使放心，我大梁斷無傷害他國使節的道理，此事定會給貴使一個交代。」沈從元連聲安撫，好不容易才哄得北胡使臣暫時安靜了下來。

蕭洛辰長嘆，手中馬刀噹啷落地，轉身從屋頂上躍下，對著沈從元施禮道：「虎賁校尉蕭洛辰，見過沈大人。」

沈從元目光閃爍不定，鐵青著臉看了蕭洛辰半晌，忽然大聲下令：「來人，給我綁了！」

此言一出，周圍那些被兵士們遠遠隔在圈外的百姓譁然，就連領命的參將都有些遲疑。

沈從元看看左右，大喝道：「都還愣著幹什麼？難道還要本官親自動手不成？」

參將無奈，親自帶人到了蕭洛辰面前，先道一句對不住，這才讓手下動手綁人。

蕭洛辰也不反抗，一言不發地任由兩個兵丁將自己五花大綁，一雙眼睛卻是鄙夷萬分地盯著沈從元，兀自冷笑不已。

「貴使放心，朝廷自有法度，此事定然不會就這麼算了。」沈從元又安撫了阿布都穆等人幾句，這才把手一揮，冷冷地道：「帶走！」

蕭洛辰今日一戰，儼然已經成了眾人心目中的英雄，百姓們你推我搡，遲遲不肯讓開。那負責彈壓的兵丁也是有些手軟，可是上峰有令，哪能不聽？還是慢慢清出了一條路來。

「且慢！」一個清脆的聲音響起，另外一邊人群分開，有人慢慢走了出來，赫然是個女子。

安清悠在人群中一步一步走來，來到沈從元面前，福身行禮，輕聲道：「沈世叔……」

「叫大人！」沈從元似是猜到了安清悠想做什麼，一開口便打斷了她的話，擺出了一副公事公辦的面孔。

安清悠亦是反應極快，飛快地道：「好！大人在上，民女安氏有事要稟！」

「說！」

安清悠深深吸了一口氣，沒有半點遲疑地道：「小女子要告狀，告這北胡武士達羅縱馬驚街，當眾傷人！告這北胡使臣阿布都穆縱容手下搶人車馬，強擄民女！告這北胡貴族博爾大石毆我車夫，蓄意傷人，望大人為小女子做主！」

「這……」沈從元微一遲疑，萬萬沒想到這安大小姐竟然敢做出當街攔官告狀的事情來，幸好他迅速想出了應對的法子，「既是告狀，狀紙何在？回去寫好了狀紙，再到京府大堂前來告狀，本官自會秉公辦理！」

「狀紙在此！」不遠處陡然一聲高叫，人群再度分開，卻見兩個如月齋的夥計抬著一張長長的烏木書案慢慢前行，另有數名壯漢吃力地抬著一張黃花圈椅配合著他們走來。一個好似圓球般的胖子正穩坐圈椅中，趴在書案上一刻不停地振筆疾書。等來到沈從元面前時，一張狀書竟已一氣呵成。

「在下京府童生安子良，亦為此事的苦主之一！」安子良寫好了狀紙，從椅上一躍而下，高聲叫道：「原告還要加上一條，北胡武士欲斷我手臂未遂，望大人秉公論斷！」

「這……這審案應在京府大堂，哪裡有在大街上的道理……」沈從元又找了個藉口，可是自己心裡都有點發虛。看了看周圍百姓憤憤不平的面孔，湊過來對安清悠低聲道：「世侄女，這等朝廷大事，焉是妳這一個區區女子可知的？再說，你們安家書香門第，妳一個大姑娘家拋頭露面，當街攔官告狀，成何體統？傳出去又讓安家的臉往哪擺？世叔不讓妳告，還不是為了你們安家好？快快回家去吧……」

這時候再提兩家的關係，安清悠已經不想理了，轉過身便對圍觀的眾人高呼道：「北胡人在我大梁都城縱馬踏街，強搶民女，蓄意傷人，萬幸這位蕭都尉伸出援手，這才使小女子姊弟免於危難。如今這蕭都尉要被五花大綁地帶走，小女子要告那北胡使臣，府尹大人卻推三阻四，大家說有沒有這個道理？」

「沒有！」眾人早已群情激憤，此刻一通喊，竟是滿街異口同聲。

安清悠又轉過身來喊道：「史書上，明君賢臣當場斷案的例子數不勝數，此刻原告、被告皆在，人證、物證俱全，如何非得等到京府大堂？便請府尹大人當街斷案，還小女子一個公道，還京城百姓一個公道！」

「斷案應在大堂，朝廷自有禮制……」沈從元還待再說，安清悠卻早已一聲高喊了出來：「斷案！」

「斷案！」

「斷案！」安子良第一時間反應了過來，緊跟著高喊。

「斷案！」百姓們齊聲高呼。

「斷案！斷案！斷案！斷案……」

整條金街，不知多少人高喊著斷案這兩個字。

沈從元拿眼一瞥，見那負責彈壓的士兵們中間竟也有不少人在振臂高呼，不禁大驚，後背上冷汗涔涔，心道這群情激盪，若是在天子腳下鬧出了兵亂民變來，便是睿親王和李家也護不住自己。

「諸位，且聽蕭某一言！」一言不發的蕭洛辰忽然開了口。

眾人一見是他，倒是一個個都安靜了下來。

「兄弟，幫個忙，先給鬆開繩索，這般綁著實在難受。放心，蕭某若要想走，剛才便已經走了，就這麼一個京城府尹也能攔得住我？太瞧不起人了！」

蕭洛辰笑嘻嘻地先損了府尹一句，沈從元面色鐵青，圍觀的兵丁百姓們卻是哄然大笑。

一個士兵笑著幫他解開了繩子，旁邊一個開藥鋪的客商早就從店裡拿出了金創藥替他敷上。

蕭洛辰也不客氣，站著不動，任旁人幫自己敷藥，卻是衝著安清悠一揚下巴，笑著道：「丫頭，行啊，連我都沒想到妳居然敢當街攔官告狀，這才像是我蕭洛辰的女人！早知道妳這麼有膽量，剛才我就給北胡人來個白刀子進紅刀子出，讓這些蠻夷胡虜知道，想動我蕭洛辰的女人，我宰了他個王八蛋！」

蕭洛辰說得粗俗，卻正合了這些兵丁百姓們的胃口，眾人又是大笑。阿布都穆臉現怒意，可是看了看自己周圍的漢人，又看了看已經重獲自由的蕭洛辰，終究是什麼都沒敢說，倒是旁邊的博爾大石眼中精芒一閃，似是想到了什麼。

安清悠面露尷尬，駁道：「我只是不能眼看著你受這不白之冤……」

「別說話啊，禍從口出，沈大人可精著呢，有什麼事咱倆自己回頭慢慢說！」蕭洛辰直接打斷了安清悠的話，可他所說的話越來越誇張：「再說了，老爺們兒出頭上陣了，女人家就該把嘴閉上……大家說我蕭洛辰的女人怎麼樣？」

「好！」眾人又是哄然起鬨。

「不是……」安清悠又急又窘，正要說些什麼，蕭洛辰再次打斷了她的話，站起來向著周圍眾人拱手作揖道：「各位京城父老，城府衛的諸位兄弟，大家的盛情，蕭某心領了！一人做事一人當，若是今日真出了什麼亂子，早晚受連累的還是大家！京府大牢？嘖，多大點兒事，蕭某進進出出多少次了，便是再跟這位府尹大人走一遭又何妨？各位莫擔心，等我蕭洛辰娶親那一天，各位都來我蕭家，喝一杯咱們兩口子的喜酒！」

了心思。

「好！」眾人又是大笑，蕭洛辰進牢房出牢房如同家常便飯，眾人見他說得灑脫，倒是都放下了心思。

蕭洛辰嘿嘿一笑，轉頭對沈從元道：「沈大人，都別愣著了，咱們這就走？」

且讓你再張狂片刻，等進了京府大牢，便讓你知道沈某的手段！

沈從元恨不得當場就把蕭洛辰碎屍萬段，可是眾目睽睽之下，卻不得不配合，伸手便道：「不敢，蕭校尉請。」

「你別去……」

有過茶會的經歷，安清悠自是知道沈家已經投靠了睿親王，剛要說話，卻再被打斷，蕭洛辰瞪著眼睛道：「都說了男人說話女人別插嘴，妳還敢亂說？我就要去京府大牢了，就要落在這沈大人手裡了，臨走之前，還不讓妳男人有個好心情？來來來！丫頭，給爺笑一個？」

安清悠聽出蕭洛辰話裡話外意有所指，登時閉口不言。

「唉，妳這女人就是臉皮薄，在宮裡的時候讓妳笑妳不肯，如今我要坐牢了，讓妳笑妳還是不願！罷了罷了，丫頭不肯給爺笑一個，爺只好給丫頭笑一個了！」

蕭洛辰仰天長笑，率先邁開大步向京城府衙的方向走去，昂首挺胸之間，口中竟兀自還能唱上兩句戲文：「看前面，黑洞洞，定是那賊巢穴，待俺趕上前去，殺他個乾淨啊……」

眾人或是簇擁著蕭洛辰和沈從元等人前行，或是各自散去，轉瞬間，這金街之上便已沒了剛才的景象。安清悠駐足良久，幽幽地嘆了一口氣。

「大姊，回去吧！」安子良苦笑著搖了搖頭，走過來便要扶安清悠上馬車回府。便在此時，身後有人叫道：「等一下。」

安氏姊弟回過頭來，只見那說話之人居然是博爾大石。

「你要幹什麼？」安子良登時有些緊張。

「放心，我既然沒有打敗蕭洛辰，北胡就不會再有人動你姊姊！」博爾大石縱馬走了過來，看著安清悠道：「我只是想告訴妳，蕭洛辰武藝不是妳想像的那樣，在上面他其實隨時有機會殺我。之所以弄出這套血染白袍的樣子，不過是為了讓妳對他動心而已。你們漢人有個詞，叫做苦肉計對不對？好女人是不可以騙來的，他這個時候都在騙妳，將來興趣消退的時候，會怎麼對妳呢？」

博爾大石這話一說，安清悠心頭大震，卻不肯在這北胡人面前低頭，只是面無表情地道：「你說完了？子良，回家！」說話間更不遲疑，逕自上了馬車。

阿布都穆面露怒色，湊過來道：「這漢人女子真是放肆！博爾大石，要不要把她……」

「你想讓我說過的話變成牛糞任野狗踐踏嗎？」博爾大石冷冷地看了阿布都穆一眼，卻是遙遙望著安清悠馬車遠去的背影，臉上露出了一絲笑意，「蕭洛辰的女人？有意思！非常有意思！蕭洛辰，你這個心中的缺陷就讓它保留下去好了，最起碼……在我打敗你之前？」

「真想和蕭洛辰在戰場上打一次啊！我的大日金弓畢竟是一把弓，還沒有和人比過箭呢！」博爾大石撫摸了一下掛在馬鞍旁的大日金弓，猛然一提韁繩，疾馳而去。

一千北胡騎士緊隨其後，卻聽這位草原神鷹的命令從身前傳來：「讓咱們在這裡的人手好好查一查這個蕭洛辰的女人，她遇見什麼事、碰上什麼人，喜歡什麼、討厭什麼，就連她平常穿的衣服有沒有花邊，我都要清楚地知道！」

◉ ◉ ◉

馬車走得並不快，車夫挨了博爾大石那一腳，明顯受了傷，安清悠特地讓他駕車走得慢一點兒，她自己則躲在車廂裡默然不語。

「大姊，妳別聽那個北胡人亂嚼舌根，他打不過蕭大哥，當然要說蕭大哥的壞話！」安子良雖然有點為大姊著急，但明顯地倒向了蕭洛辰那邊，不停地勸道：「更何況，就算是苦肉計，苦肉計怎麼啦？一個男人為了妳連刀都肯挨，血能流得渾身都是，這心意還不夠嗎？再說蕭大哥救了咱們總不是假的吧？若不是他，這群北胡人早就把咱們……」

「我不是這個意思……」安清悠忽然輕聲道：「我只是在想，我和他的性格都太強了，又是一個比一個傲氣，就算走到了一起，也……」

「也什麼？」安子良有點茫然，這個問題對他這麼個胖少年來說，顯然過於深奧。不過，安公子向來是遇事能往好處想，琢磨著大姊居然開始認真考慮是不是要和蕭大哥「走到一起」的問題，這總是好事。撓了撓頭，嘿嘿笑了兩聲，又一臉高興起來。

「他是蕭家的人，就算為咱們安家考慮，我也不可能嫁給他！」

安清悠一句話砸傻了安子良的笑臉。

安氏姊弟返家的同時，蕭洛辰正前呼後擁前往京府衙門，進大牢收監能進到如此百姓關心愛護、官兵保駕護航，還有一位府尹大人當跟班，蕭洛辰也算是大梁開國以來的獨一份了。

「沈大人，你說這一甲進士，得中狀元，打馬御街，是不是也就這感覺？」蕭洛辰厚顏無恥地問著沈從元。

沈知府默然不語。

「沈大人，你來京府衙門任職的時候，有沒有百姓如此關注，高興他們來了一位好父母官？」走到京府衙門門口時，蕭洛辰一臉擠兌地又問道。

沈知府仍舊默然不語。

「沈大人……沈大人？你別客氣，這地兒我比你熟！京府大牢不就是從正門進去，先右拐再右拐，然後左拐，最後一直走到頭嗎？那地兒霉味重，犯人的汗味臭屁實在難聞。你一個文官，記得要帶上帕子捂住鼻子。你和安家是世交，不知道有沒有安大小姐做的香囊？要說我的這個女人別的不好說，這調香的本事啊……嘖嘖！」

蕭洛辰嬉皮笑臉地走進了京府衙門，一路上絮絮叨叨，倒像是要為沈從元介紹京府衙門的情況一般。等他進了大牢，用來關押江洋大盜的偏號子單人牢房關門上鎖，沈從元終於在沉默中爆發了。

「來人，給我把這蕭洛辰帶到刑房去，本官要讓他見識一下什麼叫做手段！」

沈從元幾乎是歇斯底里地大叫，他快被蕭洛辰擠兌瘋了，好不容易熬到蕭洛辰進了大牢，落在了自己手裡，哪裡還能不一洩心頭之恨？他定要叫這蕭洛辰求生不得，求死不能！

誰知蕭洛辰翻臉更快，不管不顧地直接破口大罵：「屁的手段！就你這塊料，還想讓你家蕭爺在牢裡吃苦頭？真他媽的沒出息！堂堂的三品京城府尹，居然自甘墮落到幹起牢頭的差事來了！你真以為到了京府大牢，就到了你的一畝三分地？明著告訴你，什麼狗屁刑房，你蕭家爺爺不去！」

「不去？」沈從元當了這麼多年知府，還真就沒見過這樣的犯人。押你這坐牢的去刑房，哪裡有說不去就不去的？當下暴跳如雷道：「來人！來人！給我把這蕭洛辰戴上手銬腳鐐，押到刑房去！」

可是這命令不說還好，一說之下，只見那複姓司徒的牢頭哆哆嗦嗦地拿出了鑰匙，卻是遲遲不肯開那門鎖，還不停地陪著笑臉說道：「我說蕭爺，您老行行好，別讓我們這做下人的為難。小的上有七十老母，下有嗷嗷待哺的孩兒，都指著小人這份差事養家呢！您老就當可憐可憐小的，給條活路吧……」

話沒說完，沈從元早已一巴掌抽在了那牢頭的臉上，手顫抖著指著他道：「你……你這廝胡說八道些什麼？這……這……有你這麼管犯人的？」

這一巴掌抽的當真用力，那牢頭的臉頰登時腫了起來，可他卻是寧可抗命，也不肯開鎖。偏生這牢頭還是個在京府大牢裡混老了的獄吏油條，藉著這一巴掌之勢，非常聰明地暈了過去，任憑旁人叫喚，潑水掐人中，死活就是不醒。

蕭洛辰卻在牢裡隔著那臂粗的大鐵欄杆說著風涼話：「厲害！真是厲害！沈大人原來也是個拳腳高手，只是剛才對著北胡人的時候，怎麼沒見您使出這等本事？」

沈從元已經氣得臉都綠了，再要叫其他人時，卻見牢中的獄卒不知何時，竟然一個也尋不著。當下遣人叫過了自己從江南帶過來的一隊護院，指著蕭洛辰叫道：「快！快！給我衝進去，把這個蕭洛辰戴上鐐銬，押到刑房去！」

那隊護院自江南來，還沒見識過這位京城中頭號混世魔王的厲害。聽得自家老爺吩咐，當下毫不遲疑地開了門，一窩蜂般衝了進去。

「砰！」

「啊……」

「啪啪啪啪！」

「哎喲！」

「救命啊……」

牢房中慘叫聲不斷，沈從元直看得臉部肌肉一陣一陣地抽搐，自己那隊護院，除了從江南重金禮聘來的武師，其中有幾個還是昔日赫赫有名的綠林悍匪，手上有不少人命。誰料想，衝進去以多打少，竟然被蕭洛辰舉手之間盡數收拾了個乾淨。

「看我身上有傷，就想來硬的？就這種上不得檯面的玩意兒，還真是汙了我的手！」蕭洛辰一腳一個地把沈從元的護院踢了出來。沈從元看著那大開的牢門，心中升起了一個令他恐懼不已的念頭：「這廝若是衝了出來，本官……」

念頭還沒轉完，沈從元已經瘋了般撲向牢門，拚命關了牢門，上了鎖，這才驚魂甫定地大口喘息著。

蕭洛辰哈哈大笑，一臉鄙夷地道：「沈大人但請放心，這牢房是蕭洛辰自己走進來的，就算出去，也不會動沈大人一根寒毛。你的安危穩如泰山，大可不必為此擔心。」

沈從元喘了一陣粗氣，這一驚一乍，不知怎麼的，反倒讓他鎮定了下來，面色陰狠地看著蕭洛辰道：「蕭洛辰，你莫要太得意，真當本官沒法子對付你了不成？」

「沈大人如今投靠了睿親王和李家，當然想要好好整治我了！」蕭洛辰冷笑地回瞪沈從元，不屑地道：「你可以調一隊弓箭手來個亂箭齊發，可惜在下空手接箭的功夫還算不錯，到時候甩手丟回去，不知道會傷了多少人？你可以在飯食飲水中下藥，不過蕭洛辰身子還行，兩三天內不吃不喝也難不倒我！你還可以弄些下三濫的迷香，不過我的鼻子靈得很，聞到一點兒不對勁，來個自行了斷卻是不難。毆打外使必是欽犯，若是真死在了這裡，不知道沈大人扛不扛得住？」

蕭洛辰越說，沈從元的臉色越差，不過他心中還有一計，鼻子裡哼了一聲道：「對付你這武夫，哪裡用得到如此麻煩？本官輕輕鬆鬆，一樣可以將你收拾了！」

「輕輕鬆鬆？」蕭洛辰抬眼望著牢房的屋頂，似是在想著什麼，忽然兩手一拍，大笑道：「沈大人果然厲害，想必已經知道我是從四方樓裡出來的？論那些見不得光的事情，天下哪裡能比四方樓更強？以沈大人的精明，當然不會用這些手段對付我，只要餓上三五天，等我全身沒了力氣，你當然可以輕輕鬆鬆就把我收拾了，只是，沈大人啊，為什麼都跟你說了我是欽犯你還這麼蠢？你猜我為什麼要招搖過市？為什麼一路上要和你嘮嘮叨叨地說個沒完？就是為了走慢點兒！時辰可不早了，不知皇上是會讓京府衙門來審這案子呢？還是一會兒就有人來把我提進大內天牢！」

沈從元心頭一震，皇上耳目眾多是出了名的。

今兒這事情鬧得這麼大，只怕已經有東西擺在萬歲爺的龍案上了。沒想到這蕭洛辰人都進了大牢，居然還能擺自己一道。沒收拾得下他不說，反倒被這廝套了許多消息去。又氣又急間，一陣天旋地轉，眼前發黑，一頭就栽倒了下去，完全不省人事了。

「昏過去了？來人啊，這廝詐死，給本官拿冷水潑醒他，繼續上刑！定要讓他求生不得，求死不能，見識一下本官的手段！」

蕭洛辰倒是很有自娛自樂的精神，大搖大擺地兀自吆喝起來。一時間，這牢房便成了刑房，只是他彷彿才是發號施令的府尹大人，倒在地上的沈從元才是受刑的犯人。

可惜這牢房畢竟只是牢房，蕭洛辰吆喝了兩句沒人理睬，自己也興致索然，忽然嘆了一口氣，幽幽地道：「府尹大人昏過去了，這時候若是有人能潑些冷水把他弄醒，這相救之恩的人情可就大了去了……」

話音未落，先前怎麼弄也弄不醒的牢頭一骨碌爬了起來，口中高聲叫著「大人，小的來救您啦」，手上毫不遲疑，拎起牢裡的水桶，嘩啦一聲，就澆了沈從元一個滿頭滿臉。

就這麼一折騰，沈從元還真是悠悠醒了過來。稀裡糊塗地睜開眼睛一看，映入眼簾的居然是牢頭那張滿是諂媚的臉，「大人，您剛才被蕭洛辰氣得昏了過去，是小的把您救醒的！」

「滾開！」沈從元腦子昏昏沉沉的，有一件重要之事到底還是未曾忘記，蕭洛辰的話提醒了他，收拾蕭洛辰是小事，趁這個機會好好在皇上那邊借題發揮才是大事。跌跌撞撞地出了大牢，迎面卻是遇上了自己從江南帶來的師爺，「備車去睿親王府！快，一定要快！本官我先去府衙的大門口外等你們！」

沈從元精明強幹，這當口居然還沒忘了要遮醜，多吩咐師爺一句：「讓幾個護院把嘴都閉嚴了，今天大牢裡的事情絕對不能外傳。」

師爺一臉詫異地看著自家老爺，正要說些什麼，忽見那牢頭從地牢大門裡衝了出來，口中高叫道：「老爺……老爺……」

沈從元一言不發，轉身就向大門奔去，這當兒腦子倒是越來越清醒，邊走還邊想道：對！還有這個牢頭，不能留，指不定明兒就把本官的醜態說了出去，回頭得趕緊找個藉口，調他到京北郊縣的窮山溝裡守地頭去！

沈從元的腳步加快，一刻不停地向著府衙大門外奔去。

「湯師爺，老爺這是怎麼了，走得這麼急？」那牢頭不敢去追沈從元，卻是到這姓湯的師爺面前諂媚地笑道：「這地牢裡的水不乾淨，小的還想提醒老爺一句，趕緊去換件衣服，您看這……」

湯師爺臉上的肌肉微抽，忽然大叫一聲，拚命追自家老爺去了。剛才他看著沈從元沒法不臉色古怪，正三品的官帽綾子上掛著兩根布條，就這麼直奔大門去了！這一路上上下下的，得被多少人看見？

與此同時，安老太爺正一掌狠狠地拍在了桌子上。

「無法無天！真的是無法無天！」安老太爺氣得鬍子發抖，自家孫女在光天化日之下，差點被北胡人給擄了，自家的孫子差點讓人把手給砍了，這等事情如何叫人不怒。

今天出了這麼大的事情，誰還能坐得住？安德佑接到安清悠姊弟報信，一邊帶著兒女奔著老太爺府上就來，一邊吩咐給各房老爺送信，如今安家的主要人物一個不差，全聚到了一起。

「父親息怒，這事關係到北胡人，甚是棘手，咱們還須從長計議……」安德峰見老太爺氣得臉都白了，連忙出聲勸道。

「還從長計議個什麼？要我說，咱們現在就趕往京府衙門，那沈從元既是接了悠兒和子良的狀子，焉能不守朝廷法度？那就讓他審！若是不給一個交代，看他如何面對這天下人的悠悠之口！」安德經最重清譽，此刻反倒比老太爺還要氣上三分。只可惜心雖急，想法卻過於簡單迂腐。此言一出，莫說是老太爺和其他幾位老爺，便是在旁邊聽著商議的安清悠、安子良姊弟倆，也是暗暗搖頭。

「北胡使臣鬧了事，這事情京府衙門能管得了？」安德成本是性子最剛烈的一個，在這等時候，反倒頗保持著幾分清明，冷笑道：「更何況，那沈從元如今攀上了睿親王，滿腦子只怕都是為這位王爺如何登上大寶出謀劃策。這個時候蹚這渾水，那不是礙了他位新任京城府尹的仕途？哼！別的不說，單看他放走了北胡使臣，卻這麼著急忙慌地把那蕭洛辰抓了進去，你還指望他能秉公論斷？」

安德成早就看沈從元不順眼，連睿親王都親自到安清悠的選婿茶會上替沈雲衣站臺了，誰還不知道沈家早已經上了睿親王的船？回想起昔日沈從元一而再，再而三地想與安家聯姻，大家都不是傻子，怎麼猜不出此人的用意？又想到兩家有世交，安德成一提起沈從元，痛恨之色越盛。

「人心總會變，爭儲奪嫡，天大的富貴，那沈家怎麼想，就由著他們去吧！」提起沈家，安老太爺亦是長嘆，只是見多了大風大浪，也就沒有太過執著，轉頭問安德佑道：「你是兩個孩子的父親，這件事情裡，最該說話的就是你，怎麼都是弟弟們都在出主意？你這個做正主兒的，倒是不說話了。」

安德佑始終是若有所思的樣子，聽得父親問起，這才邊斟酌邊說道：「兒子在來的路上一直在琢磨，皇上他老人家那『國之重臣，朕當護之』這八個字，可是刻意透出風來給整個朝野聽的。這八個字指的雖然是父親，可我安家與父親本是一體，如今我們安家被這北胡人欺上了頭來，皇上又會怎麼做？與其去找京府衙門討說法，倒不如去找皇上他老人家討說法。兒子想明日上個摺子，把這事情直接鬧上了天去！」

找皇上討說法？

安家幾位老爺面面相覷，這事大家不是沒琢磨過，只是沒想到居然是這位大哥先說了出來。再看他面色堅定，顯然是心中已經有了決斷，倒還真不是在試探老太爺的口風。

「好！這才是老夫的兒子，這才像個安家的族長！」安老太爺頗為滿意，卻又搖了搖頭道：「你如今這看事倒是明白了不少，只是這出手時的膽量未免還差了那麼一點。既然要鬧上了天，動靜不夠怎麼行？明日上朝，為父就親自上一道奏本！」

「父親請慎重！」一聽這話，四個兒子紛紛進言相勸，安德佑更是苦口婆心地道：「兒子先上個摺子看看皇上的反應如何，成與不成的，再由父親伺機而動，左右要留一個轉圜的餘地，您說呢？」

「你這是投石問路？」安老太爺哈哈大笑道：「你們這些做兒子的啊，怎麼比我這個老頭子還要老成持重？」

四位老爺待要再勸，安老太爺卻是把臉一肅，正色道：「有些事情可以慢慢來，有些事情卻是半刻也等不得。你們就沒有想過，從他們欲擄清悠這丫頭，到蕭洛辰和那北胡貴族決鬥取勝，期間又過了多少時候？那金街又不是什麼偏僻所在，禁軍、城府衛，哪個不是隨手就能把這事情彈壓了下去？就是有個巡街把總帶上幾十個兵丁，這事情又怎麼會變成這樣？為什麼偏偏就一直沒人管？」

安老太爺問得尖銳，幾位老爺一陣沉默。大家未必沒有想到這一層，只是人人都不願，也有些不敢提起這個話頭而已。安老太爺嘿了一聲道：「你們不願說，不敢說，老夫就親自說！」

「李家再怎麼勢大，睿親王再怎麼如日中天，有這麼大的膽子敢把整個京城都按住了？能做到這一點的只有一個人。這事兒只怕是一開始就是衝著咱們安家來的，就算是沒有那趙友仁裝腔作勢地充英雄，也會有其他意外把北胡人引到清悠這丫頭的馬車。國之重臣，朕當護之？陛下啊陛下，老臣與您君臣相知幾十年，難道臨到老了，您卻不肯讓老臣全身而退嗎？」

在場的人當中，這話也只有安老太爺能說，也只有安老太爺敢說。

幾位老爺心中驚得直發寒，難道這北胡人鬧街，竟是皇上有意縱容不成？

若是真如此，不論是蕭家、李家或睿親王，甚至是把那北胡人都給算了進去，難道安家嚴守中立這麼久，終究不能獨善其身嗎？

安老太爺忽然轉頭對著安清悠笑著問道：「妳是這個案子的苦主，倒是真有幾分膽色，若不是妳當時能狠得下心來攔街告狀，祖父這奏摺還真不好寫！今兒祖父問妳，若是再豁出去一回，跟著祖父進宮告御狀，妳敢是不敢？」

安清悠微微一笑道：「宮裡又不是沒去過，在孫女看來，天家亦是凡人，也就是那麼回事。」

安老太爺看了安清悠半晌，驀地縱聲大笑。書房中沉悶的氣氛，登時被沖散了許多，更有安子良高叫著：「祖父偏心，我也是苦主，大姊一個女子都能隨祖父進宮，為何偏偏不帶上我？」

「你不可以！」老太爺把臉一板道：「今晚你就連夜出城，帶著你弟弟和安七到咱們北郊的莊子去！那邊地方多，場子寬，別的不練，專學一件事，就是騎馬！每天不跑個百十里路，不許停下來！不僅自己要練，還要帶著你弟弟一起練！」

「騎馬？」

安老太爺往日對於兒孫輩們的教育不過是口頭提點幾句，今兒卻忽然要他們學騎馬。安子良心頭微凜，顯然是猜到了些什麼，忍不住大聲道：「祖父……」

「不用再說了，你是咱們安家的長房長孫，就得有個長房長孫的樣子！」安老太爺揮手打斷了安子良的話，慢慢地道：「各房第三代有男丁的，都一併送過去吧！到那邊以後，由子良做主。再請幾個京裡有名的教習先生，不惜銀子。這事對各房的說法就當是鄉試、會試在即，我親自發了話，要讓安家的孫兒們多出幾個秀才舉人，全都到莊子裡集訓。便是對你們幾個的媳婦也不能透露半點風聲，明白了沒有？」

既是挑明了皇上是幕後之人，誰還能不明白其中的凶險？

安家的老爺們齊刷刷跪地磕了個響頭，大聲道：「兒子謹遵父命！」

待得站起身來，安德峰略一遲疑，居然對著安德佑一揖到底，面有愧色地說道：「大哥，弟弟其實不是想在父親面前爭寵，而是一直嫉妒你憑什麼就是長子。這麼多年來沒少給你下絆子，今兒當著父親和眾兄弟的面，向大哥賠罪。之前有什麼好的壞的，請大哥別往心裡去。」

「扯淡！」安德佑居然爆了一句粗口，「賠什麼罪？你是我弟弟，親弟弟！」

兄弟一笑，眾人大笑。

安清悠站在一邊，一股濃濃的酸楚卻是在心裡盤繞。

該送走的男丁們都送走了，那女人們呢？是不是就應該留下？

而比這酸楚更重的卻是一種痛。

以蕭洛辰的機智，這些事他早就想明白了吧？

不止是比武，從頭到尾，他是不是都在演戲？

她不知道他是不是在為蕭家做什麼，可是，這戲……這戲演得可真好！

那首念奴嬌……

安清悠陪著眾人一起笑了起來，淚水滾滾而下，反正一屋子悲壯，自己加上那麼一點淒然也沒什麼了不起。

心若不動，當然就不會痛，可是，心若動了，卻真的好痛……好痛……

陸之章 ● 星夜愁懷難遣

「王爺，您可得為我做主！那群北胡人打我，您看這裡、這裡，還有這裡，統統打壞了！」

睿親王府裡，趙友仁正對著睿親王一把鼻涕一把淚地哭訴著。衣服撩開，那比女人還要白皙的皮膚上，胸腹之間果然有一大片烏青，北胡的武士可不管這位是不是睿親王的新寵，這一腳踹上去很是實實在在。

「苦了你了！別擔心，這一張秀才告身你先收好，今春的京府鄉試我也已經安排好了，許你個舉人功名便是！只要你乖乖的，以後跟著本王，還怕沒你的甜頭？」

不知道有多少人四書五經讀了一輩子，依舊不得寸進，可是，現在的大梁國裡，最手眼通天的地方便是睿親王府。趙友仁從未參加過任何考試，搖身一變就成了有功名之人。聽得睿親王如此說，他的呼吸聲陡然轉粗。權力！這就是權力！

睿親王撫著趙友仁的肌膚，眼中閃過一絲奇特的興奮之色，忽然摸到了那烏青處，用力一掐。

「啊……」趙友仁高聲慘叫，裡面卻只有一半是真的。短短兩三天，他已經摸清了睿親王的喜好，自己叫得越大聲，睿親王就越興奮。

便在此時，屋外有人急聲喚道：「王爺，新任京城府尹沈大人求見，說是有十萬火急的事情要稟告王爺！」

「沈從元？」睿親王慾火正盛，被人打斷著實不爽，可還算知道輕重緩急。這趙友仁只不過是自己的一個玩物，斷不可因小失大。

不過明白歸明白，睿親王見到沈從元的時候，臉色還是很難看，哼了一聲道：「本王眼下正忙，有什麼事，沈大人趕緊說吧！」

沈從元見著睿親王面色不愉，心下也有些忐忑，不過茲事體大，還是畢恭畢敬地稟道：「回王爺的話，那蕭洛辰雖已被關在京府大牢內，可今天這事情鬧得太大，毆打外使乃是重罪，皇上必要將那蕭洛辰拘往大內天牢。此人過去亦有類似之事，卻僥倖過關，對於皇上那邊，王爺還須早做行動……」

「你急匆匆來見本王就為了這個？」睿親王差點發火，可想到最近這沈從元辦事著實賣力，自己正是用人之時，當下硬生生地按捺住了脾氣，不耐煩地道：「這事就不用沈大人操心了，那蕭洛辰要被拘往大內便由得他去。如今兵部尚書夏守仁早已進宮面聖，這次蕭家在劫難逃，沈大人只須做好分內之事，別的就少操心了！」

沈從元碰了個軟釘子，正有些尷尬，睿親王似也覺得自己有點失態，勉強擠出了溫和之色，安撫道：「沈大人不用擔心，舅舅私下裡對我說，這次咱們算計蕭家和安家，父皇他老人家也是默許了的。若非如此，今日這事焉能如此順利？此間種種，盡在本王掌握之中！倒是這次你不光是出謀劃策，更出了聯絡北胡使者的大力，日後論功行賞，少不得算沈大人一個首功！」

沈從元聽得又驚又喜，此事他雖然已經猜到了一半，可聽得這話從睿親王嘴裡親口說了出來，分量終究不同。連這等事皇上都默許了，蕭家哪裡還有翻身的餘地？自己拉著沈家上了睿親王這條船，當真是押得太對了。

這一瞬間，沈從元似乎看到一條通向權力的康莊大道就在眼前，睿親王卻一點都沒感受到他的喜悅，心思早飛到了後宅那細皮嫩肉的趙友仁身上，微微皺眉，淡淡地道：「若無他事，沈大人是不是該回京府衙門坐鎮去了？今日出了不少大事，本王很忙，真的很忙！」

睿親王很忙的時候，兵部尚書夏守仁又一次充當了睿親王和李家的急先鋒。宮中的北書房裡，他正一臉鄭重地向壽光帝稟報道：「陛下，北胡大可汗新喪，據塞外細作回報，雖說這新汗歸屬尚未最後確定，但北胡的貴族之中，主張對我大梁用兵之人占了大半，而北胡使臣前日又已遞了國書，要求修約改書，增加歲幣。今天偏偏鬧出了這等事來，若是處理不當，引發兩國戰火，恐又是一場生靈塗炭，實非我大梁之福。」

按照過往的經驗，每次北胡大汗換人，都會對大梁進犯，以此彰顯新任大汗的武勇，近百年來幾乎成了慣例。夏守仁雖然從未打過仗，但在大梁的文官系統中卻號稱知兵。此刻侃侃而談，顯得有理有據。

壽光帝端坐龍椅上，眼睛似開似閉，看不出一絲表情波動，只淡淡地道：「那依夏卿之見，此事又當如何？」

夏守仁躬身答道：「臣以為，此事既是當街鬥毆，那便不過是一場當街鬥毆罷了！此等意氣之爭，何須與這等蠻虜一般見識？溫言安撫那北胡使臣一番，求個穩妥也就是了。為天下百姓計，若能化解了可汗換人這段時間的戰火之危，日後等局勢穩定下來，再徐徐圖之，方為上策！」

若是烽火再起，皇上少不得要啟用武人，說不定蕭洛辰和軍方系統那邊便又有了翻身的餘地。無論如何，這仗是萬萬不能打的，先定下來個求穩不戰的調子，今天就算是勝券在握。

果然，壽光帝瞇著眼睛思忖了一陣，點了點頭道：「夏卿所言甚是，如今北胡正缺一個藉口用兵，我們大梁卻是需要求個穩妥之時，讓理藩院安撫一下這北胡使臣便罷，倒是今天這事情所涉之人如何處置，夏卿有何高見？」

夏守仁心中一喜，既是要安撫北胡使臣，自然便要有人頂缸。他和蕭家鬥了這麼多年，御前官司不知道打過多少次了，此刻既已取得全局之勝，反倒不是那麼著急，便躬身道：「那蕭洛辰乃是皇上的門生，如何處理，自有聖裁，臣不敢妄言。」

夏守仁擺出謹守本分的樣子，壽光帝倒是也沒再問，眼睛緩緩閉上，似是沉思良久，終究還是長嘆了一聲道：「朕這裡有兩道聖旨，若是夏卿沒什麼異議，明日朝會上便讓內閣明發了吧。有些事情折騰了這麼久，早晚還是要有個定數，省得朝中臣子猜來猜去。人心浮動，對於朝廷而言，總不是什麼好事。」

皇上與大臣討論聖旨的內容，本是首輔大學士才有資格做的事情，夏守仁不由得大為興奮，知道這是皇上認可了自己做下一任內閣首輔的表示。再從旁邊小太監手中接過聖旨一看，目光登時凝住。

只見那聖旨專用的黃綢綾上寫著：「奉天承運，皇帝詔曰：大梁自開國以來，奉行教化，尊禮崇聖，方有天下歸心、四方來朝之盛景。今有虎賁校尉蕭洛辰者，狂妄悖逆，於京城金街之上傷及北胡使從，毆打友邦貴族。此等徒仗蠻力之舉，視我大梁國體禮教為何物？視我大梁詔於四海仁義王道之名為何物？著，逐出天子門牆之外，削內外諸職，交大理寺並宗正府合議其罪，欽此！」

夏守仁又驚又喜，這次果然是皇上默許之事，蕭洛辰雖然被議罪議過多次，可是這次的聖旨之中，卻是清清楚楚地寫著皇上把他逐出了門牆。

沒有了天子門生的身分是小，可這分明是在告訴朝中諸臣，皇上對蕭洛辰，甚至是對蕭家，已經沒有了昔日的情分。

沒有皇上撐腰，那蕭洛辰便再是有天大的本事又如何？不過只是個普通的待罪武夫罷了。便是那蕭家，此刻亦是岌岌可危，甚至太子那邊……

夏守仁緩緩打開了另一道聖旨，拿眼一掃，差點驚呼出聲，之前那一點小小的興奮，比起這道聖旨所帶來的狂喜之情，當真是一個天上一個地下，哪裡能夠相提並論？

上朝其實是一件苦差事，皇帝五更即起，天還沒亮就得端坐在龍椅上。臣子就更慘，差不多凌晨三點就得起床洗漱，穿戴整齊，趕到皇宮二道門外的朝房裡排隊進金殿。

不過，今天這朝會上，眾朝臣倒都是精神抖擻。

「左將軍並領侍衛內統領蕭正綱，教子無方，縱子為禍。著，削去侍衛內統領一職，奪左將軍銜，降三級留用，即日前往北疆軍前效力。太子肅親王常泗，管帶宗親無方，深負朕望，著，至宮中瀛台禁足思過。九皇子睿親王常林，仁孝至厚，素有賢名，即日起領雙親王俸，署監國之名，統管政務，會同兵部尚書夏守仁、禮部尚書孫元良共商北胡勘約諸事，欽此！」

這道聖旨來得突兀，蕭洛辰這正主只是交付大理寺議罪，具體的處罰都還沒有出來，這株連之人卻已經受了處置。

「皇上聖明！」眾人再次山呼萬歲，更有個鬍子一大把的老侍郎激動不已，高喊道：「皇上聖明！仁德之君，仁德之君啊……」

壽光帝卻好像無動於衷，瞥了一眼軍方諸將，見那些軍隊的關鍵要害上雖然早在多年前便已是自己絕對控制之人，但此刻兔死狐悲，這些武人們竟是齊刷刷默然不語，自己倒不禁有些意興闌珊起來，便揮了揮手道：「罷了，這些話還是等朕去見列祖列宗的時候再哭給朕聽吧！諸臣還有何言？若是無事，便退朝吧！」

能站在這金鑾殿上的沒有幾個笨人，大家都明白，睿親王上位已成定局。待得太子圈禁，蕭家的頭號大老蕭正綱被降職發往北疆，還不是想要如何便是如何？

便在此時，忽聽得一個聲音緩緩地道：「啟稟萬歲，臣有本上奏！」

左都御史安瀚池安老太爺緩步出列，手執奏摺，慢慢地跪倒在地。

嘖！他都察院專管彈劾參人，難不成今日看著太子和蕭家倒臺，準備出來表態，做個痛打落水狗的不成？

不少人心中轉過了這般念頭，壽光帝卻眉頭微微一皺，不著急讓那小太監下去拿奏摺，只點了點頭道：「原來是安老愛卿，卻不知愛卿又有何本？速速奏來！」

這卻是做皇帝的要臣子自己讀奏摺了。

安老太爺臉上看不出一絲一毫的情緒變化，翻開了奏摺，緩緩讀道：「臣，左都御史安瀚池，據實啟奏陛下：昨日京城金街之上，有藩虜北胡使臣阿布都穆者，唆使手下縱馬驚街，踐踏百姓，更有強擄民女、橫搶車馬、毆傷無辜人等諸罪狀。北胡貴族博爾大石當街行凶，以兵刃傷我大梁朝廷命官虎賁校尉蕭洛辰，臣請陛下秉公論處……」

奏摺讀了個開頭，不少人恍然大悟。昨日之事，誰不知道安家是苦主，敢情這位安老大人不是要雪上加霜打落水狗，是為自家討說法來了。

不過，這倒也對，這事兒裡面除了蕭家，最倒楣的便是安家，不趁這個時候找皇上討些恩賞，白吃虧可不是安家的風格。

壽光帝面上露出了一絲尷尬，揮了揮手，打斷安老太爺的話道：「原來是此事，昨天在大街上差點被北胡人強擄的是你安家的孫女是不是？愛卿無須擔憂，就當是替大梁吃了一個虧，此事朕定有主張，左右不叫愛卿難受。」

不少人心中讚了句這安老大人好會選時機，這皇上一句朕定有主張，安家便有後福了。

「皇恩浩蕩，臣代安家大小叩謝陛下！」安老太爺朝壽光帝拜了一拜，只是這手中的奏摺竟還是不停，又翻過了一頁逕自讀道：「北胡蠻虜凶狂不法，然京師重地，天子腳下，焉可任此胡虜之輩橫行？事發之時，京城駐守官員或瀆職無睹，或行止不當。臣深受天恩，愧領都察院左都御史一職，既有替陛下督查百官之任，唯具之言乃不敢不奏也。」

這話一出，眾人皆驚，這位安老大人得了說法竟還不肯甘休，難道還要參人不成？

安老太爺卻將手中的奏摺又翻過了一折，高聲讀道：「臣據實彈劾京城知府沈從元放任北胡蠻虜欺我百姓，傷我官員，反將見義而行之虎賁校尉蕭洛辰鎖拿拘押，此乃有辱國體，舉措失當之罪。臣彈劾吏部自尚書、侍郎、江浙考評司等諸位以下一十六人，昏庸糊塗，識人不明，如沈從元之輩竟以全優評考，此乃瀆職懈怠之罪。臣彈劾自京城禁軍統領、衛軍總兵、九門提督、城府衛管帶、副將、參將以下九十三人，此乃守土無責致百姓遭禍之罪……臣還要彈劾兵部尚書夏守仁，沈從元任京城府尹乃是他親自舉薦，此乃舉薦無方，有負聖恩之罪！」

此彈劾之言一出，當真是滿朝震驚。

安老大人居然還嫌不夠，聲音蒼老緩慢，卻透著一種毅然決然般的堅定，他翻到奏摺的最後一折，大聲念道：「臣更要彈劾天直閣大學士李華年，身為首輔，統領百官無方，枉居相位。上不能替君上分憂，下無敕治百官之道，以致今日有北胡蠻虜馬踏京城，百官視若無睹，唯知應聲的局面。此乃尸位素餐、昏庸誤國之罪，求陛下徹查上述人等，嚴懲不貸！」

整個金鑾殿上，眾人你望望我，我望望你，此刻已經不是心驚的問題了，剛才群臣高呼萬歲的興奮場面早已變成了一片寂靜。

從大半年前開始，這位素有鐵面之名的左都御史安老大人就一直保持沉默，整個安家亦是不摻和朝中的派系黨爭，誰知今日一出手，便彈劾了官員不下百人之多。

眾人心中只剩下一個念頭在轉：這安老頭瘋了不成？這是要把滿朝文武都得罪光嗎？還有，皇上那邊……

壽光帝的臉上居然現出了一絲苦笑，這等事情也就是這個安老鐵面能夠做得出來，奏摺中更是意指滿朝文武只忙著私鬥，罔顧北胡人橫行京城的事實。

只是，安老愛卿啊，你甚明朕意，想必是看明白了朕這是在逼著你上摺子參人，可是這一參便是一百多個官，你讓朕如何處置？回頭群臣反撲起來，你安家受得住嗎？

壽光帝不加掩飾的苦笑，下面的臣子都看在眼裡，心中登時大定，兵部尚書夏守仁率先出列，磕頭稟道：「陛下，安老大人彈劾臣舉薦無方，臣萬不敢苟同。如今正逢邊疆敏感之時，新任京城府尹沈從元忍辱負重，如此處置並無不當。臣亦要彈劾左都御史安瀚池因私廢公，洩私憤而罔顧國家大事，濫用職權陷詬大臣之罪！」

你安老大人再怎麼鐵面，一參便是一百多個官，難道皇上還能在這欲廢太子之時把這麼多人都辦了不成？說白了還不是「以進為退」，想替自己這做苦主的多討些好處！

夏守仁盤算了一會兒，看了看面無表情安老太爺，暗自冷笑道：可惜你這老匹夫自命清高，如今睿親王上位，本官不對付你已是大度，你討好處還敢扯上本官？不識時務的老東西，咱們走著瞧！

剛剛被彈劾的眾人倒是被這一下提了醒，當下便有吏部尚書出班奏道：「皇上明查，吏部考察官吏向來是依我大梁法度而行，京城府尹任免亦有皇上恩准，夏大人此奏，臣附議！」

「臣亦附議！」

「臣亦附議……」

一時之間，只見安老大人彈劾的那一百多個官，反過來又去彈劾安老大人，場中一片混亂，壽光帝猛地一拍扶手，怒道：「夠了！爾等都是朝廷命官，如此爭吵不休，成何體統？」

龍顏大怒，眾人瞬間都老實下來，卻見壽光帝又看了一眼安老大人，面色不愉地道：「安卿，朕都說了此事定給你安家一個主張，你為何還如此不依不饒？你的奏摺朕收了，回頭擇日候旨便是。身為重臣，要識國之大體，退朝！」

朝會散了，眾朝臣走出金殿，心裡各有想法。

「老匹夫，竟是一點不念我兩家世交之情！今日皇上已存了怒意，就算此次有所補償，你以為安家還能風光多久？」

沈從元是被安老太爺彈劾得最重的一個，剛剛在朝會之上，他雖然一反常態地一言不發，心中卻已對安家痛恨至極。

沈從元心中雖恨，出了宮門卻不敢耽擱，神神祕祕地在轎子裡換了便裝，隨後又在隱祕處換了一輛馬車，七拐八繞出了城，來到了城外一處偏僻的寺廟裡。

「沈大人，有勞了！」禪房裡早有數人等候，領頭的一個青年男子青衫儒巾，手持摺扇，再看那相貌，赫然是那從北胡而來的草原之鷹博爾大石。

「殿下客氣……」沈從元打躬作揖，可是一句話沒說完，卻早已經被打斷。

「不用搞那些虛偽的東西，我的時間很寶貴！」博爾大石不耐煩地皺了皺眉，冷冷地道：「你們漢人從來不講信義，這次我答應你們睿親王的事情已經做到，可是漢人答應我們北胡人的事情呢？究竟什麼時候兌現？」

「很快，很快就好了！」沈從元倒是一點也不生氣，還面帶笑容說道：「告訴殿下一個好消息，今日朝會之上，皇上已經將太子形同圈禁，改由睿親王監國，統領與北胡談判之事。有這等保障，難道殿下還擔心出什麼變故不成？」

說話間，沈從元從袖袋中取出了一張紙，雙手遞了過去，笑道：「這是此次北胡增加歲幣的具體數額，請殿下過目！」

博爾大石將那紙函接過，只見上面清清楚楚寫著：「黃金十萬兩，白銀一百萬兩，絹二十萬匹，茶葉兩萬車，製錢一百萬貫，糧食一百五十萬石……」

大梁的民脂民膏，就這樣被交到了北胡人手裡，博爾大石卻搖了搖頭，冷笑著道：「太少，太少了！你們漢人的書裡說一字千金，一個字都可以有價若此，難道我博爾大石親自上陣搏命廝殺，竟只值這麼點東西？最少再加一倍，否則免談！」

「一倍？」沈從元心裡一驚，沒想到這北胡人竟然獅子大開口，原本已經談好的事情說變卦就變卦，可他不敢有半點惱怒之態，只陪笑著道：「要加一些也不是不可以……殿下親自上陣倒是不假，可是那蕭洛辰畢竟還是沒有死在您手裡……」

「加？還是不加？」博爾大石面若寒霜，看都不看沈從元，兩隻眼睛直勾勾地盯著手中那柄絲竹摺扇，忽然間發力，把那扇骨一根根折成了兩截，扇面上前朝名士所畫的潑墨山水圖，變成了片片碎紙。

「加這麼多，這……這……這條件亦是使得，只是在下有一事相求。」沈從元額頭上的冷汗涔涔而下，卻是急中生智，想起了一樁事來，連忙低聲說道：「貴我兩國曾經有盟約，結為兄弟之邦，但這誰為兄誰為弟，卻是從來沒有說清楚，殿下若是肯答應在這修約國書中寫明，以後兩國文書往來，北胡可汗稱大梁皇帝為兄，大梁皇帝視北胡皇帝為弟，這一倍的增價，在下就斗膽替睿親王應了！」

「好好好！沈大人確是有才！」博爾大石驀地大笑，驟然變得和藹可親，言語之中，居然學漢人掉起了書袋道：「漢人的文化源遠流長，在下早就仰慕已久，學之習之，每每手不釋卷。如今奉大梁皇帝為兄又有何不可？何況貴我兩國本就是兄弟之邦，沈大人此舉實乃平息烽火，造福萬民之言，我博爾大石只盼大梁與北胡世代友好，豈會不從？日後兩國往來文書，北胡可汗稱大梁皇帝為兄，大梁皇帝視北胡可汗為弟，便這麼說定了！」

沈從元長出了一口氣，知道這番談判總算是有了一個無論如何都能說得過去的交代，當下匆匆告辭，只是心下卻是不免鄙夷：胡虜便是胡虜，區區一點錢帛，便可供人驅使。這博爾大石號稱草原神鷹，智勇雙全，還不是讓本官玩得團團轉？

沈從元走了，博爾大石身邊眾人卻炸開了鍋，一個北胡人激憤地大聲叫道：「我們北胡人是蒼狼之神的後裔，為什麼要奉大梁的皇帝為兄長？連漢人都會說士可殺不可辱，博爾大石主人，你不是經常這樣教導我們的嗎？為什麼今天要接受這樣羞恥的條件？」

「草原上的狼群要攻擊獅子，會一直昂著頭等對手來咬自己的喉嚨嗎？這不是恥辱，是策略！漢人喜歡名分這套，讓他們喜歡去！叫一聲兄長就能換來如此多的財帛糧食，什麼地方還能夠找到比這更划算的事情？」

「博爾大石，你說漢人是獅子？他們只是綿羊……」

「漢人是綿羊，可也是獅子，還好這頭獅子現在不光是睡著了，不光是身上被一些紙糊的欄杆關在了自己家裡，還在做著內鬥的糊塗夢，我們有的是時間把牠一口一口咬死。阿布都穆，你說是不是？」

這話卻不是一般的北胡人能夠明白的了，博爾大石竟是不再理會那叫嚷之人，轉過頭來對著這一次名義上的北胡使節阿布都穆微微一笑。

阿布都穆亦是笑著應道：「其實我也不明白漢人為什麼總是這麼熱衷於內鬥，我只知道這次咱們一個勇士也沒死傷，獲得的利益卻遠比咱們帶上幾萬鐵騎勞師動眾地擄掠一番還大。最重要的是，那漢人所給的錢帛糧食，這次盡歸了咱們洛兒達克部，咱們可以買兵器、買鎧甲，還可以買人心。過幾年，草原大漠上只剩下一桿王旗的時候，還有誰能擋得住博爾大石帶著我們進中原？」

「說到智慧，總是你最合我的心意，可惜漢人喜歡內鬥，我們北胡人也不是那麼團結，真希望他們多鬥上幾年才好，讓我有空收拾了北面那些不聽話的大小部落……」博爾大石笑了一下，不知道為什麼又嘆了口氣，可再抬起頭來之時，卻是一臉的堅毅之色，「阿布都穆，你盡快辦完漢人這邊的事，我要連夜趕回北胡！」

「這麼快就要走？」阿布都穆有些吃驚。

「既然已經下定了決心，動手便要趁早！在漢人準備錢帛糧食的時候，我會把漠北徹底平定，讓漢人連反應都來不及！」博爾大石毫不猶豫地點了點頭，半分也不耽擱地上前擁抱了阿布都穆一下，「阿布都穆，我一直以來都很信任的好兄長，親身到這大梁京城走一次，我才知道什麼叫做繁華。這個花花江山早晚都是我們北胡人的，我把這裡的一切全都託付給你，別忘了漢人書裡有一句話，惜時如金！」

博爾大石殺伐決斷，惜時如金，大梁朝廷卻依舊是慢悠悠的做派。

時間一點一點過去，大家該幹什麼幹什麼，安老太爺的奏摺遞上去已經五天了，不要說彈劾那些官員的事情如同泥牛入海，了無消息，便是皇上在朝會上親口應承要給安家的「交代」也沒了下文。

安清悠坐在家裡發呆，眼下的情勢已經不是自己這樣一個小女子能參與的了。雖然不知道老太爺到底要做什麼，可是看這位久經朝堂的老人家所做的安排，只怕安家要面對的遠非只是朝堂上鬧一鬧那麼簡單。

安家男丁們都已經被送走，自己那選婿的想法更加沒人關心，時局驟變，自己之前的所作所為再無任何意義。

安清悠低頭看了一眼桌上那張寫滿了字的白紙，一首自己親手所抄的念奴嬌就在那裡，好幾次想要把它撕碎燒掉，就是沒能下得去手。

活了兩輩子，第一次動心，真要放下，哪裡又是那麼容易？

不過，還好，偶爾想起那個人，心已經沒那麼痛了，不過是有點麻木而已。

安清悠在心裡安慰自己，門口的丫鬟忽然稟報道：「小姐，彭嬤嬤來了！」

安清悠的精神稍稍振作了些，當初自己出宮返家，安家賀客如雲，彭嬤嬤卻頭一個要走，如今睿親王上位監國，安家門口登時車馬寥落，這位老嬤嬤反倒主動留了下來。

「見過大小姐！」彭嬤嬤依舊一板一眼地行禮，只是臉上卻不似之前那般不苟言笑，反而帶上了幾分讓人感覺溫暖的笑容。這段日子裡，老太爺嚴令安清悠不得外出，連安子良都被送走了，唯一能夠給安清悠帶來些安慰的，恐怕要數彭嬤嬤了。

「嬤嬤快請坐，今兒街上倒是又有些什麼新鮮事兒？」安清悠勉強一笑，彭嬤嬤是外聘之人，進出倒不是那麼引人注意。最近她常出去閒逛，回來便說些市井新鮮消息，這幾乎成了安清悠每天最開心的時候。

「別的倒是沒有什麼，不過街頭巷尾那些茶館酒肆裡，都在議論著一件京裡的大事，睿親王帶著人談判五天，朝廷和北胡重新修約了！」彭嬤嬤看了一眼放在桌上的滿江紅，心裡嘆了一口氣，卻笑著陪安清悠說話解悶：「都說是那個叫歲幣什麼的增加了不少，總之，以後每年要多給北胡人好多銀子和糧食……不過好歹這次北胡人低頭認了小，聽說以後的國書上都得自稱弟弟，尊咱們大梁皇帝叫汗兄呢！京裡面那些書生士子倒是齊聲叫好，說是睿親王為大梁爭來了名分，聽說還有好多官人上了摺子，鼓動皇上立睿親王為太子呢！」

安清悠苦笑地搖了搖頭，睿親王若被立為太子，對於安家不是什麼好事。至於名分什麼的，她更是懶得理睬，「這麼多銀子糧食送出去，就買來這麼一個稱呼？朝廷也不知道明年是不是又要加稅了？苦的還是百姓，這睿親王若當了皇上，真不知道對大梁是福還是禍……」

「大小姐慎言！」彭嬤嬤連忙打斷了安清悠的話，把話頭往別的地方引：「另外一件事情也是今天有了結果，那蕭洛辰雖然被皇上逐出了門牆，好歹保住了一條命。交付大理寺議處的結果是貶為庶人，永不錄用。只是那北胡的使者似乎還不肯甘休，說他和北胡的貴人動手便是不敬，定要按照北胡人的方式處置，結果朝廷和北胡簽約之日，綁著他在那天決鬥的金街上當眾抽了三十鞭子。好多人都看見了，那個被射穿了手掌的北胡武士親自動的手，打得甚是慘烈……」

「什麼？」安清悠忍不住拍案而起，大怒道：「縱馬傷人、強擄民女的胡虜給錢帛歲幣，這挺身而出的倒要被凶手鞭打，這叫什麼世道？這是什麼樣的朝廷？」

「大小姐！」彭嬤嬤大驚失色，連忙拉住了安清悠說道：「莫要說了！莫要說了！朝廷大事自有皇上和諸位大人做主，我們只不過是女人，這等事情又有什麼法子？過好自己的日子便罷，哪裡又能操心得了這許多？唉，也是我這年紀大了，忍不住嘮叨，腦子也沒那麼清楚，既是明白大小姐心裡不舒服，好端端的又和您說這等事情做什麼？」

「只不過是女人？」安清悠苦澀地一笑，正待再說什麼時，忽然覺得掌中有異，彭嬤嬤那隻拉著自己的手，遞過來了一件物事。

彭嬤嬤臉上倒是半點聲色不露，嘮嘮叨叨地說個沒完：「我說大小姐啊，這蕭洛辰雖是救過大小姐一次，可我聽大小姐說這事情的前因後果，那日之事怎麼也不過就是大小姐恰逢其會而已，說不定還是受了這蕭洛辰的連累呢！如今這蕭家眼瞅著就要遭大禍，咱們還是躲遠一點的好！只要心裡沒有遺憾，之前那些事記得不記得，又有什麼打緊？」

「心裡……沒有遺憾？」安清悠微微一怔，彭嬤嬤明顯是話中有話。

彭嬤嬤很是奇怪，屋內除了自己二人，便是幾個深得自己信任的大丫鬟，突然又是傳東西又是暗示的，這是要做什麼？

「人之所以活著，富貴榮華也不過就是過眼雲煙，求的不就是個心中無憾嗎？」彭嬤嬤絮絮叨叨，倒像是老太太碎嘴個不停：「今天我到街上去，不知怎麼就冒出來個走江湖的算命先生，拉著我非要算上一卦，可這些江湖騙子，又有幾個能信？便是親眼看到的都不一定是真的！我就想起大小姐年紀還輕，遇事還少，往後碰上了什麼事情可得多想想……唉，不說了，說多了又招大小姐煩，老婆子還是回屋去老實待著的好……」

彭嬤嬤起身告退，安清悠也不留她，順著話頭說自己心煩，遣走了幾個大丫鬟，待無旁人之時，再看手中彭嬤嬤遞過來的物事，赫然是一張字條，上面寫著：「前事種種，是非難定。如今蕭洛辰命在旦夕，求小姐垂憐一見，雖死無憾矣。三更之時，後門有人相候，切記。」

這字條正是蕭洛辰親筆所書，但字跡有些散亂，顯然是倉促而就。

安清悠拿過調香用的油燈，將字條燒毀，心裡卻是如打翻了五味瓶一般，不知道是個什麼滋味。一會兒想到這蕭洛辰真是神通廣大，都這樣了還能送信給自己，一會兒又覺得蕭洛辰反正都是在演戲，這樣的人理他做什麼？卻莫名想起了彭嬤嬤臨走之時說的那幾句話，心中無憾？這是在給自己建議嗎？

「他若是死了，我會不會心中有憾？」

「那個混蛋死不了的，他定是又在耍什麼鬼把戲！金街那次不也是這樣？還作什麼念奴嬌？都是騙人的！」

「可他若是真的死了怎麼辦？要不就……」

「呸呸呸！安清悠，妳這個沒出息的，相信蕭洛辰會死，還不如相信皇上的金口玉言！妳的麻煩已經夠多了，安家的麻煩也已經夠多了，踏踏實實躲個清靜，比什麼都強！」

「可是，我後半輩子回想起這個時候來，真的不會後悔嗎？會不會心裡總有個疙瘩，總是覺得還是見他一面的好？」

「時間會沖淡一切的……」

各種念頭此起彼伏，安清悠心下煩躁之餘，隨手拿起了一枝筆，閉著眼睛望上一扔，心裡默默地念道：「老天爺，你既然送我來到了這個世界，就再幫我決斷一次！筆尖朝門就去，筆尖朝內就不去！」

啪的一聲輕響，聲音有點奇怪。安清悠連忙睜眼尋找，只見滿地滿桌都不見那枝毛筆的蹤影，好不容易找到，卻發現那枝筆竟然端端正正地插在了筆筒裡，筆尖朝天。

安清悠瞪圓了雙眼，瞧著那枝毛筆。

「老天爺，咱不帶這樣的，你這不是難為人嗎？我對你那麼恭敬，你給我指一條明路，回頭我焚香燒黃紙，請人做法事謝你，再買一個大豬頭……」

安清悠喃喃自語，又把那枝筆抽出來，瞅準了一個空曠之處準備再扔，可是念叨到一半，忽然把那枝毛筆狠狠拍在了桌子上。

「呸！你這個賊老天，折騰人這麼久還不夠，還要折騰到何時？不就是個蕭洛辰嗎？他死也好活也好，見一面便見一面，這個混蛋活蹦亂跳的時候本姑娘都不怕他，難道被人一頓鞭子打了個半死，本姑娘反倒怕了不成？」

決心一下，安清悠如釋重負，多日來的憂鬱煩悶一掃而空。舒舒服服地泡了一個熱水澡後，倒頭便睡。晚上既是要偷偷出府，不養好了精神怎麼行？

三更時分，安清悠一個人偷偷溜到了後門。出得門來一看，果然見到有一輛灰布馬車在此等候，有個中年婦人一言不發，領了安清悠上車便走。

安清悠心中隱隱覺得這事情有點古怪，想要挑開車窗去看，卻見那沉默不語的中年婦人忽然搖了搖頭道：「此乃非常時期，小姐不知道去往何處，對小姐更有好處。還求小姐憐惜，莫要讓我們這些做下人的為難。」

安清悠登時打消了想要向外窺探的念頭，只是心中不免生起氣來：哼！蕭洛辰，你就這麼裝神弄鬼吧，一會兒見了你的面，我掉頭就走，你愛耍什麼把戲，自己一個人玩去吧！

安清悠生了一陣悶氣，又不知怎麼的，有些忐忑起來。

她一時衝動出來見這了蕭洛辰，可是一會兒真見了他，自己是不是真的能夠掉頭就走呢？會不會想走都走不掉？

過了許久，馬車停了下來，安清悠下車一看，卻是一處院落之中。那中年婦人指了指面前一間小屋，示意蕭洛辰就在其中。正要悄然而退時，忽然又臉現猶豫之色，低聲懇求道：「安小姐，蕭公子如今正逢大難，您若是對他不喜，隨便給兩句好話打發了便是。左右不過是寬寬他的心罷了，還求小姐莫要惡言相向。」

安清悠本來就是吃軟不吃硬，見那婦人說得誠懇，當下點頭應了，可沒想到進得房來，竟是大吃一驚。

屋子裡瀰漫著濃濃的藥味，一大堆帶血的白色布條被亂糟糟地堆在了一邊。

蕭洛辰雙目緊閉，趴在床上，近乎赤裸的身體上，布滿了一道道皮開肉綻的傷口。一個老僕正在小心翼翼地為他換藥，見得安清悠進來，起身施了個禮，悄無聲息地退了出去。

「妳來了？」蕭洛辰緩緩睜開了眼睛，聲音非常沙啞。

那一張稜角分明的臉上，卻因失血過多而露出一種異樣的蒼白。

安清悠曾經假想過不知道多少次和蕭洛辰再度見面的樣子，尤其是接到蕭洛辰的消息後，同樣想過他遍體鱗傷的慘狀，可是想像歸想像，親眼看到原本生龍活虎的漢子，如今卻是這副模樣，她沉默良久，到底還是說了一句：「北胡人下手好重！」

蕭洛辰笑了，笑得很開心，好像有什麼令他興高采烈的事情一樣。

他咳嗽了一聲道：「妳這女人瘋歸瘋，心地到底還是善良的，不枉我這麼惦記！北胡人下手當然重，他們巴不得把我當場打死了才好，不過我身子夠結實，又是從小習武，生牛皮加了金絲的鞭子沾了水，居然讓我就這麼挺了過來，哈哈，可惜當時妳不在場，老子一邊挨鞭子一邊大罵這些腦子裡只會投機鑽營的混蛋，那沈從元負責監刑，當時的臉色真是精彩至極！」

若是平時，安清悠早就反唇相譏，可這次她難得的既沒有發火，也沒有還嘴，看著蕭洛辰大笑之際，身上那些猙獰的傷口又滲出血來，便伸手拿起床邊一團白紗，默默地幫他擦拭。

又是一陣長久的沉默，安清悠只覺得自己壓抑得喘不過氣來，只好開口問道：「這裡是什麼地方？我以為你會在大內天牢。」

「這裡是我療傷的地方，案子結了，北胡人走了，皇上也把我逐出門牆，貶為庶人，那大內天牢還關著我做什麼？管飯嗎？」蕭洛辰慘然一笑，「今天當街行刑之後，就已經放我出來了，給妳帶條子傳話的彭嬤嬤沒告訴妳？」

「想不到你連彭嬤嬤也知道。彭嬤嬤是宮裡出來的高人，能夠帶條子傳話已經是幫忙了。」安清悠搖了搖頭，「說起來你還得謝謝這位彭嬤嬤，若非是她，今天我可能來不了。」

「能得妳稱一句高人，這彭嬤嬤想來本事極高。原以為不過是宮裡出來的一個管教嬤嬤，沒想到居然……」蕭洛辰沒有聽出安清悠話裡的另一層意思，若有所思地想了一陣，忽地嘆了口氣道：「無所謂了，這次我身受重傷，也不知道能不能挺得過來。今天就是想知道，在妳的心裡，究竟願不願意嫁給我？哪怕是……動沒動過想嫁給我的念頭？」

蕭洛辰吃力地轉過頭來，一雙眼睛直直地看著安清悠，眼中是滿滿的渴望之色。

安清悠微愣，若說未曾動過心，那是假的，可這蕭洛辰的所作所為，真的很難讓人分辨什麼是真心，什麼又是作假。默然良久，到底還是緩緩搖了搖頭。

蕭洛辰苦笑，似是有些萬念俱灰，「罷了罷了，沒想到我做了這麼多，終究難以換來妳芳心一動。那日長街之上，若不是妳現身而出，書案執筆，我還真不知道會不會死在那博爾大石的手裡。

原想著為妳我共同經歷這一番生死，那首念奴嬌，我說妳記之時……」

「真的是共同經歷一番生死？」安清悠的聲音陡然轉寒，不提那首念奴嬌還好，如今蕭洛辰一提起來，登時觸動了安清悠心中最痛的某處。那股心痛翻了上來，安清悠直視蕭洛辰，緩緩地道：「那天，博爾大石曾特地對我言道，以你的本領，原本是隨時隨地可以殺了他的，你卻偏偏要弄一招苦肉計，搞上一齣生死之間，當街傳情。你今天給我一句真話，這事情到底是不是如他所言？」

蕭洛辰沉默半晌，終於緩緩說道：「不錯，可那是因為……」

「那是因為你心裡愛煞了我，生怕打不動我的心是不是？好，蕭公子的這份情意，我安清悠心領了！一個男人肯做到這般程度，我一個女子還有什麼好說？」安清悠神色越來越冷，寒聲問道：「我再問你，那日金街之上，北胡人意圖強擄於我，可京城無論是巡街兵丁、官府衙門各軍各衛，竟然無不視而不見，此事若是沒有皇上在後面操縱，焉能如此？以你的才智，又焉能一點都沒察覺到？那天，你從頭到尾都是在做戲，對不對？」

蕭洛辰的臉上露出了複雜之色，可還是點了點頭，苦笑著道：「若論聰明，妳這女人也當真是出類拔萃了。那幾天乃是非常之時，時局複雜，我不得不……」

「你不得不為你們蕭家做這些事情！皇上要廢太子，立睿親王，你們蕭家首當其衝，你沒法扳過來這個局面，只能藉著北胡人的張狂，又當了一回京城裡的英雄！如此的民心所歸，順便還能打動某個一直不肯從了你的女子芳心，是不是？」

安清悠的臉上冷若冰霜，這話在她心裡憋悶了許久，今日一口氣說出來，竟是再也煞不住車一般，一刻不停地說了下去：「所以你出現得那麼巧，所以你遲遲不肯取那博爾大石的性命，所以你那首念奴嬌在我出宮之日便做好了，卻一定要在眾目睽睽的生死之間才肯說出來，對不對？好一個有情有義的漢人英雄！你若真是愛我之深，皇上把我們安家都算進去了，你卻為何連半點風聲都沒露過？我在你心裡究竟是一個你深愛的女子，還是一個你用來征服的對象？又或者……不過是你種種精密算計之中的一個小小籌碼罷了？」

「我只是個普通女子，我只想找一個懂我愛我、敬我護我的男人嫁了。我只知道，一個愛我的男人，不會把我當成棋子，讓我稀裡糊塗走入一個個安排好的棋局而不自知，也不會直到現在還在做戲！」

該痛的都已經痛了，安清悠那冷冰冰的神色終於退去，取而代之的是一派平靜，平靜得讓人覺得可怕。

蕭洛辰心中猛然一痛。

這種面孔他不陌生，宮裡那些嬪妃，不知道有多少人下了大力苦練此道，練得喜怒不形於色，練得把自己所有的真實情感都埋藏在了內心深處。

安清悠是不是也曾苦練過這些？可是……那宮裡的選秀沒有讓她變成另一個人，真正讓她變成另一個人的，卻是自己！

蕭洛辰深深吸了一口氣，柔聲道：「安姑娘，這次我真的是……」

「真的是什麼？真的是想布局好，把我的心徹底征服？蕭公子，我不過是個小女子，您這次究竟有什麼安排，我猜不出來，也不想知道。我只知道你身上的味道，除了血腥味和藥味，還有好多不應該有的氣息。您蕭公子是大英雄，一身是傷，還能談笑風生。可是，你知不知道，人在重傷之時，身上的汗腺油脂分泌出來的東西和平時完全不同。」

安清悠頓了一下，又淡淡地道：「蕭公子的身體硬朗得很，有功夫護體，那北胡人再怎麼凶狠，也只能拿您無可奈何！不知道蕭公子今日把小女子誆來，又是要搞些最後一面的悲情戲不成？至於您在此之外，還有什麼計中有謀的連環套，我陪您玩不起！該說的我已經說了，咱們就此別過！」

安清悠說完，也不待蕭洛辰再有什麼分辯，轉身便向門外走去。

「清悠，妳別走！」蕭洛辰猛地大叫。

那清悠二字一出口，安清悠陡然停住了腳步。

「我已然敗了，敗得全軍覆沒。如今皇上將我貶為庶人，睿親王恨我入骨，焉能容我活在這世上？為今之計，只有離開京城，遠走高飛。此後縱有相思之意，怕是……咳咳！咳咳！怕是沒有娶妳的福分了！」

蕭洛辰身不能動，情急之下，牽動了內外傷口，登時劇烈咳嗽起來，可是言語中依舊不肯放棄，掙扎著道：「我只想問妳……就算是安慰我也好……我想聽妳親口說出來，妳……妳究竟有沒有動過心？」

究竟有沒有動過心？

這個問題安清悠其實早已經有了答案，只是事已至此，何必再多言？

「沒有！」安清悠背對著蕭洛辰，緩緩吐出這兩個字：「你不過是個惹人厭的混蛋，我怎麼會對你動過心？便是當日金街上舉案錄詞，也頂多算是有些憐憫你而已，便是你當時沒被沈從元抓走，我們也絕不可能！你不說我倒忘了，我今天之所以來，本就是有樣東西要還給你！」

說話間，一張薄紙已經從懷中拿出，背對著蕭洛辰雙手一舉，毫不遲疑地撕成了碎片。紙屑飛舞之間，念奴嬌不復存在。相見時難別亦難，該說的都已經說得很清楚，無論是安家如今的境況、蕭洛辰與其背後的蕭家，還是自己的那份心痛，都註定了兩人的不可能。

再見，蕭洛辰！

安清悠放下了最後一分掛念，兩行清淚卻不由自主地悄然滑落。

她不敢回頭，更不敢用手去擦，就這麼紅著眼睛向前行去。

「不對！不對！妳哭了，我從妳的呼吸裡聽得出來！」

蕭洛辰微微皺眉，陡然面色一喜，竟不管身上大小傷口正在崩裂流血，兀自放聲大笑，「妳這女人，真是瘋得可以，竟然能狠得下心！不過，妳調香辨味的本事雖然天下無雙，騙人的本事卻不那麼高明，哈哈哈，我蕭洛辰偏偏在這方面是頂尖的行家！妳對我是動過心的，是曾經肯做我蕭洛辰的妻子的，我知道……我知道！」

「那又如何？」安清悠霍然轉身，也不管臉上淚痕猶在，紅著眼睛說道：「你如今……」

蕭洛辰打斷了安清悠的話，眼睛卻是沒有看向她，而是大叫道：「師父，師父，怎麼樣？你這次可是聽清楚了？我說這安家小姐定然肯嫁給我的，徒兒替你背了這麼久的黑鍋，這次你要是再不出來，我的媳婦可就跑啦！若是我這個沒出息的徒弟娶不上媳婦，明天我就投河自盡，看看誰給你領兵打北胡！」

那扇一直沒有動靜的房門忽然吱呀一聲打開，當先一人鬢髮雖已皆白，腰卻依舊挺得筆直，正是當今天子壽光帝。

安清悠在宮中曾和這位萬歲爺有過一面之緣，此刻愣愣地看了半天，居然連行禮都忘了，猛然間一指蕭洛辰，大聲道：「你……你沒被皇上逐出師門？」

「到底是這個渾小子哭著喊著要娶的女人，妳剛剛不是在問這是哪裡，嘿嘿，這裡可不就是朕的西苑嗎？你們安家從老到小，竟是沒有一個笨人！」

壽光帝對安清悠的大呼小叫不以為忤，反而指著蕭洛辰罵道：「你這個沒出息的東西，枉費朕教了你這麼多年，自己沒本事娶媳婦就在這裡要死要活的。朕手邊重臣宿將這麼多，難道還缺了人領兵出征不成？要投河自盡？那你趕緊死去，還能少了一個禍害……不對不對，你這小屁孩水性比魚還好，投水肯定是又假死逃跑，到時候指不定又有什麼古怪法子來折騰朕，當朕他媽的看不出來？」

安清悠被皇上那「他媽的」的三個字說得有些發愣，皇上一直是不苟言笑又嚴肅懾人的，怎會罵人罵得如此順溜？

蕭洛辰卻好像習以為常，笑著道：「別啊，師父，我從九歲起就開始習看北疆的地圖，學北胡人的本事，一身所學都是為北胡人準備的，如今這朝中又有哪個比我更熟？再說，要不是替您背黑鍋，徒兒又怎麼會做這麼多有的沒的事情？安大小姐又怎麼會對徒兒的成見如此之深？一日為師，終身為父，我爹既然已經被你連降三級，趕到了北疆前線去，婚姻大事尚須父母做主，徒兒不找您出頭，又能找誰去？」

「蕭大人，您這愛弄玄虛也就罷了，自己的身體可是要多愛惜些，眼下您還年輕，血精氣旺，可若總是這般不愛惜自己的身體，將來免不了有身體不愛惜你的時候！」

壽光帝沒有搭理蕭洛辰的嬉皮笑臉，之前那個幫他裹傷的灰衣老者卻開口薄責，聽其聲音尖利，原來是個老太監。

蕭洛辰神鬼不敬，卻對這老太監甚為懼怕，吐了吐舌頭，沒敢再吭聲。

壽光帝轉過了頭，上上下下打量了安清悠幾眼，笑著問道：「妳這女娃子倒是有趣！剛才的話想必妳也聽見了，蕭洛辰這個渾小子求媳婦求到了我這個做師父的頭上，朕還真是沒法不管。今日便問妳一句，此前種種，蕭洛辰真的有為國為民的苦衷，此事朕可以為他作證，如此妳是否願意嫁？」

安清悠本就聰慧，哪裡還聽不出自己必然捲進了一件天大的祕事中？眼角餘光一掃，看到蕭洛辰得意洋洋，一副拿定了自己的模樣，猛地咬牙，低聲說道：「當初陛下曾言，民女嫁誰，全憑我安家自行決斷！」

蕭洛辰目光一滯，他心中雖曾有過千萬算計，卻沒想到安清悠竟然剛烈如斯。

壽光帝看看安清悠，又看看蕭洛辰，忽然大笑起來，「好！好！當真是惡人自有惡人磨，連朕親口勸婚都要往外推，想不到安家從上到下，這骨頭都是一樣的硬！朕可是真想看看，你這個自命不凡的蕭洛辰，如今要怎生結這門親事？哈哈哈……來人！」

那先前一直在幫蕭洛辰裹傷的老太監轉過身來，動作似慢實快，立即跪下叩頭道：「奴才四方樓隨侍田靜海聽令！」

「蕭洛辰，你這個小子，朕可就只幫你這麼一次，這門親事究竟如何，就要看你的造化了，哈哈哈！」

大笑聲中，壽光帝驀地臉色一肅，沉聲道：「密召左都御史安瀚池、禮部巡檢郎中安德佑速至西苑見朕，走漏風聲者，殺無赦！」

四方樓作為專替皇上辦私差的大內爪牙，做起事情來極有效率。過不多時安瀚池、安德佑雙雙來到，父子二人在這般敏感時機陡然被皇上密召，都有些凜然。

安老太爺還能保持著處事不驚的態度，安德佑可就穩不住了，進得門來，明顯有些激動，心中忐忑地便要下跪磕頭，卻被壽光帝一把扶住，笑道：「安愛卿無須多禮，此乃私會，弄出那麼多規矩來，倒該讓朕覺得不自在了。」

安德佑瞅了一眼不遠處躺著的蕭洛辰，見此人居然在場，更是詫異。

「安老愛卿，前日北胡人之事，朕有意把你安家算在了其中，你這一參便是一百多個官，旁人看你是要替安家討個說法，但朕心裡明白，你這是生氣朕說話不算數，把你安家捲了進來，對不對？」

安老太爺沉默半晌，終究還是緩緩搖頭道：「老臣不敢，雷霆雨露皆恩澤，皇上心懷天下，自有謀算，區區一個安家，比起皇上的鴻圖偉業來，又算得了什麼？」

「好你個安老鐵面，朕就覺得滿朝文武中，只有你這個性子倔的老傢伙能看出些端倪！你這個臭脾氣倒是越老越辣了，這是不敢生氣？這是指著鼻子罵朕無所不用其極了？」

壽光帝聽出了安老太爺話中的意思，卻不著惱，言語中反倒有君臣知己的欣慰之感，笑罵了兩句，又安慰般的道：「好啦，你這脾氣也發了，當著朕的面罵也罵了，今兒朕給你一個好消息，眼下最有實力的北胡權臣博爾大石已經祕密趕往塞外，此去十有八九是要整頓兵馬，與漠北諸部開戰。這個草原之鷹野心勃勃，想要統一北胡，如此青年才俊，朕怎能不成全他？」

此言一出，安老太爺微微一顫，顫聲道：「皇上……皇上果然是……」

「果然是把北胡人算了進去對不對？」壽光帝微微一笑，陡然正色道：「朕貴為天子，與臣下相鬥，算得什麼本事？」

壽光帝背著雙手，傲然而立。

什麼北胡數十萬控弦鐵騎，什麼草原上為禍中原數百年的心腹大患，在他眼中，不過是已經落入自己所設陷阱的獵物，他就這麼冷靜地看著，看著這獵物一點一點走向他安排好的歸宿。

「北胡和我們大梁不同，部落鬆散，各謀其政，智勇雙全的霸主雖多，卻沒有真正統一過。如今朕給了那博爾大石一個機會，告訴他大梁內鬥正酣，無暇他顧，這個野心勃勃的年輕權臣自會生出統合北胡的不世霸業之心。只是，不知他和漠北諸部激戰之時，我大梁軍馬突然鋪天蓋地殺上了草原，這位草原之鷹又當如何？」

安老太爺也是激憤，當下深吸了一口氣，沉聲道：「如此大事，陛下能夠坦然告之，足見對臣信任之深厚，老臣粉身碎骨亦難報君恩。」

「朕便是不說，難道你便猜不到一二嗎？與其讓你這個老愛卿猜來猜去，反倒弄出些節外生枝的事情來，還不如朕跟你說清楚！」壽光帝笑道：「朕料想，你前日一口氣參了一百多個官恐怕還嫌不夠，這幾日可是還有奏摺要上？」

安老太爺到底還是點了點頭，果然從袖袋中又拿出了一本奏摺呈了上去，苦笑道：「皇上神算，老臣倒覺得，這滿朝文武所想，全都瞞不過皇上才是真！」

壽光帝接過來一看，臉色微變，「這奏摺若是呈上來，安家登時便被放在了風口浪尖上，便是朕為了大局，只怕也得對安家……」

安老太爺沉吟道：「北胡與我大梁交戰百年，想來京城之中魚龍混雜，耳目眾多，我們又不能打草驚蛇，如此做，便是最好的法子！」

「好，這才是一心為國的忠臣本色，朕就知道沒信錯人！」壽光帝猛地一拍大腿，只是轉過臉來，伸手向蕭洛辰一指，對著安氏父子笑道：「不過，如今卻有一樁難事。我這徒弟頑劣不堪，朕要他領兵去打北胡，他死活要先把媳婦娶了才肯去。滿京城的大家閨秀、小家碧玉都不放在眼裡，偏偏就看上了你們安家的女兒，可是這位安大小姐卻不想嫁給他，朕也拿這個小女子沒了法子！二位愛卿，你們說這事誰能為朕分憂啊？」

這話一說，安瀚池、安德佑父子不約而同苦笑，尤其是安德佑，心說皇上您這是拿一個小女子沒法子？今兒叫我來，不就是要結這門親嗎？

安德佑明白，女兒性烈，她若不想嫁，誰逼都沒用，可是皇上擺明是為蕭洛辰出頭，這該怎麼答？苦思之間，靈光一閃，拱手答道：「回皇上的話，臣愚鈍，實不明這等軍國大事為何繫於一個女子身上。臣斗膽請問蕭公子，若是小女不肯嫁，若是我安家不肯嫁，蕭公子便真的不肯領兵出戰？」

壽光帝也對這問題也極有興趣，只是蕭洛辰居然還真就是賴到底了，堅定地點了點頭道：「不肯，打死我也不肯！」

「陛下破格啟用蕭公子帶兵出征，已是天大的恩寵，我安家不嫁女，蕭公子便不肯為國效力，軍國大事，焉能如此兒戲……」

「德佑，不必再言！」安老太爺嘆了口氣，看了看不知何時進來，始終默然不語的安清悠，目光中掠過了一絲歉意，對著壽光帝行禮，緩緩道：「陛下……」

「陛下，民女有話要稟！」

「說！」

「君有患，臣當竭力報之。如今朝廷有困，以祖父對陛下的忠心，莫說是一個孫女，便是要我安家舉家赴難，相信他老人家也是絕無二話，這門親事，我安家如何能不應？只求陛下在他日民女出嫁之時，能記得我安家的這一份忠心。」安清悠淡淡地道。

蕭洛辰微微一笑，目光裡除了喜悅，還有一絲勝利者的驕傲，這個剛烈的女子，終究還是要成為他的妻子。

壽光帝難得地苦笑，輕咳了一聲道：「這個……安家的忠心，朕自然心裡有數，不過，這個這個……好像也不用像舉家赴難那麼悲壯吧？朕這個不成器的徒弟……當真就有那麼差嗎？」

「陛下調教出來的徒弟當然不差，只是，這位蕭公子……」安清悠用餘光掃了蕭洛辰一眼，面色依舊沒有半點情緒波動，「或許過不了多久，很多人就要稱他一聲蕭將軍了！他可以打動一個女子的心，卻並不明白如何去愛一個人。他對人性掌握到極致，自己卻少了一點人味兒；他文武雙全，卻不容於朝野眾人；他有一顆報效國家的忠心，卻終日只能憤世嫉俗地罵那禮教都是狗屁。他智計百出，但在很多方面，只不過是一個孩子，一個沒有長大的孩子！陛下，民女說的可對？」

蕭洛辰的笑容登時有了一絲僵硬。

他自認為把安清悠看透，可是安清悠這番話語，同樣令他心中一震。

與自己那種單刀直入，殺入對方心扉的風格截然不同，這個女子冷淡的話語就像她調製的香，若有若無，卻又無孔不入。

百鍊鋼遇上繞指柔，這場戰爭，自己真的贏了嗎？

「看不出來妳這麼個小小女子，竟然能有這份見識！」壽光帝微微皺眉，慢慢地道：「妳到底想說什麼？」

安清悠淡然而立，不悲不喜，說出的話，卻如石破天驚：「民女雖是女子，也知兵者凶詭，成敗之間，足以動搖國本。陛下若對蕭公子委以重任，就真的不擔心會有閃失？」

壽光帝沉聲道：「說下去！」

安清悠此刻卻是不忙著說下文，反而盈盈下拜，輕聲道：「民女求陛下恩典，望陛下允民女單獨面奏。」

安老太爺一驚，連忙道：「老臣這孫女不懂事，胡言亂語，求陛下念她年紀小……」

「老愛卿不用多言，你這個孫女可不是不懂事的，朕自有分寸！」壽光帝揮手打斷安老太爺的話，「安氏，妳自當曉得女子干政乃是大忌，便是朕的嬪妃都不敢多言。今日朕衝著你們安家的忠心，衝著妳這幾句膽子大過天的道理，給妳個單獨面奏的機會，但若是說不出個子丑寅卯來，妳可知道後果？」

安清悠淺笑，這是她今天第一次笑，卻笑得比蕭洛辰還要驕傲。

「民女叩謝皇上恩典！」

◎ ◎ ◎

京城西苑在前朝就是極有名的皇家園林，奇花異草遍布，連一磚一瓦都極是精緻典雅。

坐在聽水軒中喝茶的幾個人，卻都沒有心情欣賞這裡的景致。

安瀚池和安德佑父子倆各自想著心事，蕭洛辰躺在一張軟椅上假寐，卻兀自琢磨著心思。單獨面奏？妳不知道妳夫君的本事，區區一扇小門，能攔得住我的耳目不成？

蕭洛辰運足了耳力仔細聆聽，安清悠那句沒人味的確讓他有所觸動，也正因為如此，他才更想知道這個他認定世上唯一配得上自己的女人，到底和皇上單獨說了些什麼。

只是，那四方樓裡自幼訓練出來的耳力，這一刻卻好像失靈了。他能夠聽見裡屋中兩個清晰的呼吸聲，卻聽不見說話聲。

他們在做什麼？尤其是這丫頭，既是要單獨面奏，怎麼又不說話？

蕭洛辰微感詫異，但他向來有耐心，依舊屏息凝神地傾聽，只是左等右等都沒見動靜。便在這時，腳步聲傳出，房門吱呀一聲打開，安清悠款款走了出來。

壽光帝邁步而出，對著安氏父子朗聲笑道：「安老愛卿，你可真是生了一個好孫女，可惜這孩子是個女子，否則朕真是有心讓你一家三代一起為朝廷效力了！」

安氏父子連忙叩拜謝恩，可即便是安老太爺，也暗暗稱奇，不知道自家孫女和皇上說了些什麼，居然在短短的時間裡，皇上就改了口風。

蕭洛辰更覺得奇怪，明明沒聽到安清悠和皇上話都沒說，為什麼事情會變成這樣？

「陛下過譽，此皆為祖父和父親教導有方，民女愧不敢當。」安清悠不卑不亢地福身。

壽光帝笑了笑，轉頭對蕭洛辰道：「你這個不成器的渾小子聽好了，剛剛朕新收了個義女，便是你這位未來的夫人。此事現在還不得張揚，將來你們二人成了親，定要好好對待人家，若是惹得安家小姐哭訴，你這小子可是吃不了兜著走！」

蕭洛辰一陣雲裡霧裡，這丫頭什麼都沒做，怎麼就成了皇上的義女？

這邊蕭洛辰暗驚，那邊安氏父子卻是笑開了花。

壽光帝好像還不滿足，居然開玩笑般對安老太爺拱手作揖，笑道：「安老愛卿，這以後朕私下稱你一句世叔可好？收了這麼一個乾女兒，你可是成了朕的長輩了！還有，安愛卿，你的女兒是朕的乾女兒，又嫁了朕的徒弟加妻侄，這可不是成了半個親家？走走走，讓他們年輕人自己待一會兒，咱們好好商量一下世叔過兩天要上的這份大摺子去。這摺子怕是要讓你們安家苦到了極處，朕心裡都明白！」

安老太爺帶著兒子、孫女誠惶誠恐地行禮謝恩。論年紀，他這個左都御史其實與壽光帝相仿，卻因有了安清悠這個「義女」的存在，被皇帝口稱了一句世叔。

「老臣便是粉身碎骨，亦是難報天恩。什麼世叔之類的戲謔之詞，陛下萬勿再提，老臣回去就開始準備孫女和蕭……蕭將軍的婚事。」安老太爺鎮定地說道。

諸事已定，安清悠再沒有遲疑，倒是安德佑神色複雜地看了她一眼，悄然輕嘆：「悠兒，妳不容易啊！」

壽光帝帶著安氏父子去商議政事，，只留下安清悠和蕭洛辰兩人。兩人糾纏了這麼久，如今親事已定，可兩兩相望，卻只有一陣說不清道不明的沉默。

蕭洛辰忽然一笑，故意擺出掐指的模樣，「我剛算了算時間，三天之後便是黃道吉日，趁著今天該在的人都在，跟皇上及岳父大人說說，咱們就把日子定了吧？」

「別咱們咱們的，一天沒成婚，你就別那麼急著改口叫岳父大人！」安清悠依舊一臉沉靜，看不出喜怒，「還有，少裝了，你早在把我誆來之前，就查了黃曆吧？」

蕭洛辰登時語塞，被人一語道破，忍不住有些尷尬。

便是這麼微微一滯，安清悠已反客為主，一字一句地道：「蕭洛辰，你聽好了。你行事素來不拘一格，可是，成也由此，敗也由此。我安家重視禮教，你若真想娶我，便別在成婚之日耍花槍。如今我既是點頭，該嫁的時候自然會嫁，但我不想這麼隨隨便便就嫁，不想被人指指點點，更不想後半輩子想起這親事來留什麼遺憾，我今天把話說明了……」

安清悠頓了頓，又道：「女人是用來呵護疼愛的，不是用來征服的。夫妻相守，誰也不是誰的附屬品。你若敬我愛我護我疼我，我自然親你從你助你，做個賢良淑德的妻子，否則就算你把皇上搬出來，我也不會乖乖屈從。」

這話擲地有聲，安清悠看著蕭洛辰的目光，清澈如水。

蕭洛辰凝視著這樣一雙眼睛，心裡也平靜下來，可這種平靜中卻有一點莫名的空虛。

好不容易如他所願，兩人終於定下親事，卻不知道為什麼，事情似是超出了他的掌控？

蕭洛辰忽然大笑，「好好好！不愧是我蕭洛辰看中的女人！妳既已註定是我的妻子，我自然會疼妳愛妳敬妳護妳！妳不想被人指指點點，不想留下什麼遺憾，我又何嘗不是如此？妳且把心放在肚裡，我蕭洛辰定是三媒六聘，到時候讓妳風光過門，無人敢妄議！」

從西苑裡出來，壽光帝下令四方樓的掌事老太監皇甫公公親自護送安家幾人祕密離開。

回到安家，安德佑劈頭就是這麼一句。

「悠兒，苦了妳了！」

他一心想為女兒尋一門好親事，躲沈家、拒皇子、辦選婿茶會，誰知臨到最後，居然還是把親事定在了蕭洛辰這個混世魔王身上。看著安清悠，安德佑滿臉都是憐惜愧疚之色。

「父親無須自責，陛下在兵事上要倚重蕭家，那蕭洛辰又是陛下為了向北胡用兵悉心培養了十幾年的將才，到時候他領兵出征，京城裡自然得有家小扣在陛下手裡作為人質。現在看來，這蕭洛辰最為惦記的，應該就是……就是女兒了！」安清悠淡淡地道：「更何況，皇上只怕是早在多年之前，就選定了祖父做個忠心的孤臣，要推他出去和整個朝廷裡的文官打擂臺。要讓祖父拚死效命，還有什麼比讓安家和主戰派裡最核心的蕭家聯姻更適合的手段？」

安清悠的心也有些涼，她這麼努力爭取為自己擇親事，末了卻發現命運開了個玩笑，安家和蕭家在多年以前就是皇上的一步棋，她不過是恰逢其會罷了，甚至蕭洛辰對自己那不知是愛，還是征服的感情，是不是也有這位壽光帝刻意誘導的成分在裡面，她都不知道。

安德佑卻是錯愕，沒想到自家女兒對於朝堂局勢、帝王謀略如此洞悉。

安老太爺忽然開口道：「塞翁失馬，焉知禍福。君要臣死，臣尚且不能不死，何況是讓我這個糟老頭子出來和群臣打擂臺？悠兒這孩子嫁去蕭家，未必就是壞事。再者，悠兒居然在我們父子之前便出現在了西苑，雖說四方樓神通廣大，但就這麼不聲不響地把老夫的寶貝孫女弄進了皇上的別苑，這事……有趣得緊啊！」

安清悠聞言心中一震，知道自己是被皇上擺了一道也好，是被蕭洛辰算準了心思也罷，自己終究是個應該大門不出二門不邁的姑娘家。離家私會男子，瞞得了旁人，卻瞞不過自家這位老太爺。

「悠兒，妳到底和皇上說了什麼？怎麼轉眼間，皇上就收妳做義女了？」安德佑想起了什麼，連忙問道。

「這可不是因為女兒，他要讓祖父按他的掌控出來搏命，無論女兒說什麼，都會……」安清悠只說了一半，便被安老太爺打斷，指著安德佑笑罵道：「你這小子，如今看事清楚不少，腦子也比以前靈光許多，可是有些事還是欠了一點悟性。悠兒這孩子和陛下說了什麼，你別問，悠兒這丫頭也不許告訴他，回去自己好好地悟。邊悟邊想這門親事該怎麼辦，若是辦得不好，莫說悠兒要埋怨你一輩子，就是皇上那邊，看能不能饒得了你？」

安德佑唯唯諾諾地應了，心下卻著實有些忐忑。

眼下分明到了緊要的關頭，父親怎麼反倒對這等最要命的事情賣起關子來了。還悟？這是悟道理的時候嗎？又或者……是他老人家對這事情已經成竹在胸，這親事儘管放手去辦，實際上是有驚無險？

念頭一轉，再看看安老太爺那笑吟吟的模樣，屋裡的氣氛登時輕鬆起來。

安德佑挺胸領命，卻不知道安老太爺的心裡不像表面上那般泰然自若。

國戰一開，誰贏誰輸是未知之數，北胡能夠和大梁抗衡數百年，實力不容小覷，怕是連壽光帝自己也只有一半的把握。還有，和群臣打擂臺……那擂臺是那麼好打的？便如壽光帝自己龍椅穩坐幾十年，對文官也是只掌控了一半。

明天若是有變數，安家是頭一個送出去被犧牲的，到時候皇上只怕眉頭都不會皺一下。

安老太爺遣走了安德佑、安清悠父女倆，埋頭寫起另一封奏摺來，可筆尖竟然微微發顫。停滯了許久，忽然啪嗒一聲，一滴墨汁落到紙上，就這麼廢了。

「安老大人，可需要伺候？」一個尖利的聲音忽地在書房外響起。

安老太爺腦海裡瞬間浮現那位灰衣老太監的形象來。

那個讓蕭洛辰都忌憚的人物，四方樓真正的發話者，親自送自己一家回府的皇甫公公。

「皇甫公公真有興致，皇上不過是讓您送老夫一家回府，您倒是盡責，一直送到我這都御史府的窗根底下來了！您是皇上最信任的人，老夫如何敢使喚您？」安老太爺有些佝僂的腰陡然挺直，轉過身來，看不出喜怒。

「老奴不過是一介奴才，皇上今兒說了，以後私下裡要遵老大人您一聲世叔呢，有什麼使喚不得的？」門簾掀開，皇甫公公慢慢走了進來，卻見他一臉恭謹，規規矩矩地行了個大禮，這才垂首言道：「老大人毋須多慮，老奴此來並無他意。皇上吩咐，老大人父子一心為國，特地命老奴帶了些賞賜來給您，都是些名家字畫。皇上還說，今兒新收了個義女，哪能沒有見面禮？便是安大小姐那邊，這賞賜也是少不了的……」

「悠兒那丫頭也有？」安老太爺眼睛微瞇。

「當然有！您這位寶貝孫女可真是個妙人兒，妙到皇上都讓老奴留意她許久了！如今既是知道了這等軍國大事……」皇甫公公輕輕嘆了口氣，「畢竟是個女子！安老大人，您是明白人，皇上都覺得這義女是個妙人兒，將來大小姐……不，是蕭夫人，定然會有數不盡的榮華富貴，那咱們做臣子的，也得讓皇上放心不是？」

◉ ◉ ◉

「小姐，安七求見，說是有急事相稟！」

青兒的稟報擾醒了安清悠，這一夜發生的事情實在太多，回到了自家院子，安清悠只覺得心力交瘁，一覺直睡到午後才醒。

安清悠匆匆洗漱穿戴，立刻請人進來。

「小姐，情形不對，怕是要出大事了！」安七面色凝重，進了屋中，一個禮還沒行完，開口就是這麼一句。

「七叔莫急，究竟是出了什麼事情，讓您急成這個樣子?先喝杯茶，慢慢說！」

安七接過茶來一飲而盡，定了定神，苦笑道：「我這幾十歲的人了，遇事還急成這樣，讓大小姐看笑話了，只是，今天這事情來得實在是太過……太過怪異！」

原來今天安德佑當值，天剛放亮便早早地去了禮部衙門，誰知日頭已過了午後，該散值的安德佑沒有回來，長房的大門口卻來了一批下人。

什麼廚子、馬伕、僕婦、婆子之類，自稱是奉了老太爺的差遣，說是大小姐的親事瑣事繁雜，特地派這些人過來聽候使喚。

「只是，這些人口口聲聲說自己是老太爺派來的，我卻一個也沒有見過，十個裡面有十個是生面孔，再往下詢問，他們卻是什麼都不說，只說聽大小姐做主。」安七嘿了一聲，道：「我還沒老糊塗到眼睛也跟著瞎了，這些人中又哪裡是普通下人那麼簡單？有的人走路不曾發出半點聲響，下盤功夫扎實。有的人虎口上有厚厚的老繭，顯然是練兵器的老手。我安七也練過幾年武藝，可是看看這群人，只怕十個裡有九個是練家子，咱們安家什麼時候和這種人有過接頭？」

安清悠越聽越奇，安七是從小陪著父親在老太爺府上長大的，他都未見過，這些人顯然不是老太爺府上的人，再一聽這些人中多半身懷武藝，安清悠便想起了蕭洛辰來。

以他那性子，此事很有可能是他所為。

一想到蕭洛辰那邪氣的笑容，安清悠心情有些複雜，卻安七又道：「蹊蹺之處還不止於此，今兒一早點卯，咱們府上的下人一口氣少了五個，好像憑空消失了一樣，我正覺得奇怪，那些前來伺候的僕人卻是比我還要清楚，說是那些人被調到老太爺府上做事去了，還說有封信，大小姐一看便知。老太爺要調咱們長房的人手，怎麼可能事先連個招呼都不打？」

說話間，安七遞了一封信過來，封口上的火漆完好無損。

安清悠拆開信來一看，越看越是心驚。

「廚子陳四，原名李阿四，現任首輔大學士李華年第五子李朋景之家生奴才，三個月零六天前受命化名混入安家長房，受雇為廚工。後突染急病，歿。」

「洗衣婦華衛氏，祖籍江南，夫杭州府捕快華某，現京城府尹沈從元自杭州府帶至京城，二十一天前藉機混入安家長房，後溺水，歿。」

「粗使雜役魏大毛，原名魏劍雄……」

五個一夜之間消失了的下人，竟是各有來歷。

安清悠看得寒毛直豎，自己當初因徐氏之事，掌家後對下人來了個大換血，卻讓有心人安插了眼線進來。

好在安家這段日子裡沒什麼動作，否則……

安清悠越想越是害怕，再看到信上的「歿」字，心知不是被調走，而是被滅了口。

這些莫名其妙尋上門來聽差的「下人」，一個個都打著老太爺的旗號，這顯然不是蕭洛辰力所能及，後面究竟是誰，已經呼之欲出了。

安清悠沉吟片刻，才開口道：「這怕是我那位義父送來的見面禮，真是大手筆！也好，咱們確實該謝謝他老人家……那些新來的『下人』現在都在哪？」

「都安排在了一處偏院，我怕再有什麼變故，讓人看住了院門，不許閒雜人等出入。」安七做事一貫仔細，只是他也納悶，大小姐長居內宅，什麼時候多了個義父？

「這些人不用盯著，盯也盯不住，更何況他們只怕比咱們還要小心謹慎，就算是放開了讓他們亂說亂動，他們也是不敢的。」想清楚了前後因果，安清悠露出從容的微笑，好整以暇地回裡屋整理衣物，這才施施然地前往某處偏院。

柒之章　蕭郎攜母下聘

「給大小姐請安，大小姐福安！」一進屋，齊刷刷的請安行禮之聲傳來。

這些新來的下人臉生得很，卻早就見過安清悠，不等旁人招呼，便恭敬地行禮。

安清悠見這些人行禮間猶帶三分宮廷之氣，對他們的來歷更是心中有數。

安清悠索性認了老太爺派下人來幫忙的理由，慢慢說道：「既是老太爺派來幫襯的，我也就不拿你們當外人了，一個個能做什麼、會做什麼，都自己說說吧，回頭好分派到各處。醜話說前頭，既是來了我們府上，便要守我們府裡的規矩，若是哪個不幹活，光知道吃閒飯，看小姐我不打折了他的腿。」

人是皇上送來的，不收不行，可安清悠也不是善碴，一切按規矩行事。

眾人齊聲應是，沒有半點猶豫，其中一個為首模樣的中年漢子，恭恭敬敬地說道：「大小姐放心，小的們都是老太爺的家生奴才，臨來之前，老太爺已經吩咐過，來到長房，便是長房的人，死活都由大小姐說了算，哪個還敢不賣力做事？小的姓王名阿四，一直在門房當差，這迎來送往的事情做得極熟，大小姐若是不嫌棄，便把小的安排在門房。」

說話之間，王阿四把一疊厚厚的身契遞了過來。

安清悠接過一看，居然清一色是死契，上面中人、保人、證人俱全，朱紅色的官府大印清清楚楚蓋在上面，這些人皆為安老太爺府上的家生奴才，還是自祖上若干代起就為安家效力。

「嗯……連差事都派好了，首當其衝便是門房，還真是準備得妥當。人家都說宰相門前七品官，不知道我們這安家的門房又是幾品？你既是做久了門房，那便還是在門房當差好了，把來來往往的人瞅仔細了，省得回報的時候不清不楚。」安清悠語帶雙關，臉上多了幾分寒意。

壽光帝雖認下自己當義女，但這等為了籠絡安家而認的義親，究竟有幾分「義」還兩說。

更何況，這什麼王阿四，一聽就是假名，只怕監視才是真，安清悠哪裡有好臉色給他們看？

王阿四連稱不敢，卻不因安清悠的冷臉有任何變化，始終保持著恭敬的姿態。

旁邊又有一個漢子行禮道：「小的名叫伍雙，會養馬相馬，趕得一手好馬車，若是大小姐不嫌棄，便將小人……」

「便將你安排在車馬房好了，看住了大門再盯好了車馬，我們府上進進出出可就萬無一失了。老爺子用心良苦，我這做晚輩的心領了，只是，我們府上的馬匹老的老、病的病，只怕是對不起你這手藝。你若是懂得相馬之術，不妨淘換幾匹好馬來。這事就著落在你身上，將來本小姐出嫁之時，弄幾匹日行千里的神駒放在前面開路倒也不錯。」

安清悠口中的「老爺子」，指的自然不是安老太爺，而是昨夜剛剛認的皇帝義父。

你既然派了個馬夫給我，卻不知我若要些逃走起來方便好使的快馬，卻又如何？

伍雙卻是毫不遲疑地回道：「老太爺吩咐了，大小姐有何差遣，小的們就是拚了命也要做到。老太爺在城外的莊子裡尚有良馬若干，聽說本就是要送給大小姐的，小的一會兒便去向老太爺討了來。只是，那邊的馬匹性子怪，不好養，非得小的親自侍弄不可……」

「有此事？正所謂，長者賜，不可辭，我這做晚輩的可就愧受了。」安清悠點頭打斷了伍雙的話，雖然有些意外，卻也試探出了皇上給的底線。監視歸監視，但走的是恩威並施的路數。既如此，本小姐就不客氣了。

「老奴黃卅氏，擅長女紅，大小姐若有什麼縫縫補補的活計，交代給老奴便是。」

「小的姓陸名拾波，這是家弟陸拾酒，我們兄弟二人都燒得一手好菜……」

下面的人一個個報上了自己的名字和拿手活計，安七在一邊聽著，臉色越來越怪異。

這些新來的下人幾乎把府中的衣食住行都包下來了。

他已經確定這些人不是老太爺派來的，據他觀察，似乎是名字數位越靠前的人越有身分。

安清悠卻是來者不拒，讓安七幫著攤開備妥紙墨筆硯，一邊分派差事，一邊不知寫著什麼。

很快的，那些四方樓以安老太爺的名義派來的下人，各自領到了一張密密麻麻的單子，上面從古玩字畫、珠寶首飾，到綾羅綢緞、衣物鋪蓋等，無所不包，要什麼有什麼。

什麼叫做皇上的義女？皇上的義女就是找皇上開口的時候不但要最好的，而且要最貴的。

倒是某個自稱擅長理財的管事領的單子最短，上面寫著挖個地窖裡面塞滿銀子，至於大小和數量，自己看著辦。

最苦的就屬那做廚子的陸拾波、陸拾酒兩兄弟，這哥倆接過單子來一看，差點兒暈過去。

那薄薄的一張紙上滿滿寫著：蒸羊羔、蒸熊掌、蒸鹿尾；燒花鴨、燒雛雞、燒紫鵝；鹵豬、鹵鴨醬、雞臘肉、松花小肚兒、晾肉香腸兒；什錦蘇盤、熏雞白肚兒、清蒸八寶豬、江米釀鴨子……滿漢全席一百零八道菜，一道沒落。

皇上送來竹槓，哪有不大敲特敲之理？

「小的斗膽問一句，這些菜品要是做全了實屬不易，大小姐可是要擺宴請人？若是只咱們府裡，只怕是用不了……」

陸家兄弟裡一直沒有吭聲的弟弟陸拾酒忍不住出聲相詢，話沒說完，直接收到一個白眼。

安清悠懶洋洋地說道：「不請人，就是咱們府裡自己用……對了，這一百零八道菜是每樣弄兩份，回頭給街坊鄰居裡的窮苦人家也送上一點。實在不行，還可以吃一桌倒一桌，大小姐我樂意擺譜，怎麼，到了你個下人這裡便不行嗎？」

陸家兄弟想死的心都有了，心說好端端的，我多什麼嘴啊？

安清悠心中冷笑，這些四方樓裡出來的人，一個個表面恭敬，骨子裡卻是極為冷傲。你們做下人也好，當探子也罷，既到了我手裡，先打一百殺威棍再說，否則真弄個皇奴進宅作威作福，以後的日子就難過了。

從四方樓裡出來的人，自然是一個比一個精，有人知道安清悠已經看出了他們的來歷，刻意為難實是立威，可是上面傳了令，監視歸監視，安大小姐的要求須一概滿足。眾人只好咬牙領命，算是初次領教了這位大小姐的手段。

「七叔，這些人就這麼定了吧，回頭給他們都改個像樣點的名字，外加都姓安好了。既然都是『老太爺』那邊的家生死契奴才，這些古裡古怪的名字也不太像話。和府中各處的其他下人也說清楚，別讓大家大驚小怪。好在有這些人在，估計有什麼亂嚼舌根的話也傳不出去，大家說是不是啊？」

安清悠尾音拖得甚長，眾人連連點頭稱是。

該領的見面禮領了，該敲打的威也立了，見好就收，偏在此時，有一個中年婦人站了起來。

「奴婢白花娘，奉大小姐的令改姓安。奴婢自幼略通文墨，對於調香之道略懂一二。如今既是到了長房這邊，是不是就跟在大小姐房中伺候？」

「連我屋子裡的人也安排好了？『老太爺』的恩典真是滴水不漏！」安清悠微微一笑。

她早已注意這個中年婦人許久，說來與此人曾經有過一面之緣，當初夜訪西苑，送自己去見蕭洛辰的便是她。

適才眾人自報姓名本領之時，只有她在最後面色淡然地一言不發，更兼她這名字叫「花娘」，不似那些人的名字裡都有數字，顯然她的身分地位與這些人不同。

「妳會調香？」安清悠問道。

「不過是一些微末小技，比之大小姐自然是遠遠不如。不過，奴婢頗好此道，求大小姐指點。」安花娘恭敬謙虛，談及調香之時，卻有興奮的神采在眼中一閃而過。

這種眼神安清悠再熟悉不過，上輩子自己見到那些造詣極高的調香師時，也很激動。

四方樓裡出來的調香師嗎……

安清悠微一沉吟，提筆寫了張單子，笑道：「既是同好，妳且看看，我這個方子調出來的香品如何？」

安花娘與其他人不同，她之前那白花娘的名字雖然也是假名，卻是自詡「百花娘」之意，一直以來在四方樓中地位甚高，這次來安家，並非是被派來的，而是她主動求著來的。

她之前最惦記的，便是想看看這個半年來在京城中名聲鵲起的安大小姐在調香上究竟有什麼過人之處，為此不惜委身為奴。只是，此刻一接過那香方來看，開頭的幾味原料讓她不由得臉色一變。

鱉木菇、相思豆、鬼哭草、水仙藤、……

四方樓不比別的地方，調香不光是為了熏香除臭和怡情養性，更有許多暗地的用途。

安花娘本就精於此道，此刻一見那幾樣原料，心中有數。看了許久，這才輕嘆道：「小姐可是讓奴婢去弄這單子上的材料？卻不知……」

安花娘的話說了一半，安清悠卻是明白她沒說出來的意思，笑道：「我既是通過妳的手來弄這幾樣物事，便沒有瞞著妳背後之人的意思。這不是有什麼要坑害別人的念頭，有人已經三番五次欺到我的頭上，我若一味忍讓，只怕有人橫生枝節，壞了大事，想必『老太爺』他老人家也會很不高興。」

安花娘眼中厲芒一閃，沉聲問道：「有人欲對小姐不利？」

「防患於未然而已。我只盼著風浪來時，有些人能有幾分人情味，莫要落井下石得太過分。」

安清悠對於某些人的事情不願多談，又道：「昔日我學藝之時，這張方子有個好聽的名字，叫做『美人陷阱』。妳比我大，我便稱妳一聲花姊可好？花姊既是自幼鑽研調香，想來亦有心得，我等閒暇之時不妨切磋一二。回頭調製這張方子的時候，說不定還需要妳助我一臂之力呢！」

「小姐言重了，奴婢豈敢？」安花娘斂身行禮，再看了幾眼那張原料單子，雖覺得諸般材料極為熟悉，但彼此搭配卻又與四方樓中平時所用頗多不同。不知是一時沒能忍住，還是有意當著眾人相問看看安清悠的反應，就這麼脫口而出地問道：「卻不知小姐這一身所學因何而來，師承何處？」

「妳又沒見過我調香，怎麼就那麼肯定我的本事？按照妳那個環境慣常的思考方式，說不定我只是個幌子，身後另有高手坐鎮調香呢！」安清悠虛虛實實地微笑，「我要說我前世便是個調香之人，這調香的手藝都是從上輩子帶過來的，妳信不信？」

「小姐說笑了，這……奴婢冒昧了！」

「不冒昧，我說的都是實話，隨你們怎麼想了。好了，都別在這兒跪著了，大夥兒誰手裡都是一攤子的事情，該忙活的各自忙活去。明兒一早若是看不到我要的結果，那就自己去找『老爺子』說說你們是怎麼辦差的好了！現今不同以往，我安家府上可不留閒人。若要在這裡待著，諸位肩上的擔子當真不輕啊！」

安清悠瀟灑轉身，頭也不回地回自己院子去了。

眾人你瞧瞧我，我瞧瞧你，彼此對視了半晌，各自忙活去。

「這得是什麼地方才能練出這麼一幫人來？」安七在一邊瞧得心中震驚，不過他瞅著大小姐心中有數，便不再多言，自去整頓安排。

安德佑回來後，與女兒單獨密談了幾句，對這些「老太爺」安插進來的下人便也不干涉。

父女二人達成了一個共識：「陛下如此小心謹慎，無非是怕洩密，而這恰恰是長房的一個契機。這批人既然是送了死契過來，咱們就要把他們用好。」

天色將晚，長房來了一個人。

「大哥！大哥！」

新任的門房王阿四……不，現在已經改名叫安阿四了。不知道是沒攔住，還是不想攔，反正安德經是一路疾奔，直奔到了正堂。

「二弟，為何如此驚慌？來來來，我這邊正要開飯，吃了沒有？咱們兄弟邊吃邊說。」安德佑一副老神在在的做派。

安德經一怔，這才注意到正堂裡燈火通明，一陣陣飯菜香氣撲鼻而來，各種特色佳餚正流水般的往席上送。那吃過的、沒吃過的，見過的、沒見過的，當真是琳瑯滿目。

只是，安德經卻沒有半點胃口，急急地道：「大哥，這時候你還有心思擺宴？你知不知道，父親今日朝會之時，把睿親王給參了！」

「早在晌午散值的時候就已經知道了，不就是惹得皇上大發雷霆嗎？有什麼了不起？老三、老四估計都比你知道得早，他們尚且想得明白坐得踏實，你我這兩個當哥哥的豈可亂了方寸？」安德佑如今越來越有老太爺的樣子，便是那言語神態都有了幾分相似，伸手一指那席上的各色菜肴道：「據悠兒說，這一百零八道菜湊齊不易，便是那前朝帝王也只是逢年過節才擺個全席。閒話少說，咱們哥倆兒好好大快朵頤一番吧。」

安德經見著大哥這當族長的氣定神閒，自己惶急萬分豈不是讓人看了笑話去？於是，把心一橫，落座舉杯，只是心裡又犯起了那死腦筋的酸勁兒來。

他熟知歷代規禮，卻怎麼也想不起來究竟是哪一位前朝皇帝擺過這一百零八道菜。罷了，不想他，大哥都如此悠哉了，他又何必費神？

安德佑卻好像還不滿足，逕自對旁邊伺候的小廝說道：「記得一會兒吃一桌倒一桌啊，不然顯不出來咱們安家的派頭！」

噗的一聲，安德經一大口酒噴了出來，濺得滿桌都是，好好一桌子菜肴便全糟蹋了。

安德經連忙又是擦嘴又是謝罪，卻見安德佑笑吟吟地道：「無妨無妨，廚房還在做第三桌，本是一會兒要給街上的窮苦人家都送一些，現在咱們倒是可以先把這桌倒了。」

安德佑與安德經兄弟倆在府中大快朵頤，外面已經鬧得天翻地覆。

左都御史安瀚池今日朝上彈劾九皇子睿親王昏庸，斥他監國期間主持與北胡談判之事軟弱糊塗，好大喜功，被北胡人用一個不值錢的虛名換得大梁的歲幣加倍。其失職之罪、誤國之罪、結黨營私之罪等等大罪，共計一十三條，奏請壽光帝與北胡重新修約，廢九皇子睿親王之位，還太子於東宮。

除此之外，另有相關官員一百一十七人，亦在彈劾之列。

這是安老大人在短短幾日內，第二次上彈劾百名以上官員的摺子。

這次的彈劾不僅牽連極廣，更涉及了立儲之事。

此摺一出，朝堂一片譁然。

眾人爭吵不休，壽光帝重重一拍桌子，宣布散朝。臨走之前，怒氣沖沖地撂下一句話，直讓人替安老大人捏上一把冷汗。

「安老大人，枉費朕將你視作國之重臣，如此關鍵之時，大梁要的是穩，你真是深負朕望……深負朕望！」

壽光帝一向優待老臣，近年來更是對這位鐵面御史一口一個安老愛卿地叫著，現在卻變成了老大人。至於那「深負朕望」四個字，更是明白地表明了壽光帝的態度。

散朝之後，壽光帝的態度有人暗地裡揣測，寫起了摺子，只是最先動手的居然不是睿親王和李家，而是京西大營的一個副將。

這位副將眼看著大勢已定，早就打起了另找靠山的主意。他自己不識字沒關係，有幕僚、師爺啊，一篇奏摺在有心人的推波助瀾下，居然是連越數級，當天晚上便已經放到了壽光帝的龍案之上。

說起來，那京西副將在軍隊中只能算是個小人物，奏摺內容空洞乏味，不過是彈劾安老大人年邁昏庸、濫用職權、胡亂參人的陳詞濫調，說不上什麼有建樹的詞來。

但就是這麼一篇牽強附會的奏摺，皇上居然允了。

「安瀚池可真是老糊塗了，朕的心思都這麼明白了，他居然還跟九皇兒過不去，還請太子還東宮？哼！這才是老眼昏花，看不清楚什麼事情碰得，什麼事情碰不得！朕的家事豈由得他插手？念他為國效力多年，讓內閣擬個旨，罷了回去著書立說養老吧！」

壽光帝氣頭上的一句話，再掀波瀾。

內閣裡的幾位大學士當晚便連夜擬旨，罷了安老大人自左都御史以下的一切職位，貶為白身。什麼國之重臣，皇上若是翻了臉，誰也護不住。

正所謂牆倒眾人推，文官中早有那消息靈通的，便自作聰明地打起了自安瀚池以下，安家另外幾房老爺的主意。

一時間，從禮部、戶部、刑部再到翰林院，紛紛有人跳出來指責安德佑、安德成、安德經等人的種種罪責。甭管真的假的，眼瞅著沒能撈上彈劾老的那份頭彩，若是再放過了小的，豈不是一場大功勞就這麼擦肩而過？

於是，大半夜也是雞飛狗跳，雞蛋裡挑骨頭自不用提，連陳年舊事也被眾人挖出來，甚至是安德佑貶低某位大臣的畫作，不肯為其題字，都成了罪名。

壽光帝第二天一早起床時，案上已堆了一疊厚厚的奏摺，都是彈劾安家幾個老爺的，一個都沒放過。壽光帝越看越煩心，索性連看都不看，朱筆一揮，直接御批：「都貶了。」

壽光帝這做法顯然有敲打眾臣之意，御批裡的意思表露無遺，此事到此為止，不許再提。可也就是這樣，安家幾位老爺就被蓋棺論定，一夜之間，管你過去是散官司官、刑部禮部，統統一抹到底，盡數變成了白身。

安德佑是在宣旨太監到了前門時才起床的，昨兒晚上他有點喝高了。只是，這安大老爺居然頗為灑脫，領了旨意謝了天恩，竟還有心情吟上兩句小詞兒：「官場大睡二十年，終是落地，曾想上天……」

一首《紅塵醉》的詞牌吟罷，安德佑人又回轉，回房見周公。

周圍的下人看得大眼瞪小眼，官都丟了，還能睡得著？

安德佑心裡是不是明白，下人們心裡是不是糊塗，其實已經不重要了。重要的是，京城裡某些以各種身分掩飾自己的人，已經或是通過獵鷹信鴿，或是通過快馬報信，將他們收集到的訊息傳往了千里之外的北胡：「漢人皇帝欲立九皇子為太子，如今一心求穩，無暇他顧。」

當然，對於外界的紛擾同樣不放在心上的人，還有一個……

安清悠此刻正把自己包裹得嚴嚴實實，連嘴上都戴上了一個大號的口罩，只露出兩隻眼睛看著桌上的一堆香料，心裡猶自不滿足。

「可惜古代沒有透明眼罩，只能速戰速決，趕緊把這物事做出來才好！」安清悠心裡還不滿足，旁邊打下手的安花娘卻是眼界大開。

這位安大小姐調香的手藝如何姑且不論，單是一些準備工作，已經令她有不虛此行之感。

「這口蒙子之類的物事，奴婢倒是見過不少，可是居然加入一層炭粉，當真是聞所未聞。」接過一個特製的大口罩，安花娘很是好奇，卻聽安清悠隨口答道：「這可不是普通的炭粉，是我讓下人們用蒸熏通風法特地弄出來的活性炭。一會兒要做的東西香則香矣，用途想必妳也心裡有數。有些東西極易揮發，我可不想事兒沒辦成，自己先吸進了去……」

身邊是一大盆高度濃縮的藥汁，安清悠左手相思豆，右手鬼哭花，全神貫注在了眼前的一干材料和加工器具上。

眼前這些「土法」加工過的材料，在安清悠所掌握的現代技術面前，已足以調製出把人折騰得半死的東西了。即便是想要人的性命，也未必不行。

「動手！」捏準時機，安清悠輕聲下令。

兩天兩夜，安清悠便在這調香房中度過，再出屋時，身心都有些疲憊。而跟在她身後的安花娘，卻早已經沒了什麼高手相遇時的興奮，取而代之的是滿滿的震驚和不可思議。

「奴婢從來沒想過，這香居然還可以這麼調，這等物事居然還可以這麼做！」安花娘看向安清悠時，眼神中有了崇拜之意，「若不是知道這物事的功效，我都想親身試試了，真不知道和我們那裡的某些東西相比……」

「妳若是試了半點，立刻離開我這院子，回去妳的四方樓！」安清悠也不避諱，搖了搖頭道：「花姊，妳這人對調香如此癡迷，本不該入這行的！」

「每個人都有自己的命，大小姐不也是不能隨心所欲？」安花娘幽幽地嘆了一口氣。沉默了半晌，安花娘轉了話題道：「究竟是什麼人要對付大小姐，您和『老爺子』那邊知會一聲，豈不是省卻了許多麻煩？」

安清悠卻也是嘆了口氣道：「豈止是對付我，這人三番幾次差點把我們整個安家都拖進了火坑，只是我尋思著還有幾分淵源，得饒人處且饒人吧！防患於未然而已，也真盼著剛剛做出來的這些物事，永遠也不要用上才好……」

兩人又是沉默一陣，最後還是安花娘率先開口：「我們這些人既是『老爺子』派過來幫襯小姐忙活親事的，那還是說說親事好了。不知大小姐對蕭公子到底是怎麼個想法？」

「他？」提及蕭洛辰，安清悠有些出神，一瞬間說不出是煩、是怨、是思、是苦，終究只說了一句：「他是個混蛋……」

明日便是西苑密會之後的第三天了，也是蕭洛辰說的黃道吉日，想必明天……那個混蛋就要大張旗鼓地上門提親了吧？

臘月二十四，宜嫁娶、採納、清宅；忌詞訟、出火、迎客。

二十三，糖瓜兒黏；二十四，掃房子。很多人家昨日剛剛祭過了灶，按照漢人的傳統習俗，眼下已經進入了過年的時間序列。

街上張燈結綵，喜聯飄揚，喜氣洋洋。

相比於往年，安家今年顯得格外的寒磣。

就在不久前，還拿安家當作避風港的大批賓客，如今早就見不到蹤影，更別說那些曾經削尖了腦袋，想當安家女婿的青年才俊們。

安清悠為調製某些物事忙活了兩天，雖然很累，這天卻是天還沒亮就醒來了。

早早地梳妝打扮完畢，一個人捧著一杯清茶出神。

如果所料不錯，蕭洛辰今天就要來了。

不知按照他那行事乖張的性子，會弄出個怎生驚天動地的場面？

安清悠情緒複雜難言，今日下了聘，自己的終身大事便再也沒了轉圜的餘地。一時間，竟是有些莫名的煩躁，還有些莫名的恐懼。

可是，更令她自己也覺得詭異的是，還有一絲不知道從哪裡來的期盼……

「小姐，街口來了一輛馬車，看情形似是奔著咱們府上而來，想必是有客來訪！」安花娘的聲音響起，四方樓派人進駐倒是多了些好處，附近有什麼風吹草動，能夠先知先覺。

「來的可是蕭洛辰？」安清悠下意識脫口而出。

「不是蕭公子，這輛馬車是從京城府尹沈大人的府中出來的……」

四方樓果然神通廣大，也不知這等消息是怎麼傳遞到她手裡的。

「沈從元？這該來的沒來，不該來的蹦躂得真歡快！」安清悠眉頭微微一皺，正所謂整你最狠的往往是熟人。沈家和安家是世交，沈從元算計起安家來卻是一點都不手軟，三番幾次差點把安家拖進了火坑。如今安家正是最為青黃不接的時候，難道這位沈大人還是不肯放過安家嗎？

「蕭洛辰今天一定會來的，至於這咬定了我們安家不肯放過的沈從元……花姊，幫我整衣上妝，待會兒我來會會他！」

安清悠換衣時，正堂之中卻是另一番景象。

「安兄，多日不見，別來無恙！眼瞅著要過年，愚弟可是不請自來，先給你拜個早年啦！」沈從元臉上掛著那流裡流氣的微笑，舉手投足間，多了幾分意氣風發。

「沈賢弟客氣了，愚兄如今一介白身，什麼別來無恙是談不上了，倒是沈賢弟在這般時候還想著過來拜年，讓愚兄甚是欣慰！」安德佑心知沈從元這是黃鼠狼給雞拜年，不安好心，不過該說的場面話還是得說。

「安兄這是哪裡來的話，你我兩家本是世交，拜年是情分，又不是衝著什麼官位！」沈從元哈哈大笑，只是下一句話鋒一轉，扯出了另一個話頭來：「不過，安兄，說到眼下的時局，便是弟弟也替安兄捏了一把冷汗。安兄可知，如今的安家勢若危卵，眼見便要大禍臨頭了！」

安德佑心中有數，故作忍不住地問道：「何以見得？」

「安老太爺一時犯了錯處，被皇上一貶到底，連帶著安兄及安家的諸位都受牽連，這幾日想必安兄已是極有感觸了吧？」

安德佑嘆道：「賢弟所言甚是，我安家觸怒了皇上，有今天這般境況也是無話可說。家父和愚兄有意從此閉門讀書，遠離黨爭，只盼能過過清閒的日子。」

早看出你安德佑是個窩囊廢，卻不想愚蠢至此！

沈從元不屑地在心裡罵了一句，臉上卻是露出了關切的神色，「此言差矣！安兄只想到了其一，卻沒有想到其二。」

「爭儲向來是沒有回頭路的，老太爺在這個節骨眼上彈劾睿親王，已經是把這位王爺得罪到了死處。眼下的形勢很明顯了，睿親王不日便是東宮之主，到時候就算睿親王大度不計較，他身邊之人又豈會放過安家？想要討得睿親王的歡心，最好的法子便是把那些得罪過他的人往死裡整。聽說安兄已是安家的族長，這等道理難道還用弟弟多說嗎？」

安德佑拱手道：「賢弟有以教我？」

沈從元心中冷笑，面上一派溫和，「弟弟在睿親王面前好說歹說，總算說動了王爺，只要老太爺和安兄站出來在士林中多發幾篇文章，表示自己不過是一時糊塗，以後定當痛改前非，為睿親王效命，這事情不就結了？士林那邊弟弟已有安排，只要安家肯站出來，不過幾日便會廣為頌揚傳抄。睿親王已經答應了，到時候別說是大禍消於無形，便是安家諸位官復原職，也不是不可能啊！」

這要我安家做個反覆無常的牆頭草，站出來給睿親王唱頌歌？為睿親王營造完勝的局面？

安德佑眼角的肌肉微微一跳，想說些什麼，到底還是忍住了，似是考慮良久，這才緩緩嘆了一口氣道：「賢弟這話不無道理，只是愚兄倒還好說，家父那性子你也知道，向來冷硬……」

「硬骨頭能當飯吃？能當官做？能為安家上上下下這麼多口子擋災避禍嗎？」沈從元不屑地哼

了一聲，隨口打斷安德佑的推辭之言，湊近了身子低聲道：「安兄如今已是安家的族長，你先站出來就等於是安家站出來，到時候再說動你幾個弟弟投效睿親王，木已成舟，老太爺這麼一大把年紀了，便是骨頭再硬，又能不為子孫打算嗎？安兄，弟弟這一番思慮，可都是看在咱們世交的分上，在為安家打算啊！」

安德佑聽得沈從元如此謀劃，竟是要自己去挾持兄弟和父親，登時勃然大怒。只是，一時半會兒沒有想到什麼不露破綻的應對之策，只能悶頭坐在那裡，一言不發。

沈從元早已認定安德佑是個窩囊廢，這般做派落在他眼中，反倒成了默認，便長吁短嘆地陪著嘆了幾口氣，忽然話鋒一轉道：「此事本是我出的主意，我們沈家自然不能置身事外。弟弟此來，卻是有一件事關你我兩家之事要舊事重提……」

「賢弟可是又要提起雲衣娶我家悠兒為妻之事？」安德佑一臉的木然之色。

「安兄果然是明白人，只是這門親事要做點小小的改動而已，令千金嫁過來不是做妻，而是做妾！」沈從元臉上帶著關切，言語之中卻有幾分居高臨下之意，「安兄，你也要體諒弟弟的難處，如今安家的處境誰不知道？我們沈家如今雖說在睿親王那邊正得重用，可安家畢竟還是有錯處在先，縱然睿親王心胸寬廣，既往不咎，將來也保不齊有人藉著這個由頭進讒言不是？到時候這份干係還得要沈家來擔！做妾就不同了，到時候沈家裡外都好說話，反而容易幫襯安家……」

「這算是沈賢弟開出來肯幫助安家的額外條件？」安德佑打斷沈從元的話，雙手悄然握拳。

「安兄此言差矣！什麼條件不條件的，我也是看雲衣那孩子為了安兄的千金茶不思飯不想的，出自一片好意。咱們都是當爹的人，實在也是無可奈何，可憐天下父母心……」沈從元甚是精明，自然已經看出安德佑心中有了怒氣，一股征服的快感在他心中油然而生。安家到了如今這般田地，難道還有第二條路好走？

「侄女拜見沈世叔！」

一個清脆的見禮聲忽然在正堂中響起，沈從元抬頭看去，安清悠不知何時已走了出來，嫋嫋婷婷地福身見禮，竟是盛裝出場。

金簪上髻頭，銀飾配裙帶，薄紅脂粉雙頰輕，一抹唇上彩。

安清悠此時的裝扮，便是世家女子在男方下聘當天的標準穿戴。

她的後面還跟了一個隨身伺候的中年僕婦，走起路來落地無聲，與安清悠一樣的規矩。

沈從元微微一怔，隨即仰天大笑，「好好好！弟弟還真是小覷了安兄，想必安兄是早就想到弟弟會有今日之行，讓世侄女先裝扮好了！罷罷罷，今日便應了安兄的心願，我那府上倒是早備好了聘禮，且待弟弟傳人送來，咱們這便訂親下聘併作一事！」

沈從元暢快大笑，冷不防安清悠輕聲道：「沈世叔是會錯意了，家父也好，祖父也罷，從來沒有說過侄女要嫁入沈家。」

沈從元的笑聲陡然一停，笑容僵在面上。

「妳……要嫁別人？」沈從元腦筋動得極快，看了看安清悠這一身裝束，到底是反應過來發生了什麼事。

「擇日不如撞日，今日恰逢小女迎聘，賢弟卻來向我拜早年，這可不是緣分嗎？」安德佑換上熱情的笑容，「安沈兩家本是世交，賢弟既然來了，不妨多沾些喜氣兒，就當是小女迎聘的娘家賀客，如何？」

父女兩個一唱一和，沈從元臉上紅一陣白一陣，忽然重重一哼，一抖袍襟道：「好，今日我就當這個賀客，看看到底是什麼人敢和我們沈家搶兒媳婦！我說大侄女啊，妳要真是個明白人，今日就踏踏實實給我家的雲衣做妾，我這個做伯父的就當什麼事情都沒發生過。安兒，這可是你們安家最後一個機會了，裡裡外外幾房大小上百口人的命運就在你一念之間，這事情可要想清楚了！」

沈從元早就對幾方人誇下了海口，在睿親王那邊保證能夠將安家收歸己用，在兒子那邊承諾定把安清悠收來做媳婦。更兼他數次到安家提親而不可得，早有私怨在心中，此次要讓安清悠做妾，並非沈雲衣所願，而是他這個當爹的自作主張。

他今日是有備而來，想要一洩私憤，如今安清悠要嫁別人，讓他如何甘心？

「沈賢弟這是要搶親逼婚了？」安德佑聽出了沈從元話裡的意思，堂堂京城府尹，大梁國的京師父母官，居然玩起這等坐地無賴的把戲。瞧沈從元這模樣，無論是哪家上門下聘，他都準備當個惡客來攪局不成？

「安世兄，別說得那麼難聽，天下的事情總有個先來後到不是?本官今日既來，自然是不能空手而歸。你若是現在便答應了我沈家，一會兒不管是誰來，總不好再說什麼了吧？」

搶親的惡行，到了沈從元這裡，居然也能說得如此冠冕堂皇。

他一邊改口自稱本官，一邊從懷裡摸出一張官文來，冷笑著說道：「好叫安兄得知，吏部官文已下，本官已從京城府尹升任正二品禮部左侍郎，只待一過年便要赴任。便說安兄你能夠官復原職，本官同樣是你的頂頭上司。大好前途還是大禍臨頭，安家已經站錯了一次隊，可莫要再站錯第二次了。」

眼下正是睿親王和李家權勢無兩之時，沈從元最近這段日子在睿親王府中出謀劃策，著實有些亮眼表現。

安家之所以被一抹到底，固然有壽光帝的盤算，但速度這麼快，也有他的一份功勞。再加上有個賣相絕佳的趙友仁在睿親王房裡大吹枕頭風，如今這位沈大人已經儼然有了睿親王面前第一紅人的架勢，短短月旬之間便連升數級。

「你……你這是威脅！」安德佑哆嗦著蹦出這麼幾個字。

沈從元輕蔑地看了看這個他從來都沒瞧得起過的安德佑一眼，卻是連威逼利誘的言語都懶得說了，逕自在袖袋裡摸了幾下，摸出了一枚製錢來，隨手往桌上一拋，冷冷地道：「這是聘禮！」

「沈世叔，怎麼說，安沈兩家也是有著深厚的情誼，如今我們安家不過是想圖個清清靜靜的日子，難道都不容於沈世叔嗎？侄女配不上沈世兄，請您看在咱們兩家相交幾十年的分上，就放過我們安家吧！」

那一枚刻著當今年號的「壽光通寶」銅錢，兀自在桌上轉個不休。

安清悠走了過來，斂身行了一個大禮，抬起頭來時，滿臉都是懇求之色。

「本官最近閒來無事，好好查了查大侄女，聽說安大小姐很倔強，便是在宮裡對著文妃娘娘的時候都沒有鬆口過。她若不想嫁，誰逼她也沒用。怎麼著，今日也會有求人的時候？」

沈從元大笑，隨手拈起了那枚銅錢放到了安清悠面前，笑咪咪地道：「乖侄女，妳比妳爹懂事，這時候倒想起跟世伯攀交情來了？來來來，這聘禮好好拿著！」

「悠兒，不用求這個傢伙！」安德佑臉色鐵青，大聲怒喝。

可見安清悠竟然保持著行禮的姿勢不變，心下一動。

知女莫若父，自己這女兒一向外柔內剛，沈從元這般強聘逼婚，她應該比自己還剛烈才對。如今居然肯這般低頭求人，難道是另有算計不成？

安清悠默默地看著沈從元，臉上的懇求神色越來越軟，心腸卻是越來越硬。

沈從元，我安清悠讓也讓了，忍也忍了，求也求了，你卻一門心思非把我往死路趕，把整個安家往死路趕！我先前還擔心父親與祖父那邊念著和沈家的交情，留了三分餘地，可如今你竟做出這等強聘硬娶的事情來！什麼叫自絕於世你懂不懂？什麼叫自作孽你懂不懂？要是不把你折騰得人不像人，鬼不像鬼，我安清悠就枉費兩世為人了！

安家要陪著皇帝演戲，扮可憐，可她也不願意看到安家被人糟蹋得不成樣子。

安清悠兩天兩夜不眠不休，防的便是沈從元。

那些陰暗毒辣的手段她不是不懂，之前也非不能也，乃不願耳。

今兒她就讓這黑了心肝的沈從元知道，什麼叫做殺人於無形！

沈從元並不知道他剛剛揮霍掉了自己最後的一個機會，也拔掉了他在安家人心中最後一根穩當的稻草，眼見安清悠越來越軟弱，卻遲遲不肯伸手接那一文錢，還道此女心中尚存著最後一分猶豫。

沈從元心中冷笑，面色一沉道：「大侄女莫非還有什麼其他念想不成？嗯……不妨讓本官來猜一猜，如今這個時局，在朝中稍有地位的官員，只怕是沒人願意和安家結親，若是那小門小戶真有這膽子的……」

沈從元說到這裡，居然還嘆了口氣，慢吞吞地說道：「本官定會見一個收拾一個。這禮部侍郎的任命雖是下來了，京城府尹的大印卻還沒交卸，離過年還有整整六天的時間，若是要給什麼人安上個什麼該死的罪名，讓他不明不白病歿在京府大牢裡，那可是半天都不用。」

「王法到了你這般人手裡，當真是糟蹋了，你就不怕有報應嗎？」安德佑見著女兒不同往常的樣子，心裡越發篤定，面上故作又氣又窩囊的樣子插話，實際上是向女兒傳遞了一個明確的暗示——妳想做什麼儘管去做，這沈從元既然已無所不用其極，咱們安家還在意他什麼？

安清悠心中一樂，自家父親什麼時候也開始玩起這套扮豬吃老虎的把戲了？

沈從元冷笑道：「王法？安兄，你也是做過官的人，眼下你一襲布衣，和我這朝廷命官講王法？豈不是荒唐至極？如今睿親王便是王法，本官便是……」

還沒等沈從元說出他到底算是個什麼玩意兒，陡然間砰的一聲大響，外面不知何處放起了號炮，緊接著一陣鞭炮聲由遠及近，街上吹吹打打，鼓樂齊鳴，一個男子的聲音遙遙傳來：「晚輩蕭洛辰，求見安世伯，求見安大小姐！」

當日睿親王親臨安清悠的招親會時，弄了兩隊侍衛在外面喊求見，聲勢頗為驚人。如今蕭洛辰單獨一個人喊求見，勝在綿長透徹，那聲音雖然不見如何響亮，但正堂裡的每一個人卻是聽得清清楚楚。

「大開中門，請！」安德佑大手一揮，自有下人去領蕭洛辰進來。

沈從元終於變了臉色，手中那一文錢鏘的一聲掉到了地上，顫聲道：「你……你……你這個時候居然還敢把女兒嫁給蕭洛辰？你到底有多大的膽子？你就不怕睿親王……」

「睿親王的權勢聲威，滿朝文武誰敢不敬？只是當日金街之上，蕭公子在北胡人面前救下了小女，許多事情亦是由此而起……唉，不談了不談了，家父也是這個意思，說是我們安家要有恩報恩。賢弟，你也要體諒愚兄的難處，我剛才一直想尋機會和賢弟分說，只是賢弟的性子太急，一直不肯讓愚兄多說幾句……」

安德佑既然知道蕭洛辰到了門外，索性把這窩囊裝到底了，瞅了瞅沈從元那驚詫的樣子，又加上了一句道：「不過，愚兄認為，老太爺這話說得有道理，做人要摸摸自己的良心，賢弟，你說是不是這個道理？」

沈從元一臉的驚疑不定，連安德佑這幾句指著和尚罵禿驢的奚落也忘了還口。

如今這等時局，安家居然還敢把女兒嫁給蕭洛辰，難道是另有什麼依仗不成？

便是這麼一遲疑，新來的門房安阿四已經帶著蕭洛辰進了正堂。

這一次，蕭洛辰倒是做了一身世家子弟打扮，錦衣華服，頗為氣派，進得門來，先向安德佑見禮：「晚輩蕭洛辰，見過安家伯父。」

「免了免了，很快就都不是外人了，還弄那些虛禮做什麼？」安德佑半真半假地抬抬手。

蕭洛辰抬起頭來飛快觀察了現場的局面，心中似有所悟。起身一轉頭便恢復了以往那浪蕩子的模樣，斜眼對著沈從元道：「喲，怎麼沈大人也在？難道是知道今日蕭某要給未來妻子下聘，特地來尋我的晦氣不成？明著告訴你，別看蕭某已經被陛下逐出門牆，貶為了白身，可是一身本事卻是半點兒都沒丟，若是惹急了我……」

蕭洛辰這番張牙舞爪地作勢，反而讓沈從元那驚懼不定的懷疑放下了不少，只在心中冷冷暗罵，蕭洛辰若是真有依仗，何須說什麼自己的本事還在？

這般一眼便能看破的恐嚇，能鎮得住本官不成？

只是還沒等沈從元說話，卻聽安清悠急急地說道：「這人是個混蛋，倔起來就不管不顧。沈世叔，您別往心裡去，回頭定要叫他向您賠罪才是！」

這話看似圓場，話裡話外卻勾起了沈從元的心思。

自己可說是蕭洛辰的死對頭，真要搞得這廝混勁兒上來……

這裡可不是京府大牢，他身邊也沒有那些京府衛的兵丁，如今他身分金貴，實在犯不上在這裡和蕭洛辰這等渾人糾纏。

只待睿親王將來榮登大寶，這些人哪個又能僥倖逃得過去？

念及此，沈從元心氣平復，似是忘了剛剛自己才說過的，如若有人來給安家下聘，來一個他收拾一個的狠話，反而重重哼了一聲，打定主意不與蕭洛辰一般見識。

安清悠暗暗好笑，本來她已有手段準備使出，可蕭洛辰突然到來，讓她改變了想法，衝著蕭洛辰瞪眼道：「你這人在這裡有的沒的胡說些什麼？沈世叔是我們安家的世交，這次知道我要迎聘，特地來做賀客的，還不快向沈世叔道歉賠罪！」

安清悠這話噎住不少人，安德佑忙轉過身去輕咳兩聲，掩飾想要狂笑的臉，再看沈從元目瞪口呆，心裡甭提有多麼舒暢。

沈從元心裡堵得慌，說這安清悠的話是擠兌自己吧，卻像是在圓場，可他若要是認了這個圓場吧，豈不是之前的一番安排都成了竹籃打水一場空……

沈從元一抬眼間，卻見剛才掉落的一文錢不知道什麼時候竟到了安清悠手中，夾在她那手指之間一晃一晃的。小小的一文錢，這時候竟然像是一根釘子，刺得沈從元眼睛生疼。

蕭洛辰故意做出恍然大悟的樣子，輕鬆地賠罪道歉：「哎呀，原來如此，沈大人，您別往心裡去，早知道您是這樣的人……唉，什麼都不說了，不管之前還是今日，我有什麼對您不敬之處您可別忘心裡去，大人不記小人過，晚輩在這裡一併賠罪了！」

蕭洛辰躬身作揖，再抬起頭來，與安清悠對了個眼，兩人目光微微閃爍，立時又各自別開眼。事到臨頭，你方唱罷我登場，二人竟是配合得如此有默契。

緊接著，蕭洛辰又對安德佑一揖到底，「晚輩此次前來，乃是特地向安家求親下聘。晚輩傾慕安家小姐已久，求伯父應允這門親事！」說罷，由身邊跟著的長隨遞上了禮單。

蕭洛辰將聘書舉過頭頂，肩不晃，步不亂，恭恭敬敬地將大紅辰帖遞到了安德佑面前。

古人重男輕女，這聘書雖然是由男方遞出，卻極少由準新郎親自送上門來。

而蕭洛辰不僅是親自送來，這雙手過頂，低頭求聘的姿態，更是做得沒有任何水分，確實給足了安家面子。

安德佑接過聘書，極為滿意，半點兒也不遲疑地放進了自己的袖袋。

只是，這男女雙方雖然都同意，旁邊卻偏偏有那不肯的。

沈從元被安清悠那幾句話噎得憋悶了一陣，這時候已經回過氣來。看到蕭洛辰與安德佑已經開始行納禮，陡然插話冷嘲道：「自古婚姻大事，向來是父母之命，媒妁之言，蕭家既是要來下聘，怎麼連家長的面都不肯露？如此下聘豈不是個笑話？沒有父母之命，這下聘真能做得了數嗎？」

這話是雞蛋裡挑骨頭，蕭洛辰的父親蕭正綱早被壽光帝貶到了北疆軍前，自然不可能來。

事實上，從禮法而言，蕭洛辰親自前來反倒是對女方家的重視，又行了這「過頂聘」的大禮，無論如何都說得過去。

不過，沈從元可不管這套，眼瞅著煮熟的鴨子當著自己的面飛了，他無論如何也接受不了。

他雖然不敢像剛才對付安家那般對待蕭洛辰，卻打定了主意要另尋法子將這下聘之事攪黃，只要攪黃了安家和蕭家這門親事，在睿親王那邊就能夠有說辭了。

可這人若是背，喝涼水都塞牙縫，沈從元話音還未落，一個老婦人聲音在正堂門外響起：「老身腿腳不便，走得慢，這身衣服零碎又多，讓安家諸位見笑了。我說，未來的親家公，你可千萬別往心裡去啊！」

聲到人到，一個盛裝老婦緩緩走了進來。

老婦步子雖慢，抬腳卻穩實，腰桿又挺直，哪裡有半分腿腳不便的樣子？眉眼之間依稀可見年輕之時英氣勃勃之態，整個人往那裡一站，雖是女子，卻有威壓全場的氣勢。彷彿是一柄古代名刃，縱然歲月磨礪，仍掩飾不住骨子裡透出的鋒利。

這老婦人自然就是蕭洛辰的母親，前左將軍蕭正綱的原配蕭老夫人張氏。

這位蕭老夫人也是出身將門的奇女子，據說昔日壽光帝之所以能夠得到蕭家相助，亦有她在其中幫襯聯絡之功。只是，時過境遷，觸及的又是皇位這等祕事，自是少有人提起了。

安德佑曾與蕭老夫人有過一面之緣，此刻見她親身前來，大喜之餘，連忙上前見禮：「洛辰這孩子過頂遞聘，足見誠意，怎麼還敢勞動蕭夫人大駕？折殺安某，實在是折殺安某了！」

「安先生這話可就過了，安家可是咱們大梁國數一數二的書香門第，安老大人身為經學泰斗，一身正氣，朝堂之上不畏權貴，彈劾睿親王之流，我雖只是一名女子，卻也佩服不已。如今咱們兩家要結親，再說這話豈不是見外了？」蕭老夫人見安德佑如此客氣，難得的露出了笑容。

蕭老夫人轉而又瞥了沈從元一眼，道：「你這官應該是三品吧？便算是馬上要升個侍郎，頂多也就是個正二品，連補服紅頂子都沒有，還敢在這裡裝蒜？老身怎麼說也是皇上頒了金冊下過旨的一品誥命，身為下官，不知道見了面要行禮請安嗎？懂不懂什麼叫朝廷禮制？聖賢書難不成都讀到狗肚子裡去了？」

這話一說，旁邊伺候的幾個安家下人差點笑出聲來。

這位蕭老夫人還真是不客氣，一露面先把那睿親王罵了一頓不說，還叫沈從元這個睿親王府的第一紅人請安行禮。

再瞧那蕭老夫人一臉倨傲的姿態，簡直和蕭洛辰一模一樣。

一時間，眾人都轉過了一個念頭：也只有這樣的娘，才能生出這樣的兒子！

沈從元的臉上青一陣白一陣。

蕭正綱被連貶三級支到了北疆守邊不假，聖旨裡還真沒提到關於這位蕭老夫人的事情，算起來她依舊是一品誥命，自己見了面確實須大禮拜見，只是，男尊女卑是正道，那些誥命夫人誰也不敢在正經八百的朝廷命官面前拿大。

倒是這個蕭老夫人，見了面就玩真的？

沈從元無奈地委委屈屈行了個禮，卻見蕭老夫人冷笑著道：「手要伸直，膝蓋要再彎一點兒，頭還要多低些……沈大人，你在睿親王府中見了王爺，難道也是這樣行禮的不成？」

沈從元本是想雞蛋裡挑骨頭，攪黃了下聘之事，沒想到骨頭沒挑出來，自己卻先成了雞蛋。

再一想吏部的任命自己也是昨晚剛剛拿到手，這蕭家又如何得知？

正所謂百足之蟲，死而不僵，這等軍方大佬的勢力哪裡是說倒便倒的？

沈從元心裡七上八下，忍不住生出了一個歹毒的念頭：這蕭家不但要整垮，還要弄他個滅門。一個頭髮花白的老婦人都有這般手段，蕭家的人哪怕活著一個都是麻煩。

他在心裡暗自嘀咕的時候，那邊早有報禮的高喊：「行媒！」

這便是所謂「三媒」中除了遞三書的另一個部分了，即男女雙方的媒人和中間人。

蕭洛辰伸手一揮，堂外奔出一溜人來，只是這些人中卻無媒人在內，而是捧著一張畫像。上面的女子雍容華貴，正是壽光帝的正妻蕭皇后。

「姑姑聽聞晚輩要上門下聘，很是欣喜，言道男方的大媒做定了，只是她貴為皇后，不能輕易出宮。此乃姑姑的自畫像，姑姑賜了懿旨下來說有如身代。不知我這媒人，安伯父和安大小姐覺得如何？」

雖然只是畫像，但蕭皇后的身分擺在那裡，又頒下懿旨，如此有面子的事，誰能說使不得？

安德佑嘖嘖稱奇，不是說要演戲給北胡人看嗎？都這般時局了，皇后該是裝作受苦挨壓的模樣才是，怎麼還如此高調？難道皇上另有所圖？

此時不是想這個的時候，安德佑當即說道：「皇后娘娘做媒，這是我安家的榮耀，謝皇后娘娘恩典！」說著向皇宮抱拳，「我安家的娘家大媒乃是……」

話還沒說完，安德佑忽然覺得自己的衣襟袍角被人一扯，轉頭一看，卻是安清悠對著自己眨了下眼睛，衝著若有所思的沈從元努了努嘴。

安德佑心中一動，昂首高喊道：「安家的大媒便是我安家的世交，沈從元沈大人！」

沈從元正滿腦子盤算怎麼整倒蕭家，就是這麼一走神，卻被安清悠抓住了稍縱即逝的機會。

「我……我？怎麼是我？」沈從元如夢初醒，眼瞧著眾人的目光齊刷刷看向自己，心中一急，忍不住脫口而出。

「怎麼？你不願意？」蕭老夫人冷冷地道。

「我……我……」沈從元簡直是莫名奇妙，自己是來逼安家嫁女的，怎麼一來一去，安家的女兒不僅嫁給了睿親王的死對頭，自己還成了女方的大媒人？

「沈、世、叔！」

陡然間一聲喊，一身富貴袍的男子身形一晃，帶著滿腔的開心、滿腔的喜悅、滿腔的熱情洋溢，朝著沈從元撲了過去。

這人自然就是蕭洛辰了。

蕭洛辰這一撲，嚇得沈從元連連退後。

可他哪裡比得過蕭洛辰的速度？未等反應過來，就被蕭洛辰給按在原地動彈不得。

蕭洛辰臉上滿是驚喜，嚷道：「原來女方的大媒人是沈世叔啊，我就說嘛，世上哪有這麼巧合的事情，剛好趕著下聘的日子來拜年？原來沈世叔是女方的大媒啊！沈世叔這是想給小侄一個驚喜對不對？太驚喜了！太意外了！小侄真是感動得……感動得不知道說什麼才好了！」

蕭洛辰一陣連珠炮般的話語，搞得沈從元腦袋直發暈。

「我不是……」沈從元昏頭昏腦的話還沒說完，身體不由自主竟被蕭洛辰暗勁一拉，直接從抓著雙手改成了擁抱。

「這個媒人你今天若是不當，明年今天便是你的忌日！我蕭家今天既然敢這麼高調……哼哼，你可不妨賭上一賭，看我敢不敢在你回去的路上宰了你？」

一陣細若蚊蚋的聲音傳進了耳際，沈從元渾身一震，面色數變，什麼也說不出來。

「別那麼緊張，大喜的日子裡帶點笑容好不好？」蕭洛辰滿不在乎地在沈從元肩膀上蹭了蹭鼻涕，輕輕把對方向後一推，彼此又拉開了一段距離，卻是變成了兩人相視而笑。

只是，蕭洛辰臉上的笑容很符合前來下聘的準女婿模樣，喜悅之中帶著點兒傻氣。

沈從元卻是笑得比哭還難看。

安德佑哈哈大笑，從袖袋中摸出一張大紅聘紮來，「好好好！今日定了小女的終身大事，老夫也算是了卻一樁心事！蕭洛辰，這張受聘的回書，你可以帶回去了！」

蕭洛辰上前接過回書，旁邊隨即有人高叫道：「天作之緣，永結同心，禮成！」

「蕭洛辰，我這女兒日後便託付給你了，這孩子脾氣倔，若有什麼到與不到的，你多包容她一下！」安德佑樂呵呵地說著場面話，蕭洛辰卻是正色答道：「請安伯父放心，我蕭洛辰既娶安大小姐為妻，自然會敬她、愛她，護她、寵她。以後安家的事情便是我蕭家的事情，安伯父若有差遣，蕭洛辰定當萬死不辭。」

這番言語包含了安清悠當日所說的要求，只是安清悠心裡有些失望，蕭洛辰這話說得正經八百，有些像在背詞。

至於什麼安家的事情便是蕭家的事情，明顯是說給其他人聽的，顯然是到了下聘之時，他還在下棋，自己這親事，為什麼總是要摻進去許多亂七八糟的東西呢？

他就不能有一點自己發自內心的話嗎？

「本官……在下……這個……沈某尚有公務在身，大侄女和蕭公子既然已經定親，沈某就先行告辭了！」

沈從元已經是想死的心都有了，原本是來硬娶的，沒料想這眼巴巴地看著安清悠嫁給了蕭家不說，自己還成了女方的大媒……今日之事若是傳了出去，朝中的大小官員會怎麼看自己？睿親王那邊又該如何交代？這可當真是跳進黃河也洗不清了。

在場的人，沒有誰想讓沈從元接著吃酒席，他想走便讓他走，連蕭洛辰都沒有留他的意思。

安德佑更是連送都懶得送他，逕自和蕭老夫人商量納吉、請期、迎親等等諸般事宜去了。

沈從元灰溜溜地一個人走到門口，不停盤算著怎麼才能在睿親王那邊把自己摘個清楚，心中更對安、蕭兩家恨到了極處。

「大丈夫能屈能伸，今日種種，沈某必將百倍報之！不整得你們兩家家破人亡，誓不甘休，早晚有我親自給你們當監斬官的那一天！」

出得大門，沈從元又抬頭看了一眼那門口上高掛的安字燈籠，心裡狠狠地發著毒誓。

「沈世叔請留步！」

沈從元停步轉身一瞧，居然是安清悠送到了門外，他哼了一聲冷笑，「大侄女還知道叫我一聲世叔？今兒是妳的好日子，不在屋裡陪妳父親和未來的夫婿，又來送我做什麼？你們安家既然和蕭家走到了一起，這保密工作做得可是真好啊！只是，你們莫要忘了，這一來安家可是死死地走到了睿親王的對立面，以後究竟會走成什麼樣子，那可就是咎由自取了。這世叔二字，大侄女以後也不用叫，直接稱本官沈大人便是。」

「沈大人，我安家實是另有隱情，有些事情我一個女子也實在沒法說得清楚……不管之前如何，我安家並無捲入爭儲之事的心思，對睿親王那邊亦是沒有招惹之心的……」

安清悠說得含糊，旁邊的安花娘遞來了一只香囊。

安清悠接過之後，對沈從元輕聲道：「這一只小小的香囊，是小女子精心調製而成，頗有怡神醒腦之效，只是沈大人千萬注意，這個香囊中的香物與一般香物不同，是特地加了料的。還請沈大人千萬別與熏香之類的物事一樣點火焚了，否則對人身體不利。還盼沈大人以後心胸寬廣，怨氣自平，來到我們安家時，莫要總帶著惱怒才好。」

說畢，逕自轉身回了府中。

沈從元卻是想到了別處。

安清悠這話說得不清不楚，似是意有所指，又似是什麼有用的東西都沒說，看著手中那只香囊，沈從元皺著眉頭盯了一陣，忽地冷笑道：「安家難道是想為自己留一條後路？今日逼著我做這大媒，十有八九怕是提前安排好的一個局。既要投了蕭家，又想逼著我做那睿親王府的中人嗎……嗯，這多半是安瀚池那老匹夫的主意！笑話！妳安家既不肯從我，我沈從元難道能容得下你們？」

沈從元面色陰狠地乘車離去，安清悠卻是在角落輕輕嘆了口氣，慢慢走回了後院。

形勢所逼，她不得不使出如此手段。

安清悠正自思量，冷不防耳邊一個聲音響起道：「香囊裡便是妳那方子中所記的物事吧？想不到我這未來的夫人竟有如此手段，有趣得緊！那張方子可是在四方樓裡引起了不小的騷動，惹得不少精於此道之人研究個沒完不說，便是宮裡也頗感興趣呢！可惜妳這女人瘋歸瘋，心還是太軟了。大家琢磨來琢磨去，雖是沒看出用途來，卻一致認定這些東西還搆不上要一個人的命。以妳用香的本領，應該還有更狠的手段吧？」

安清悠猛然回神，果然是蕭洛辰不知何時到了自己身後。

蕭落辰落地無聲，亦步亦趨隨著她往前走，嘴唇不知何時伸到了自己耳邊，悄無聲息地吹了一口氣。

安清悠只覺得耳垂一熱，心頭輕輕一顫，一時間，身子竟是有些僵了。

強烈的男子氣息近在咫尺，安清悠瞬間有些心神失守，竟是下意識順著蕭洛辰的話題說道：「方子我早在數日前便抄給了該給的人，『老爺子』心裡什麼都明白，若是另有安排，自然早有消息傳過來……」

蕭洛辰微微一笑，在安清悠耳邊說道：「沈從元此人為求富貴榮華，不惜勾結北胡，即便殺之，『老爺子』也未必會說什麼。好不容易硬起了一次心腸，何必還給他留了機會……」

蕭洛辰頓了一下，忽然問道：「妳心裡其實是喜歡我的，對不對？」

該來的終究會來，聘禮已下，這個男人便是自己未來的丈夫。

「妳不說話也沒關係，有些事情我早就知道，妳心裡也明白，原本就不用說得那麼清楚。雖然我很想聽妳親口說一句我喜歡你，但是妳現在這個樣子，我更喜歡！」

蕭洛辰露出了一絲征服的笑意，繼續在安清悠耳邊說道：「今日怕是要陪未來的岳父大人小酌，明晚三更，我來找妳好不好？我知道妳很守規矩，只是，一個女人活了一輩子，若是連半夜後花園私會情郎這種事情都沒經歷過，何嘗不是一種遺憾……」

蕭洛辰的話語輕柔，帶著一種說不出的誘惑之意。

安清悠猛地身形一顫，像是從什麼無形的東西中掙脫出來一樣，往旁邊跨了一大步，臉色一變道：「蕭公子請自重，你我雖已有婚約，但是便因如此，卻更不能行那非分之舉！敬我、愛我、寵我、護我，這種話你剛剛還親口說過，難道轉眼便放在了腦後不成？」

蕭洛辰哈哈一笑，自顧自地說道：「有時候我真看不出妳這女人究竟是外剛內柔呢，還是外柔內剛？不過，這勁頭我喜歡！也只有這樣的女人，才當得起我蕭洛辰的妻子！提起婚事，妳知道那些禮教之中我最討厭什麼嗎？便是訂聘之後，男女直到迎親時才能相見！這是什麼狗屁規矩，不知讓世上多少男女平添了多少天的相思之苦！」

蕭洛辰看著她道：「我曾經答應，妳要風光過門，便給妳做個十足十，可那畢竟是做給外人看的，對不對？」

不等安清悠開口，蕭洛辰卻是指了指自己的胸口，慷慨言道：「妳我都是特立獨行之人，疼妳、愛妳、敬妳、護妳，那是放在這裡的，又不是給外人看的。我便是明天不來，後天未必不來，後天不來，還有大後天。皇宮都擋不住我，又何況這小小的院子？只是，我倒是不信，難道這段日子裡，妳竟是不想見我一面嗎？」

安清悠當即翻了白眼，「你這人便是什麼事都憑著你自己的痛快便定了主意，我有什麼想法心思，你從來都沒有放在心上！一會兒進了屋，和父親與蕭老夫人行了禮，我便自回自己的院子去，下聘之後不見便是不見，我……我不和你說了！」

安清悠一咬牙，轉身進了屋中，不再搭理蕭洛辰。

這個人，實在討厭！

他的心裡除了揣著一份他自以為是的驕傲，還有什麼？

蕭洛辰見她氣鼓鼓地離去，倒是笑了，優哉游哉地跟著她一同進去。

安德佑與蕭老夫人已經議定了不少婚事上的細節，蕭老夫人不知說了什麼，竟讓安德佑笑得合不攏嘴。看女兒和蕭洛辰進了屋，安德佑又是笑著道：「你們兩個躲到哪裡說悄悄話去了？也罷，這一下聘，恐怕也要有段時日沒機會說話了，今兒索性讓悠兒妳躲個清閒，到後院和洛辰好好聊聊吧！」

安清悠愕然，父親的心思自己是知道的，雖然皇上指示皇后做媒，他卻向來認為蕭洛辰並不是一個好的對象，怎麼她才出去這一會兒，父親的態度竟來了個三百六十度的大轉變？

安清悠正覺詫異，蕭洛辰已一本正經地行禮道：「安伯父如此體恤，晚輩感激不盡。我與安小姐兩情相悅，晚輩真希望早日迎親，快些改口叫您一聲岳父大人才好。」

蕭洛辰的嘴上好似抹了蜜，這番甜話讓安德佑又是一陣大笑。

旁邊的蕭老夫人此刻反倒正襟危坐，又是一副面無表情的樣子，好像什麼事情都沒發生過一樣，只是偶爾視線掃過安清悠……

捌之章
桃花仙境纏綿

「去睿親王府！」

安家長房裡眾人說話之際，坐在馬車裡的沈從元卻是急匆匆地下令。

趁著事情還沒鬧開，他必須趕緊去睿親王府做個鋪墊才行。

如今睿親王身邊的人越聚越多，眼巴巴地盯著他那第一紅人地位的人可是不少啊！

手中的香囊正散發著淡淡的清香，當真具有醒腦之效，沈從元慢慢平靜下來。安清悠的調香本領的確很高，只是他此時半點也沒有欣賞的心思。

「那安家的女兒一向循規蹈矩，這做爹的尚且不肯相送，她卻送出來顯然是於理不合……嗯，安家若要想腳踏兩隻船，這般做派倒也說得過去。讓那安清悠出來遞東西，便是將來有了什麼差池，也可盡數推到這晚輩身上。一個小小女子捨了便捨了，他安家平日裡說得冠冕堂皇，事到臨頭，還不是把女兒送給了蕭洛辰！」

沈從元琢磨來琢磨去，又看了看手中的香囊。香囊三兩下便被他撕扯成了碎片，細細摸索研究了一番，卻發現其內既無夾層，內襯也沒有繡著半個傳遞訊息的文字。

難道玄機竟藏在這香料之中？

沈從元一雙眼睛直勾勾地盯著從香囊裡剝出來的物事，這物事和平常裝在香囊裡的東西大不相同，並非是那香粉散料等物，而是一整塊的香餅，質地堅硬無比，也不知是用了什麼加工手段，竟然是連掰都掰不開。

「那安大小姐說什麼不可焚燒，否則對人的身體大大的不利……嗯，這話須得反著聽。難道安家竟是知道了蕭家的什麼祕密，想要在睿親王面前遞一份見面禮？嗯……顯然如此！想不到憑空一場富貴居然又落到了我頭上，也罷，不妨先應付他們一陣子，回頭再……」

沈從元心中怨毒已深，此刻打定了主意，無論這塊香餅裡藏著什麼祕密，報到睿親王那裡，自然都是他沈大人「祕密偵知」，和安家一點兒關係也沒有。

等到榨乾了安家的利用價值，再把他滿門殺個一乾二淨……

「來人，取手爐來！」

旁邊的下人不敢怠慢，連忙取了暖爐遞進去，沈從元迫不及待地把香餅投向炭火中，卻見外面的香料燃燒迅速，一道白煙升起，香餅一角竟是露出了金屬閃爍的光芒。

「這香餅之中果然有古怪！」

沈從元若是心中有半分舊情，那香囊十有八九便只當作是佩戴在身上養神之物，更如同蕭洛辰所言，安清悠直言相告，亦是給他留了最後一個機會。

偏偏沈從元心腸怨毒，又滿腦子都是富貴權勢，所想不是如何取悅睿親王向上爬，便是將來如何對安家下死手，之前種種，淨從另一個相反的角度解讀，這固然在安清悠的算計內，可也算是咎由自取了。

有些東西原本對人無害，可一經燃燒卻會變成完全不同的另一種有毒物質。

一道白煙升起，那香味已與之前有了極微妙的差異。

莫說是沈從元並非專業人士分辨不出，便是分辨得出，只怕他也不會放在心上。眼看著那香餅之中的金屬片越露越多，沈從元竟是還嫌那香餅燒得不夠快，捧起手爐來用力吹去。

爐火更旺，一大片白煙竄出，沈從元恍然未覺，心中熱切，大口大口吹氣，只見香餅中的銅片盡數露出，上面密密麻麻的蠅頭小楷被炭火燒得通紅。

沈從元忍不住焦急，忍著略燙的熱度將銅片取出，擦乾淨上面的灰，卻是清清楚楚地露出了幾行字來：苦海無涯，回頭是岸。放下屠刀，立地成佛。

「可惡，這安家的丫頭居然敢消遣本官！」

沈從元瞧清楚了銅片上的字，勃然大怒，喝罵聲衝口而出。

車外的下人明知主子正發火，卻也只能硬著頭皮上前稟報：「老爺，睿親王府到了。」

沈從元知道睿親王府不是能夠亂來的地方，登時換上了微笑，調整好狀態，剛要下馬車，臉上的笑容突然扭曲。

胸腹之間彷彿被人重重捅了一刀，劇痛無比……

倘若沈從元是回到自家府中才點燃香餅，空間會比這車廂大得多，白煙的吸入量說不定少些，但他的心思全都放在如何從睿親王那裡謀富貴，在車上便急不可耐地焚香尋物。寒冬之際，車廂四周全用棉布堵得嚴嚴實實，他又去吹那炭火，白煙的吸入量自然加倍。

其實早在半路上，某些物質便已開始逐漸發揮作用，只是他精力太過集中，渾然不覺而已。

如今到了睿親王門前，注意力一轉移，加了料的香物積蓄多時，一發作，當真厲害。

沈從元胸腹疼痛難當，只覺得有什麼東西在自己肚子裡不斷膨脹變大，痛得連站都站不起來。

「老爺！老爺！」跟車的湯師爺心細，見自家大人遲遲沒有下車，起了疑心，在車門外喚了兩聲，裡面全無動靜。

怎麼回事？湯師爺偷偷掀開車簾一角向內張望，只覺一股異香撲鼻，再看沈從元正四仰八叉地躺在車廂裡，面色慘白，手腳正抽搐著。

「老爺，您這是怎麼了？」湯師爺大驚失色，伸手撩起簾子，連忙就要招呼著抬人。

沈從元被這股寒風一激，恢復了三分神智，滿身冷汗地從牙縫裡擠出幾個字來：「別聲張……

回府，去……快去請大夫！」

湯師爺回過味來，這可是睿親王的府衙前，不能鬧事，當下一邊吩咐著下人將大夫直接請到沈從元府中，一邊催著馬車回府。

車廂內的白煙被被外面進來的風吹散，沈從元原本腹痛如絞的感覺漸漸平緩。瞅著那被撇到一邊的暖爐，沈從元心下一顫，安家既不是要向睿親王獻媚，也不是要玩腳踏兩條船的把戲，而是實實在在地針對他下了狠手。

「毛都還沒長齊就想跟本官鬥，待這次事了，讓妳這黃毛丫頭瞧瞧什麼叫做……啊！」

沈從元此刻腦子裡又浮現安清悠那張寵辱不驚的臉來，正自發狠，忽然肚子裡咕嚕嚕一陣響動，原本那肚脹之感竟是向下疾奔而去，轉眼間竟到了穀道菊門，連忙閉息屏氣，雙股緊緊用力，那五穀輪迴之物才沒有漏出來。

然而，安清悠費了兩天折騰出來的東西，哪有這麼簡單？

沈從元就這麼一邊運氣一邊用勁，足足忍了一路，過了好一陣，馬車停下，才如蒙大赦，知道十有八九是到了自家府上，問題總算有得解決了。

誰知馬車所停之處，不是沈府門前，而是沈府的街口。

湯師爺在睿親王府前得自家老爺提點要隱祕行事，這時候便多長了一個心眼兒，兀自在馬車上對那車夫罵道：「蠢材！這時候還嫌不夠招搖嗎？兜個圈子從後門進去，要悄悄地回府！」

沈從元心裡大恨，老爺我肚子都快憋炸了，這時候還分什麼招搖不招搖的？盛怒之下，朝外大罵道：「誰說要走後門……」

當真是智者千慮，必有一失。沈從元情急之下，忘了這時候不得鬆勁，那「走後門」三個字剛一出口，只聽得「噗」的一聲，滿肚子的物事伴著一個響屁噴出，瀉了滿滿一褲子。

湯師爺連忙跳下車，等到後面剛要拉車簾，猛覺一股惡臭撲面而來。怔了一怔，又捂著鼻子討好地問道：「老爺的意思，是走前門？」

「不……不必了，還是從後門走吧……讓車馬一路行到內宅裡……」

車廂中傳來沈從元斷斷續續的呻吟聲，湯師爺剛要點頭，忽聽得車廂內又是大叫道：「不對！怎麼還有？哪……哪個門近一點？」

馬車到底還是從前門一路衝進了內宅，沈從元好一通「川流不息」，竟是連茅廁也沒空去了。

好在自家地盤不缺人手，若干個馬桶一字排開輪流伺候。拉到最後，沈從元人都有些迷糊了，腿軟得邁不開步子，逕自躺在床上由幾個婆子邊端屎邊擦拭。

老爺這肚子裡估計是拉空了東西，怎麼著那臍下半尺雙腿之間，竟是另有一根此刻本該軟趴趴的物事居然一柱擎天起來？

眼瞅著好不容易止瀉，伺候的眾人瞧著沈從元的胯下，一個個面露詫異。

陡然之間，沈從元也不知道是哪裡來的力氣，騰地一下子翻身坐起，一臉病態的潮紅之下，口中神志不清地呻吟。

一雙眼睛布滿了血絲，竟露出野獸般的神色，左右張望，一把揪過了身邊一個伺候的侍妾，狠狠地就要向床上按去……

若說是平時老爺招幸，那侍妾只怕是高興得拜祖宗還來不及，可這時候沈從元那癲狂似鬼的樣子，讓那侍妾嚇得臉都綠了，拚了命般從沈從元的身下尖叫逃開。

周圍的僕人都嚇傻了，先不說今天怎麼會變成這般模樣，單是此等醜態被人瞧見，按照自家老爺的一貫脾氣，說不定便會把在場的人全都弄死……

一時間，人人面如土色，十個有九個倒生出了古怪的念頭。老爺這究竟是中了邪，還是鬼上身？要不然……要不然老爺還是死了的好？

想歸想，沈從元平日裡積威甚重，沒人敢真的把他往死路上送。

眾人驚詫之餘，倒是湯師爺先鎮定下來，看了看左右道：「瞧什麼瞧，老爺不過是飲酒過度，有些醉了，很稀奇嗎？留下兩個伺候的，其他人都給我滾到外面候著去！」

湯師爺說完，一馬當先走了出去，眾人這才回過神，魚貫而出。

等到外面卻被湯師爺叫到了一處偏僻的院子，陰惻惻地道：「從現在起，誰都不許出這院子。今日之事，若有人膽敢漏出去半句……哼哼，老爺的手段不用我說，你們也知道，想保住自個兒的腦袋，就管住你們的嘴！」

一干下人噤若寒蟬，連忙點頭。

湯師爺命人看住了院子，卻又殺了個回馬槍，直奔沈從元的屋子而來。這當兒急中生智，腦子竟比平時轉得還快，瞬間便已想到了好幾套說辭，總歸是要將事情推到其他人身上。

湯師爺雖然知道自家老爺不少腌臢事，卻每每能從被滅口的邊緣化險為夷。

湯師爺心裡自我安慰了幾句，那沈從元的屋子裡也是死活不願進去了，就這麼在外面候著，便在此時，派人去請的大夫總算是及時趕到。湯師爺鬆了一口氣，迎面就嚎了一嗓子：「救星啊……」

這大夫姓周，如今在御醫院任職，醫術極是精湛。

進得門來一通檢查，登時雷厲風行般的動作起來。

又是施針又是灌水，更立時命人把沈從元的手腳都給捆了，防止他神智不清咬了舌頭。

待一切做完，周御醫皺眉道：「沈大人這症狀實在是太奇怪了，老夫行醫數十載，從未見過此等症狀。不過，沈大人的脈搏強健，性命倒是無憂。從脈象上而論，似是陰陽失調，陽火過盛，顯是外毒入內，邪物入腦……」

這周御醫的醫術著實了得，若是安清悠在這裡，聽了這話，只怕也要佩服三分。

湯師爺這時候可沒心思聽人說這些東西，苦苦哀求道：「我的御醫爺爺啊，您說的這些，學生我也聽不懂，您就給句痛快話，我們家大人到底應該怎麼治吧！」

周御醫臉上閃過一絲不快和鄙夷之色，寫方子的時候，用藥又重了兩分，提醒道：「一張補氣，一張瀉火。每日早晚各服一次，用米湯灌下，瀉個三五日便好了。待大人醒過來之後，一個月之內莫食油膩，尤其是行不得房，出不得陽精，這一點須謹記。」

「還瀉啊？」

「你有更好的辦法？」

周御醫不滿，湯師爺急忙賠罪。

湯師爺雖然不懂藥理，聽那周御醫說要瀉，也只能依言行事，只是看向自家老爺時，那臉上的同情之色又多了三分。又聽說行不得房，出不得陽精，便伸手向沈從元胯下一指，一臉尷尬地道：「那……那這個怎麼辦？」

「還能怎麼辦？」周御醫隨意地瞥了某個血脈賁張的物事一眼，不容置疑地道：「還能怎麼辦？就硬挺著吧！」

沈從元硬挺著灌藥的時候，安家後宅的某間院子裡卻是靜悄悄的。

下了聘，蕭洛辰的身分自然變成了安家的準女婿，一干下人只道小姐與蕭公子有許多話要說，一個個都遠遠地躲了開去。

安清悠與蕭洛辰隔桌而坐，兩人也不似以往鬥嘴，居然專心地在下著一盤圍棋。

棋盤上廝殺激烈，彼此卻是相對無言。

只是相距既近，便是不想對視亦不可得。

安清悠餘光時不時掃了蕭洛辰幾眼，見他一直賊兮兮地瞧著自己，臉上仍是那邪氣的笑容，心情複雜之餘，又忍不住有些惱。

這混蛋……下棋有那麼好玩嗎？怎麼說，今日也是下聘的日子，你就不會說點什麼？剛剛還纏著要和我說話，怎麼這時候倒扮起悶葫蘆來了？裝什麼蒜！

一枚白子狠狠地落在棋盤上，發出「啪」的一聲脆響。

這時候，安清悠也不知道自己是對蕭洛辰是一種什麼感覺，只是那心態不穩，棋勢就已經亂了。蕭洛辰妙手頻出，不出幾子，便占了上風，不用問都知道安清悠輸了。

「我贏了！妳這棋下到後來漏洞百出，可是面對著我的時候心緒不定了？」蕭洛辰終於打破沉默，笑吟吟地望著安清悠，彷彿這小小的遊戲之物，也能給他帶來莫大的快感。

安清悠氣鼓鼓的不說話，跟他實在沒什麼好說的了。

蕭洛辰卻是捧起一杯茶，悠悠地說道：「剛剛我已經傳了消息出去，沈從元為咱們做媒的事情很快就會人盡皆知。他若是想在睿親王面前撇清，定然要費些手腳。如此一來，自然會耽誤些時日，再加上京府交卸禮部履新只怕是更沒什麼餘力。還有妳所做的那物事……嘻嘻，妳這女人心善歸心善，瘋起來也毫不含糊。這一記雖不至於讓那沈從元命喪黃泉，多少也要了他半條命。這幾項加起來，咱們是又娶媳婦又過年。妳拾掇那沈從元固然是為了安家，期間大半的謀算，還是不願有人打擾咱們的婚事，對不對？」

蕭洛辰所言十成裡，倒是中了九成。

只是安清悠瞧他這洋洋得意的樣子就有些來氣，那盡在掌握的語氣更是讓她皺眉。

如此喜慶的日子，就不能談點別的？

蕭洛辰渾然不覺，見安清悠皺眉不答，笑著搖了搖頭道：「妳不願說這些？那好，咱們談點別的。我一直很好奇，當日西苑之中，我在屋外聽得分明，妳和『老爺子』什麼都沒說，怎麼他老人家出門的時候竟是笑容滿面，還收了妳做義女……」

蕭洛辰這話沒說完，猛聽得「啪」的一聲，安清悠霍然而起，手掌拍在桌上，直震得棋盤上的棋子亂顫。

蕭洛辰微微一愣，安清悠卻是看也不看他一眼，逕自走到一張書案前，鋪開了一張白紙，提筆一揮而就，寫下了一行小字，隨即擲筆於地，走了出去。

斜陽餘輝之下，人早已去得遠了。

蕭洛辰不明所以，愣了一陣，走到書案前，卻見白紙上一行娟秀的字跡寫道：「言之未必有聲，有聲未必有心。今日本是下聘之日，蕭洛辰，你的一顆心卻又放在了哪裡？老爺子讓我教你規矩！」

原來那一日在西苑……她是和師父筆談？

蕭洛辰微一思索，俯身把那落在地上的毛筆拾了起來，隨手撥弄了一下筆尖，果然是柔軟無比，落紙無聲。只是，回頭再看看白紙上的一行小字，搖頭苦笑道：「到底是怎麼了？我這是說錯什麼了不成？這女人好端端的又在這裡發什麼瘋？」

蕭洛辰又看了案上字跡幾眼，另一樁事激起了他的傲氣來。

居然讓這女人教我規矩？她能做得比宮中的管教嬤嬤還板正是不假，可我蕭洛辰早在對年之前便達到了這個水準……老爺子真不知道是怎麼想的……

蕭洛辰聳了聳肩，隨手將那白紙揉成一團。

男人理性，女人感性，平時所想，自是不同，安清悠此刻就遇到這類困擾。

「這個混蛋，心中只有他那一套，什麼朝政時局，什麼皇上北胡，什麼安家、蕭家、李家、沈家！今兒可是下聘的日子，他還沒完沒了地談那些亂事，混蛋……」

安清悠從未談過戀愛，全然沒留意到自己為什麼會對蕭洛辰這些舉動如此生氣，漫無目的閒逛，走著走著，竟來到了彭嬤嬤的住處。

「今兒是大小姐迎聘的好日子，怎麼有空到我這裡來？」彭嬤嬤見到安清悠時，也有些詫異。

自從四方樓眾人進駐安家以來，彭嬤嬤就變得深居簡出起來，像是躲著什麼一樣，半步也不曾踏出這院子。

安清悠知道她身上有隱祕之事，也有意維護，吃穿用度便交代了安七叔親自幫襯。

見到了彭嬤嬤，安清悠似是尋到發洩之地。

「當日嬤嬤勸我別留遺憾，我也下了決心，如今塵埃落定，卻不知為什麼總覺得有些不對勁？嬤嬤，您知道，我最不想把那些權謀之類的東西扯進自己的親事裡來，可這些事情壓下來又不能不嫁……」

「還有，這蕭洛辰，這個混蛋實在過分，動不動就調戲我，半點兒也不懂得什麼叫尊重，還非說成親之前的這段日子要跟我來個夜半私會什麼的！您說，我清清白白一個女兒家，豈能如此……」

「尤其是今日下聘之時，這傢伙跟我說了一堆這事怎麼辦，那事又是怎麼回事，偏偏沒有半句情話！這個混蛋，哪怕是哄哄我也好啊……」

「我要求的多嗎？我不過是要求一句稱心的話，可他那張臭嘴什麼都說得痛快，偏偏又一副驕傲的臭德性，氣死我了！」

安清悠就像受了委屈的孩子，找到可以傾訴的長輩，絮絮叨叨抱怨個沒完沒了。

彭嬤嬤越聽越是面色古怪，到了最後，噗哧一聲笑了出來。

「嬤嬤因何發笑？」安清悠愣愣地問道。

「一時失禮，小姐莫怪。我不過是想到了當年的自己，好像也是這般又倔又傲，明明已經喜歡上了一個人，卻非得擰巴來擰巴去的。如今老了回頭一看，卻是既傷了自己，又害了別人，真是早知如此，何必當初？小姐，妳說，這一個念頭耽誤了一輩子，那不是該笑嗎？」

安清悠微微一怔，這話似追憶，說的卻是她和蕭洛辰。

彭嬤嬤卻再不願提及過往，沉默半晌，拍了拍安清悠的手，笑著說道：「妳心中之所以亂，說到底，不是因為其他，就是因為妳太在乎蕭洛辰，因為在乎，反倒害怕起來。害怕他所言所說，是在幫著皇上布什麼局，害怕他對妳這情意不過又是一場大戲，害怕情根深種，到頭來不過是自己傷了自己，對不對？可是這害怕歸害怕，終究要有個了結，妳這麼心亂下去，究竟什麼時候是個頭呢？既是心裡有他，便坦然一些又何妨？」

彭嬤嬤這番話對安清悠來說，猶如當頭棒喝。

我心裡有他？

我心裡有他……

我心裡有他！

彭嬤嬤見安清悠的眼神慢慢從迷茫變回了清澈，微微一笑，卻是繼續說道：「有時候某些事情實在沒必要太過較真，對待這等誰都不服的男人和管家不同，妳越是對他硬氣，他越是跟妳蹦躂。所謂柔能克剛，還記得我教妳的嗎？示弱不一定是無能，順著他也未必是沒轍……」

「嬤嬤這是叫我逆來順受扮可憐嗎？」安清悠想了一想，皺起了眉頭。

「唉，挺聰明的一個孩子，怎麼事情到了自己身上，就有些當局者迷了呢？笨！」彭嬤嬤老實不客氣地責道，只是目光中有幾分慈愛，「當然不是逆來順受！蕭洛辰這小子野慣了，這麼好的一個女孩，卻不懂得珍惜，終日任性而為，連我這老婆子都有些看不過去，也該讓那沒心沒肺的糊塗小子長些記性了！」

「多謝嬤嬤！」安清悠大喜，知道彭嬤嬤這是有出手相助之意，只是轉念一想，又覺得不妥，皺眉道：「只是府上如今多了不少外人，嬤嬤怕是不便露面……」

「四方樓的人唄？放心，別看嬤嬤我年紀大了，可是要真想做什麼，這小魚小蝦三兩隻還真未必能摸得到我的影子！當日他們來的時候，我既然敢留在妳這裡，自然有留在這裡的手段！」彭嬤嬤提起四方樓來，兩眼中陡然精芒一閃。

◉ ◉ ◉

這一天晚上，安家長房府裡燈火通明。

迎聘酒宴辦得熱鬧無比，皇上顯然已經是下決心要把安家養起來，既有這些人手物事，安清悠可是半點兒省銀子的意思都沒有。

賓主盡歡，安德佑喝得迷迷糊糊，蕭洛辰則不知是真醉還是假醉，藉著酒勁兒，尋了個機會，溜到安清悠的身邊悄悄調戲道：「今兒好好睡個安穩覺，妳猜我是明天來呢？還是後天來？」

「愛哪天便哪天！」心裡既已想得清楚，安清悠反倒大大方方地道：「左右你這這個人渾勁兒一上來，誰也勸不住，本小姐就在這裡等著！」

蕭洛辰微微一怔，轉瞬大笑起來，似醉非醉之間，隨著蕭老夫人一路回了蕭府。

安清悠卻是馬不停蹄，回到院中，召集了那些那些四方樓所派的人訓話道：「我知道你們不光是只會什麼灑水掃地、洗衣做飯，既然能被選中派來我安家，各自都是另有本事的。今兒我聽到消息，有人似是要對我府上不利，從現在起，誰有什麼絕活都使出來，定要將我們府上打造成銅牆鐵壁。尤其是到了晚上，有人很有可能會趁夜潛入。若是真讓什麼壞人得逞，便好好摸摸自己頭上的腦袋吧！」

這些四方樓派來的人，本就是一半監視一半保護，聽大小姐說得嚴重，登時個個如臨大敵。眾人抖擻精神，連夜忙得熱火朝天。

安清悠半是打氣半是提醒，居然還親筆在這些人的院子裡題了一副對聯。

上聯曰：「同心同德同努力。」

下聯是：「防火防盜防流氓。」

沒有橫批，而是被安清悠遣人掛了長長的一個橫布條，斗大的紅底白字迎風招搖，上書：「迎佳節賀新春穩定是根本，安全工作一定要長抓不懈。」

大小姐頭一天晚上下了令，第二天蕭洛辰醒來之時，一份卷宗便已經到了他手邊。

「想用這些手段擋我？這女人到底是真笨，還是假糊塗？四方樓裡那些手段，有誰比我更精通？也罷！這段時間憋得難受，若是沒點調劑，那才真是無趣得緊呢！」

蕭洛辰只看了卷宗頭一頁，便露出詭異的笑容。搖了搖頭，隨手將那卷宗投進炭爐，竟是不欲占這知己知彼的便宜，接著轉頭對身邊的人道：「讓他們加把勁努力幹，幹得差不多了再來回報，若是那布置不夠完善，公子我才懶得去！」

說起來，四方樓選派之人的確不乏好手，不到三日的功夫，便已將安家長房府裡布置周全。用安花娘的話說，便是四方樓在各地的暗樁據點，只怕也沒有這麼固若金湯。

等到了第四日，事兒卻是來了。

廚子安拾酒靜悄悄地趴在後院的房頂上，一身灰黑色的衣服比普通的夜行衣更貼近那屋瓦在夜間的顏色。他整夜趴在這裡一動也不動，一雙眼睛戒備地盯著四周。四方樓裡嚴格，甚至可以說是殘酷的訓練，讓他有足夠的自信，周圍哪怕是有半點風吹草動，也逃不過他的耳目。

「喂……你躲在這裡做什麼？」

一個若有若無的招呼聲突然在耳後響起，安拾酒大驚，第一反應居然不是回頭看，而是張嘴欲呼。對手既是能如此囂張又無聲無息地潛到自己身後，說明自己跟人家顯然不是一個檔次的，出聲示警是第一要務。

可惜他的反應正確，有人動手卻更快。

安拾酒還沒來得及叫出口，後頸已經挨了重重一擊，一聲不吭地便昏了過去。

一雙手托著安拾酒的頭部輕輕放在瓦片上，不遠處另一片房頂上，同樣是作為暗哨的乃兄安拾波也陷入了同樣的昏睡。

「不錯不錯，職責比性命還重要，這哥倆兒這兩年倒是長進不少啊！」

蕭洛辰低聲讚嘆，手上卻毫不遲疑，三兩下便把安拾酒的衣服剝了下來，換到自己身上。

一個前傾，縱身躍下，卻是頭下腳上，雙手兀自在空中揮舞不停。等到落地時，雙手一撐，悄無聲息間一個跟頭便翻入了黑暗之中。蕭洛辰伸手向前一接，入手卻是毛茸茸的，竟是一條躲在暗處的大狗被他身在半空中時便用小石子打暈了。

「笨狗，沒聞到吧？這個消除氣味的東西，還是那女人做的呢！可惜只能給我一個人用，到現在還沒琢磨明白怎麼用在別人身上……」

蕭洛辰嘟囔了一句，居然還有閒暇衝著那大狗做鬼臉。他把大狗放倒在了腳邊，一刻不停地向著不遠處的一堵牆邊潛行而去，只是，沒走兩步，卻是一個魚躍，從兩條幾不可見的細線中間穿過，半點機關也沒碰到。

就這麼一路行來，蕭洛辰先後放倒了五名巡夜暗哨，躲過了十四道機關，當真是飛簷走壁，如入無人之境。等到蕭洛辰進了安清悠的院子，先是躲在暗處凝神觀察聆聽了好一陣，這才搖了搖頭，苦笑道：「這女人睡得倒踏實，頭三天我是給妳時間布置，這當兒竟是一點兒都不惦記著妳男人什麼時候來嗎？」

心裡頭想著，蕭洛辰動作更快，手腳落地，猶如一隻壁虎般貼著地面向前飛快行去。

兜了很遠的一個圈子，蕭洛辰繞到了一處花叢前一探頭，笑嘻嘻地悄聲道：「花姊，我的習慣妳是知道的，我從來不打女人，妳就當是已經被我敲暈了，好不好？」

安花娘本來正隱身潛伏在花叢之中，眼前突然出現一張人臉，下意識地便要有所行動。只是，這一怔間，聞聲識面，認出了來人。

她與蕭洛辰素來交好，更知以他的身手，若是全力發動，自己亦是沒有機會，當下苦笑地點了點頭，卻是兩手一攤，示意自己無能為力了。

蕭洛辰大模大樣地站起身來，好整以暇地整了整衣服，卻是從懷裡掏啊掏的，掏出了一把摺扇。雖然寒冬臘月的年關將至，卻吊兒郎當地輕搖紙扇，學足了戲文裡調戲民女的惡少模樣，一邊大搖大擺地前去叩門，一邊洋洋得意地輕喚道：「小娘子，大爺我……」

這個「我」字還沒說完，腳下陡然空了，一個又大又深的陷阱憑空出現，讓蕭洛辰瞬間便掉了下去。

只聽「噗通」一聲，水花四濺，那陷阱的最下面，竟是半池泥漿。

「大冬天的，這泥漿居然沒凍成硬土？也不知是怎生弄的，回頭還真得好好琢磨琢磨。這女人是存心想讓我出醜……可惜了我這一把扇子！」蕭洛辰坐在泥漿中嘆氣，居然還有閒心自嘲。抬頭看了看那陷阱的洞口，自言自語道：「還真是有高人啊，卻不知是哪路神仙？」

這挖坑造陷阱，從來是各類機關中最簡單的，卻也是最難做的。

若要把這陷阱布置得連蕭洛辰這等人物都看不出來，那自然是高手中的高手。

蕭洛辰喃喃自語，忽然洞口處亮了起來，一個女子歡叫道：「抓住什麼了？抓住什麼了？是熊瞎子？還是笨野豬？早就想搞搞這山裡人打獵的調調，沒想到在自家院子裡挖坑，竟也能逮到東西啊！」

一張俏臉驟然出現在洞口，不是安清悠又是誰來？

眼見蕭洛辰坐在泥水之中，安清悠卻是皺眉道：「這裡面的傢伙可真是好生奇怪，怎麼還穿著我們安家下人的衣服？難道是野物成了精，抓住的卻是個妖怪？要不連坑兒一塊埋了吧？」

「埋不得埋不得，這坑兒要是埋了，那麻煩就大了！」

蕭洛辰坐在泥水中，儘管知道安清悠是故意在消遣打趣自己，卻也不惱怒，兀自對著洞口笑嘻嘻地道：「比熊瞎子還瞎，比笨野豬還笨，也沒有妖怪那般會變化，如假包換的大活人一個！若是埋了這坑，那妳可就成了謀殺親夫，大小姐，妳當真捨得？」

安清悠好像是輕輕地「嘖」了一聲，又故作吃驚叫道：「啊，原來是蕭公子，您倒是好興致，三更半夜，放著自家府上不待，卻又到我家做什麼來了？難道是怕過年鬧耗子，特地鑽進地洞來查查有沒有偷東西的老鼠？」

「這得什麼老鼠才能挖這麼大的一個洞啊，難道大小姐便是……」蕭洛辰反唇相譏，只是這話說了一半，忽然嘆了口氣，「那迎親之前不得見面的規矩真是煩人……我要說我想妳了，妳信不信？」

蕭洛辰忽然改了口風，倒是讓安清悠一怔，臉色紅了幾分。

不過，安清悠很快回神，不客氣地回道：「不信！想我你早來了，怎麼會一直到今天才來？定是等著我把這防衛布置都安排好了，才來這裡得意一回！蕭洛辰，你說你這人怎麼就這麼差勁，和自己的……還要爭個高低勝負！你心裡那點征服感就這麼重要？堂堂一個大男人，卻不懂得讓著女子一點，這事兒就那麼有意思嗎？」

「征服感？這詞兒新鮮……有意思啊！」蕭洛辰沒羞沒臊，笑嘻嘻地回了一句，忽地學著安清悠說話的樣子道：「和自己的……還要爭個高低勝負！剛才我沒聽清，到底是和自己的什麼？」

「……」

「和自己的……什麼呀？」蕭洛辰手圈在口邊，刻意再喊了一遍。

「未婚妻！反正我要嫁給你是板上釘釘的事情了，說就說！」

安清悠的臉又紅了紅，索性把彆扭了許久的性子敞開。

只是安清悠沒察覺到，兩人說話之間，不遠處的花叢微微一顫，有人悄悄溜了出去。

安花娘一直潛行到院外才顯出了形跡，卻是微微一笑。

這對小冤家！這等情形對他們來說，當真是千金難換，得成全處……那便成全一二吧！

「花姊夠意思，居然還替我們把風……我說，娘子，如果我耳朵沒聽錯的話，如今這院子裡除了妳我之外，當真沒第三人了吧？這大冬天的，在泥水裡泡著很冷，妳若是還知道心疼人，相公我可是要出來行家法了！」

「你……你……你要出來？」安清悠有些吃驚。

這陷阱挖得足有兩人多深，壁邊鏟得平滑，還用豬油牛脂塗過一遍，極是滑溜。下面又一堆加足了鹹鹽的泥漿，雖不易凍上，可也軟得難以受力，挖這個陷阱當真不易。

可是，這蕭洛辰本事了得，他說要出來，還真說不定有法子。

安清悠正自有點兒發怵，卻聽「嘩啦」一聲響，蕭洛辰竟然提氣縱身，向上直竄起來。只是躍到了一半，伸手向井壁一搭，卻是半點力也沒借著，整個人又落了下去，噗通一聲，重重摔在了爛泥裡。

「你……沒事吧？」安清悠見蕭洛辰這一下摔得狠了，有些著急，關切之語衝口而出。

說完這句話，安清悠就後悔了，剛才這廝掉進陷阱裡都沒事，這次顯然更是沒什麼了。

蕭洛辰沾了一身泥水，身上早已污濁不堪，聽得安清悠關心自己，便坐在泥濘裡哈哈大笑，搖頭晃腦道：「我就知道娘子還是心疼我的，有娘子這麼一句貼心的話，這陷阱便是多進幾次又有何妨？」

安清悠一時不慎說溜嘴，這時候被調侃，便氣鼓鼓地道：「你這傢伙就知道欺負我，一個大男人只會和女子顯擺本事耍嘴皮子，很光彩嗎？」

「不光彩不光彩，本事沒顯擺成，還被媳婦關在泥坑裡，當然不光彩！」蕭洛辰嘆了一口氣，抬起頭來叫道：「我說，娘子，看這意思，相公我是一時半會兒出不去了，有件事我倒想問問妳，我雖然脾氣不好，可這幾天想念妳也是真想，那妳呢？有沒有想過我？」

笨蛋，沒想過的話，我費這麼大陣仗做什麼？

安清悠腹誹了幾句這個不解女人心的蕭洛辰，話到口邊，卻是不知為何，有些躊躇。

略一猶豫，安清悠才微微點頭答道：「算是有吧！」

「別算是啊！既是有，那定然就是有了！」蕭洛辰順竿爬得倒是快，登時精神大振，笑嘻嘻地接著問道：「有多想我？」

安清悠小嘴一噘，做了個鬼臉，伸出小指尖比劃了一下道：「不多，就這麼一點兒！」

「不少了！哈哈哈……有媳婦惦記著，渾身上下就是有勁兒！」蕭洛辰大笑，身形突然暴起，從陷阱中奮力上躍，手中那柄廢了的摺扇在井壁上狠狠插下。

寒冬臘月裡的凍土雖然堅硬，卻被這柄的小小摺扇直捅了進去。蕭洛辰手中用力，一個翻身，人已騰空。腳下再借力一踩，那摺扇啪的一聲斷裂，蕭洛辰已經帶著一身泥水，躍到了地面上。

蕭洛辰確是強悍，這陷阱雖然打造得極為精巧，卻被他想出了脫身之道。

安清悠大驚，連忙後退，卻是身上一緊，被蕭洛辰輕舒單臂，一把抱在了懷裡。用力掙脫不開，一股泥水味道鑽進了那遠比平常人敏感的鼻子裡。

安清悠一張俏臉漲得通紅，想要罵他，卻不知怎麼的，話到嘴邊，莫名其妙地變成了：

「你……好臭！」

「夫妻本是一體，如今相公我歷盡磨難，娘子本就該同甘共臭！」蕭洛辰一本正經地點了點頭，攬著安清悠腰肢的手臂又緊了幾分。

「呸呸呸！快放開我，還沒過門兒呢，誰是你的……娘子！不許這麼叫！」安清悠使勁將他向外推，可是這越推越沒力氣，自己的身子不知怎麼竟是有些軟了。

「我便叫了，卻又怎地？」蕭洛辰有些蠻橫地拒絕了安清悠的要求，陡然間露出了色迷迷的笑容道：「妳這女人挖坑害人，差一點謀殺親夫！如今相公我既然得脫牢籠，這會兒卻是要行家法了！來，先香一個？」

安清悠錯愕，手腳更是拚命掙扎起來。

殊不知這時候掙扎抗拒，更是刺激男人的某些欲望。

蕭洛辰臂上微一用力，安清悠的掙扎抵抗登時便成了徒勞，只是他說得雖然誇張，卻沒有做什麼更過分的舉動，就這麼摟帶著安清悠一個縱躍，登上了屋頂。

「你……你到底要幹什麼？」安清悠又驚又怕，說話的聲音都有些顫了。

蕭洛辰笑嘻嘻地道：「妳家裡人多眼雜，行事不便，既是要行家法，當然是要找一個又清靜又沒人，還有一張很舒服的大床的地方了！我要幹什麼……娘子，妳難道真不知道嗎？」

「別……別……我要叫了，救……」安清悠張口欲叫，卻被蕭洛辰在脖頸之處輕輕一指，那叫

聲便憋在了喉嚨裡，

緊接著，一股眩暈感覺直衝安清悠腦中。

頸動脈、大血管、缺氧……

這是安清悠昏過去之前的最後一串念頭。

蕭洛辰嘴角微微一揚，一把將安清悠扛在了肩上。

雖然蕭洛辰身上多負了一人，身形卻不見得有什麼滯澀，一路縱躍穿行，不多時便到了安家長房府外，一輛灰布馬車早已等在了那裡。

蕭洛辰輕手輕腳地將安清悠放入車廂中。

「傻丫頭，妳是我最愛的女人，我又怎麼會對妳做那下三濫的勾當？」

蕭洛辰望著安清悠那張昏睡過去的面容，似是看著自己最珍貴的寶貝一樣。

忽然，蕭洛辰嘆了一口氣，彷彿是自言自語般輕聲道：「我知道妳信不過我，就算把什麼都挑明了，妳還是信不過我……這不怪妳！妳想嫁得不留遺憾，我又何嘗想娶一個帶著懷疑無奈過門的妻子？眼下咱們要去的地方，才是我蕭洛辰真正的聘禮──我答應妳要做到十足十的！」

說罷，蕭洛辰跳上了車夫的位置，韁繩輕抖，馬車一路疾行，轉瞬之間，便消失在了茫茫夜色之中。

只是，即便是強如蕭洛辰，竟也沒有發現，就在他帶著安清悠離去之時，一個略微佝僂的背影從陰影中慢慢現出身來，望著那遠去的馬車的一眼，幽然嘆息。

「四方樓……四方樓！這兩個孩子都不容易，若是這段姻緣能夠美滿，便算是老天開了眼！」

彭嬤嬤喃喃自語，轉身之際，並沒有向著那馬車的方向跟去，而是悄然又隱回了黑暗之中。

京城中雪花紛落，處處張燈結綵，許多人臉上都掛著笑容，眼瞅著過年的日子到來，走到哪裡都是一片喜氣洋洋，只是某些人卻高興不起來。

同樣是下雪，北胡人卻碰上了百年不遇的大雪災，據說很多原本高叫著一統漠南漠北的北胡貴族都變了主意，準備叩關南下，到溫暖富饒的中原之地狠狠搶上一把。

若是在這個時候打起來，皇上少不得又得倚重軍方和蕭家，這對於睿親王和李家一系的官員們來說，無疑是一個大麻煩。

「這群北胡人當真是貪得無厭，不是增了他們的歲幣了嗎？怎麼還沒完沒了？」睿親王狠狠地把一份卷宗摔在了桌上，北胡人若是下中原，最困擾的便是他。

「王爺切莫著急，北胡人所惦記的，不過是錢帛小利，多給他們一些財資糧食什麼的安撫一下，便也罷了。小不忍則亂大謀，眼下還是以大事為先……」一個幕僚絮絮叨叨地說著，卻翻來覆去不過是先安撫再徐徐圖之的陳腔濫調。

睿親王極為厭倦地揮了揮手，怎麼就沒一個能說出點得心話的人呢？全是一群廢物！

睿親王一掃身邊的幕僚，感覺彷彿少了什麼，原來是那個素來足智多謀的沈從元不在場。聽說他居然做了安家和蕭家的婚事的大媒，難道是眼看著風頭要轉，又準備靠向那邊了？

皇宮北書房中，壽光帝卻是冷笑著搖了搖頭。

「北胡的雪災沒那麼重，這是博爾大石那個草原雄鷹放出來的障眼法，順便還想從咱們大梁多騙點兒好處，他還是要打漠北諸部！讓禮部和他們慢慢談著，既不答應也不拒絕，拖！」

壽光帝手中那卷宗與明發給朝中諸官員的內容大相徑庭，思忖一會兒後，又加上了幾句：「在朝中再多放出些風去，把北胡要南下擄掠的消息坐實，朕要看看他們還有什麼手段！」

「老奴遵旨。」皇甫公公叩頭答應，看了一眼壽光帝的臉色，又小心翼翼地道：「昨兒半夜，蕭將軍帶著安家大小姐出了城，瞧情形是往西山那邊去了，陛下，您看要不要……」

「這小子，還真是無法無天！剛剛下聘，卻把人家的閨女拐跑了！」壽光帝接過一份卷宗掃了一眼，隨口笑罵道：「不用管他，這小子雖說是個渾不吝，但是輕重緩急還是心裡有數的。朕要效仿古人封狼居胥事，還真少不了這個寶貝徒弟！他愛鬧便讓他鬧去，只是各處盯緊了些，別鬧出什麼問題來才好！」

壽光帝口中「封狼居胥事」，指的便是數百年前漢武天子放著滿朝的名臣宿將不用，以年方二十的天子門生領兵出戰，一路打到塞外聖地。

壽光帝平日常以這位漢武天子自詡，偶爾和身邊幾個最信任的人談起蕭洛辰時，亦是經常流露出「朕的徒弟比古人強」的自傲之態。

皇甫公公聽得慣了，倒也沒什麼感覺，「萬歲聖明，老奴也是這般想，昨兒半夜就已經又一次向那安家長房府加派了人手，如今那裡已是許進不許出，半點消息也漏不出去。」

壽光帝滿意地點點頭，可想起蕭洛辰，又是無奈地哼了一聲，「這渾小子不知是搞什麼么蛾子，這次又要朕給他擦屁股……好好的年節不過，淨往那西山之地的山窩子裡扎什麼？難道這冰天雪地的寒冬臘月，還有什麼好風景不成？」

◎　◎　◎

安清悠是被一陣鳥叫聲吵醒的。

慢慢睜開眼睛，頭還有點兒暈，眼前卻是一隻叫不上名字的綠色雀兒。

我這是……在哪兒啊？

安清悠翻身坐了起來，這裡既不是車廂，又不是房間，布置與平常所見大不相同。

正在安清悠疑惑間，一陣河腥味兒鑽進了鼻孔，登時醒悟過來，她居然是在一條船上？

「妳醒了？艙裡面有乾淨的女子衣服，自己選一套換上。昨天妳那陷阱裡的泥漿是從哪裡弄來的？味道真是難聞！」

蕭洛辰的聲音遙遙從船頭飄來，末了又加上一句：「妳放心，妳男人要做什麼昨夜便已經做了，用不著等到現在，所以妳大可放心換衣服，相公我是絕對不會偷看的……我要光明正大地看。」

安清悠臉上一紅，昨夜最後的記憶，便是自己被蕭洛辰弄昏帶走。匆匆看了看自己身上，雖是弄上了不少泥漬，一身衣服倒是整整齊齊，身體各處也無異狀，還真是如蕭洛辰所言，這傢伙昨夜什麼也沒做。

「這個討厭的大混蛋……」安清悠咬著嘴唇，小聲地罵了一句，臉卻是更加紅了。

猶豫了一陣，安清悠到底還是拿一套乾淨的衣服換上。那船艙雖小，用具卻是一應俱全。

換好衣裳之後，安清悠氣鼓鼓地推開艙門，卻見蕭洛辰一身白衣坐在船尾，手中拿著一根長釣竿，悠閒垂釣。

「你這混蛋又要耍什麼花招？難道還嫌折騰得不夠嗎？」

人未出艙，怒斥之聲已經先到。

蕭洛辰神神祕祕的也不知道在搞什麼古怪，自己被他莫名其妙弄到一條船上來，家裡只怕鬧翻了天，也不知道父親和老太爺他們有多著急……

蕭洛辰小聲道：「噓！別急著發火，把我的魚都嚇跑了！」

蕭洛辰回頭一笑，壓根兒沒接安清悠的話碴，反而伸手招呼道：「跟自己的夫君說話，別老那麼氣呼呼的，有事出來輕聲細語地慢慢說。如今都下聘了，妳難道連這點規矩也沒學過？」

「規矩你個大頭鬼！你這傢伙還記得下聘？我們安家……」安清悠憤怒地衝了出來，眼前的景象卻讓她有些愣了。

自己所乘的那一葉扁舟，正在一條河道中悄然前行。河道並不寬，卻是從兩岸的山嶺之間穿過，兩岸鬱鬱蔥蔥，長滿了翠綠的樹木。

其間鳥雀成群，偶有一陣青草晃動，卻是不知道什麼名字的獸類穿行往來。

昨夜自己還在城中，今日卻在這河上？

京師地處北國之地，寒冬臘月並不暖和。如今城裡到處白雪皚皚，卻不知竟有如此恍若仙境的所在。

安清悠恍惚間竟然有一種錯覺，自己是不是和蕭洛辰又穿越了一次？

不過，錯覺畢竟是錯覺，小船偶然駛近河岸不遠處的一處水潭，卻見裡面白霧繚繞，水汽蒸騰，咕嘟咕嘟的沸騰聲，便是在河上的二人都清晰可聞，安清悠猛然警醒：「是地熱！」

「地熱？這詞兒倒是適切。此處位於距京城城門八十餘里的西山之中，當地人稱之為火土峪。土地溫熱，終年不凍。五年前我偶然到此，一眼便喜歡上了這地方。京城雖然繁華，又怎及得上這老天爺的鬼斧神工？」

蕭洛辰微微一笑，手上一抖，轉眼便甩出一條大魚來。只見那魚生得甚是肥大，通體呈半透明狀的碧綠色，身上連半分鱗片也沒有。山明水秀，風物迴異，這等地熱帶的奇特景色，安清悠還是頭一次身歷其境。默不作聲地看了一陣之後，安清悠心裡有些煩躁，皺眉對蕭洛辰道：「此處風景雖好，但為什麼偏在這時候強帶我來？以後你我成了親，這等風光有的是時間來遊逛。如今我家裡只怕不知道亂成什麼樣子了，你……你快送我回去！」

蕭洛辰卻是一點也不著急，極為熟練地將那碧綠色的肥魚洗剝乾淨，這才慢悠悠地道：「妳慌什麼？別忘了我的師父，妳那位義父，有他老人家在，安家如今應該是有條不紊的樣子。我敢打賭，現在外人眼裡，那兒現在正張燈結綵，喜氣洋洋地準備過年。」

說話間，蕭洛辰隨手割下一小片魚肉，在面前一碟不知道什麼的佐料裡沾了一下，就這麼放進嘴裡，有滋有味地嚼著，似是極享受一般，一臉陶醉地道：「這青虹魚實乃人間美味，我大梁山水雖多，但也只有這神鬼莫測之地才產得出如此鮮美的極品來。若是妄加烹煮，才真是毀了這天地造化，要不要來一片……」

「快送我回去！」安清悠已經有些急了，這時候哪裡有閒心和人談論什麼生魚片。

蕭洛辰兀自搖頭晃腦道：「逆水行舟，不進則退，可要是順水行船，說不定便一去千里……」

陡然間，一陣轟鳴聲傳來，小船轉過了一個彎，兩岸的山峰似乎一下子緊峭起來。河道突然變窄，傾斜之勢肉眼可辨。白浪翻湧，面前竟是極長的一條急流。

小船的速度驟然加快，船體猛然晃了一晃，安清悠站立不穩，驚叫著向後倒去，卻被一條手臂從身後撐住。

蕭洛辰牢牢扶緊了安清悠的腰，大笑道：「天地之威，豈是人力所能抗拒？到了這裡，便是我也只能隨波逐流！開弓沒有回頭箭，就算此刻再想回去，也已經遲了！」

「蕭洛辰，你這個混蛋！瘋子！神經病！精神錯亂的……唔……」

安清悠大聲咒罵，冷不防那波濤激起的浪頭壓了過來，將她的後半句話掩蓋在了水中。

等到那浪頭過去，兩人已淋得渾身濕透，好似一對落湯雞。

「多謝娘子美譽，為夫愧不敢當！」蕭洛辰又是大笑，對著群山激流高呼道：「這才夠勁！賊老天，你既生了這一片溫暖的景色，為什麼又要加上這險惡無比的水道？來啊！來啊！老子駕舟往來不知多少次，你又能奈我何？」

小船的速度越來越快，安清悠從著急變成了恐懼。

對於這個莫名其妙鑽險灘玩生死極限漂流的蕭洛辰，心裡不知已罵了多少次。

可是，罵歸罵，事到如今，再沒有第二條路可走。

不知不覺之間，安清悠雙手竟已死死地抱住了蕭洛辰的腰際，這個似魔、似妖、似瘋、似顛卻又要和自己共度一生的男子，此刻竟是自己唯一的依靠。

「娘子莫慌，且瞧為夫手段！」蕭洛辰笑道，那笑聲中，除了傲氣，卻又平添了幾分歡愉。

他一手緊緊攬著安清悠，一手牢牢地控制住船舵。左右操使，小船便如一隻輕靈的雨燕，在激流中飛快穿梭前行。每每遭遇暗礁怪石，總是能在千鈞一髮之際躲開。

安清悠一顆心怦怦亂跳，一雙手抓得更緊了。

此刻已經行到了激流最險之地，兩邊水聲轟鳴，無數個浪頭如同沙場上的千軍萬馬般奔騰咆哮著湧來。蕭洛辰恍如未覺，放聲大叫道：「有浪九天來，劈地為徑。我攜千杯飲不盡，只盼紅顏伴一世，偏有風浪。」

「是非何必辨，既生於世。黑白難明求不悔，怎得佳人同偕老，不羨神仙！」

短短一首《浪淘沙》的詞牌，便是那浪濤的轟鳴也似壓不住般，清清楚楚傳入了耳際。

安清悠自然聽得明白蕭洛辰這首詞中有對自己傾情之意，只是那聲音語調之中，不知如何，竟是又有幾分不忿之感。眼看著面前激流搏浪，安清悠心中一動，暗自想道：「我既是來到了安家，許多事情只怕一開始便難以隨心所欲。他蕭家多少年來便一直處在這風口浪尖之上，比安家面臨的事複雜百倍，這蕭洛辰行事瘋癲，難道也是有身不由己的難言之隱嗎？」

一個念頭未罷，安清悠只覺得眼前一黑，抬頭望去，只見小船不知何時駛入了一個山洞之中，水面平緩，船速悄無聲息漸漸慢了下來。

「咱們……這是要去哪裡？」

安清悠不是笨人，此刻已經想到了蕭洛辰是要帶自己去什麼地方，忽然又發現自己居然還緊緊抱著他不放，連忙鬆手躲開。所幸山洞漆黑一片，看不見她漲紅的臉。

「去取我給妳的聘禮！那些金銀玉帛之物太俗，又是濁氣又是銅臭，怎配得上蕭夫人這般天上降下來的人兒？」

蕭洛辰察覺到了安清悠鬆手，卻是嘻嘻一笑，稱呼從娘子變成了蕭夫人。

安清悠沒好氣地翻了個白眼，只是臉紅看不見，白眼兒他自然也是瞧不著。

就這麼一會兒鬥嘴，一會兒沉默的一路行來，前方出現了一片光亮。

蕭洛辰一躍而起，伸出胳膊大笑道：「到了到了！夫人當心，一會兒可是有比那激流還要驚險萬分的地方，若是不想再鬧出什麼危險來，最好在相公我這隻胳膊上抓穩了！」

「呸！就知道故弄玄虛！」安清悠啐了一句，心下卻也有些惴惴不安。猶豫了一下，還是抓住了蕭洛辰的手臂，只是不想見他得意洋洋的神色，便沒有抓得太緊。

船慢慢前行，不多時便駛出了洞穴。

在黑暗中待得久了，這一瞬間，陽光甚是刺眼。

安清悠用力閉了一下眼睛，再睜開時，卻有些驚呆了。

哪裡有什麼驚難險地，自己果然又上了蕭洛辰的當。

滿眼所及之處，竟是鋪天蓋地的桃紅色，到處都是粉紅色的桃花。

一陣陣花香隨風送來，安清悠深深地吸了一口氣，竟有些醉了。

「五年前我偶然發現地火峪的時候，心中好奇。搜遍周圍大小山川河流，想知道這地熱究竟是由何而起。只是，找來找去的，沒發現這地熱的奧妙，卻無意中撞到了此處。那時候我就想，將來定要帶我心愛的姑娘來此處，看一看這片瑰麗的景色。」

蕭洛辰語調轉柔，眼中滿是柔情地看著安清悠，輕聲道：「那時候我就想，究竟是什麼樣的女子，才配得上這一處仙境般的地方呢？會不會是仙女？如今仙女來了，卻是個惶惶不可終日的姑娘。整天只想著某人會不會是為了權謀誆騙她？某人會不會是藉著皇上的勢頭逼著自己嫁給他？這個仙女不想心中有憾地嫁個某人，某人也不想彆彆扭扭地娶一個媳婦過門，只好連矇帶唬，最後連擄人的手段都用上了，才能到這個天地靈氣匯聚的地方，和心愛的人說說真心話。」

「淨說這些有的沒的，誰是你想的那樣……這就是你說要送我的聘禮？」

安清悠心中怦然一動，那總想壓抑心底，卻還時而冒出的隔閡被他這番話瞬間融成了水，甜甜地滋潤了心底。可又不甘被說中了心事，只好連忙岔開話題。

蕭洛辰溫柔一笑，陡然朗聲高喊道：「沒錯！這裡沒有皇帝朝廷，沒有大梁北胡，沒有什麼太子親王，也沒有什麼安家蕭家！在這裡，妳我就是神仙，妳我就是一切！天是我們的媒人，地是我們的證人，數不清的桃花是前來賀喜的賓客，滿山遍野的香氣便是我來提親的聘禮！安清悠，蕭洛辰在這裡問上一句，若是拋開那所有的一切一切，妳可願嫁我？」

妳可願嫁我？

妳可願嫁我？

妳可願嫁我！

群山迴響，回音遠遠傳來，似是也在為蕭洛辰這聲高喊轟然應和。

安清悠靜靜地看著蕭洛辰的眼睛，忽然發現原來這雙眼睛也有如此純淨清澈的時候。

那滿懷柔情的目光，哪裡還有半分虛偽狡詐的權謀算計？

心頭一顫，前世今生，自己見過不知道多少雙眼睛，這樣的眼神卻是不可能作偽的。

若是連這樣的目光都能作假，那……那……

那我就認了！

有人說，女人是世界上最聰明的動物，也是最傻的動物。

只是，就算是再聰明的女人，一輩子是不是也至少會傻上那麼一次？

只要妳是心甘情願。

「你這個瘋子，真傻，太討厭了！」

安清悠輕聲說著討厭，卻忽然笑了，笑得臉上紅撲撲的，笑得比滿山的桃花還要燦爛。

明媚的春光之下，蕭洛辰忽然覺得自己彷彿要醉倒在這燦爛的一笑之中。

從小到大，有無數人說過他是瘋子，有無數人討厭他，那千百次的嘲諷，他只當是笑話，可安清悠這句「太討厭了」，卻讓他刹那間像是找到了歸處。

那是從未有過的平靜安詳，那是從未有過的發自內心的喜悅！

「我今兒才知道，什麼叫做甜！」

蕭洛辰溫柔一笑，輕輕把安清悠攬在了懷中。

這一次，安清悠沒有掙扎，反而把頭輕輕靠在了那個寬闊厚實的肩膀上。

蕭洛辰啊蕭洛辰，你這個人……真是太討厭了！

（未完待續）

漾小說 128
鬥芳華 ④

國家圖書館出版品預行編目資料

鬥芳華 / 十二弦琴著. -- 初版. -- 臺北市 :
麥田, 城邦文化出版 : 家庭傳媒城邦分公司發行,
2014.07
冊； 公分. --（漾小說；128）
ISBN 978-986-344-134-2（第4冊：平裝）

857.7 103009426

作 者 十二弦琴
封面繪圖 畫 措
責任編輯 施雅棠
副總編輯 林秀梅
編輯總監 劉麗真
總 經 理 陳逸瑛
發 行 人 凃玉雲
出 版 麥田出版
城邦文化事業股份有限公司
104台北市中山區民生東路二段141號5樓
電話：（886）2-25007696 傳真：（886）2-25001966
發 行 英屬蓋曼群島商家庭傳媒股份有限公司城邦分公司
104台北市中山區民生東路二段141號2樓
客服服務專線：（886）2-25007718；25007719
24小時傳真專線：（886）2-25001990；25001991
服務時間：週一至週五上午09:00~12:00；下午13:00~17:00
劃撥帳號：19863813；戶名：書虫股份有限公司
讀者服務信箱：service@readingclub.com.tw
麥田部落格 http://blog.pixnet.net/ryefield
香港發行所 城邦（香港）出版集團有限公司
香港灣仔駱克道193號東超商業中心1樓
電話：852-25086231 傳真：852-25789337
E-mail：hkcite@biznetvigator.com
馬新發行所 城邦（馬新）出版集團【Cite (M) Sdn Bhd】
41, Jalan Radin Anum, Bandar Baru Sri Petaling,
57000 Kuala Lumpur, Malaysia.
電話：(603) 90578822 傳真：(603) 90576622
Email：cite@cite.com.my
美術設計 洸譜創意設計股份有限公司
印 刷 鴻霖印刷傳媒股份有限公司
初版一刷 2014年07月31日
定 價 250元
I S B N 978-986-344-134-2